文化视野下的唐宋八大家研究

申慧萍 著

河北大学出版社·保定

出 版 人：朱文富
责任编辑：赵彩霞
助理编辑：李天雪
装帧设计：王占梅
责任校对：兰彩红
责任印制：闻　利

图书在版编目（CIP）数据

文化视野下的唐宋八大家研究 / 申慧萍著 . -- 保定：河北大学出版社，2020.9（2023.7 重印）
ISBN 978-7-5666-1689-0

Ⅰ . ①文… Ⅱ . ①申… Ⅲ . ①唐宋八大家 - 古典散文 - 古典文学研究 Ⅳ . ① I207.62

中国版本图书馆 CIP 数据核字（2020）第 171279 号

出版发行：河北大学出版社
地址：河北省保定市七一东路 2666 号　邮编：071000
电话：0312-5073019　0312-5073029
邮箱：hbdxcbs818@163.com　网址：www.hbdxcbs.com
印　　刷：涿州市般润文化传播有限公司
幅面尺寸：170 mm × 240 mm　1/16
印　　张：15
字　　数：230 千字
版　　次：2020 年 9 月第 1 版
印　　次：2023 年 7 月第 2 次印刷
书　　号：ISBN 978-7-5666-1689-0
定　　价：36.00 元

如发现印装质量问题，影响阅读，请与本社联系。
电话：0312-5073023

目　　录

绪　论

唐宋八大家，即唐代韩愈、柳宗元和宋代欧阳修、王安石、苏洵、苏轼、苏辙、曾巩八位文学家的合称，其由来缘于明朝茅坤，自他编选的《唐宋八大家文钞》问世之后，这一称呼即在当朝广为流行，为当时士大夫所接受。尽管唐宋八大家所处的时代、文化背景及文章风格各不相同，但是他们却以自己独树一帜的文风，鲜活且富有批判精神的文章作品彪炳文坛，形成了一股强大的文化集合，影响着后代千千万万士大夫的文学创作。

八大家是唐朝两大文人和宋朝六大文人的集合。韩愈作为唐宋八大家之首，以其雄浑奇伟、气势磅礴的文章风格和汪洋恣肆、自由奔放的行文特点彪炳后世，《旧唐书·韩愈传》称他创作的古文为“经诰之指归，迁、雄之气格”①，指明他的古文富含儒家精神，其文章又有司马迁、扬雄的气势。韩愈的学生李汉称其文“日光玉洁，周情孔思，千态万貌，卒泽于道德仁义，炳如也。洞视万古，愍恻当世，遂大拯颓风，教人自为”②，赞美他的古文弘扬儒家道统，与日月争光。

柳宗元与韩愈同处中唐，其文有韩愈的雄奇，也有自己独特的幽深远韵，韩愈评价其文“雄深雅健，似司马子长”③，认为柳文具有雄浑深沉、典雅有

① （后晋）刘昫等撰：《旧唐书》，第 4203 页，中华书局 1975 年版。

② （清）董诰等编：《全唐文》，第 7697 页，中华书局 1983 年版。

③ （宋）欧阳修、宋祁撰：《新唐书》，第 5142 页，中华书局 1975 年版。

力的特征。

欧阳修作为宋代六大家之首，是宋朝诗文革新运动的开创者，又是当朝文坛盟主，可以说他开创了宋代文坛的新风气，使宋朝的文学朝着清简平易的方向发展。苏轼赞其文“论大道似韩愈，论事似陆贽，记事似司马迁，诗赋似李白”①，可谓深中肯綮。

王安石作为宋朝名极一时的政治家，其诗文创作同样为后人所尊崇，他的创作力承北宋诗文革新运动，为革除宋初浮华文风做出了重大贡献，欧阳修曾作诗“翰林风月三千首，吏部文章二百年。老去自怜心尚在，后来谁与子争先”② 称赞王安石的诗像李白那样富有才气，文章像韩愈那样足以流传后世，足见对其才华的肯定。

苏洵、苏轼、苏辙合称“三苏”。《宋史·苏洵传》称：“欧阳修上其所著书二十二篇，既出，士大夫争传之，一时学者竞效苏氏为文章。”③ 苏轼作为苏洵之子，以其才高八斗的学力和天赋异禀的才思成为宋朝继欧阳修之后又一任文坛盟主，文风多变，创作诗文不拘常格，《苏轼传》称：“其体浑涵光芒，雄视百代，有文章以来，盖亦鲜矣。”④ 苏辙为苏轼之弟，其文学创作深受父兄影响，散文以淳朴无华、论事精研著称于世，苏轼称其散文“汪洋淡泊，有一唱三叹之声，而其秀杰之气，终不可没”⑤，认为苏辙的古文有结构严谨、反复曲折、穷尽事理、善于譬喻、情理兼到的风格。

曾巩为欧阳修门下爱徒，年轻时就以温厚典雅、自然纯正的文章名远四方。《宋史》本传云：“为文章，上下驰骋，愈出而愈工，本原《六经》，斟酌于司马迁、韩愈，一时工作文词者，鲜能过也。少与王安石游，安石声誉未振，巩导之于欧阳修，及安石得志，遂与之异。”⑥ 认为曾巩的文风源于“六

---

① （元）脱脱等撰：《宋史·欧阳修传》，第 10381 页，中华书局 1977 年版。
② （宋）欧阳修著，李逸安点校：《欧阳修全集》，第 813 页，中华书局 2001 年版。
③ （元）脱脱等撰：《宋史》，第 13093 页，中华书局 1977 年版。
④ （元）脱脱等撰：《宋史》，第 10817 页，中华书局 1977 年版。
⑤ 孔凡礼点校：《苏轼文集》，第 1427 页，中华书局 1986 年版。
⑥ （元）脱脱等撰：《宋史》，第 10392 页，中华书局 1977 年版。

经"，又集司马迁、韩愈两家之长，平实质朴、温厚典雅，为时人及后辈所师范。

唐宋八大家虽然文风迥异，各有风骚，但是他们保留了唐宋文学中最富有民族精神的内涵和底蕴。他们的文章没有矫揉造作的浮华之气，没有趋名逐利的粉饰太平，更没有死板教条的堆砌说教，以他们那个时代特有的自由、富有创见的才思抒发个人及家国情感，以富含理性和批判的精神宣扬了那个时代的自由、理想、仁义和文人风气。唐宋八大家诗文中所宣扬的理论精神，从韩愈的"文道合一""气盛言宜"到欧阳修的"诗穷而后工"，都书写着那个时代自由、思辨、探索的文化内核，无疑是中华文化最珍贵的精神宝藏。唐宋八大家以其自由、正义、富有批判性的精神在后代一步步传承，影响着后代士人的价值体系，因此根植在中国文学的土壤之中，影响了后辈的一代代文人。

一、儒家文化中兴与古文运动

从魏晋南北朝到中唐以来，文坛上的"骈体文"尤为兴盛，骈文是一种要求对仗工整、声律铿锵、辞藻华丽的文体，因为常常使用四字句和六字句，又被称为"四六文"或"骈四俪六"。骈文发展到了后期，因过分讲究声律辞藻而使内容变得空洞浮华，因运用典故晦涩难懂使得文章失去原有的风采，慢慢走向靡丽和浮华。这种文风统治文坛多年，逐渐引起士大夫的反感，以一种质朴、自由的文体来替代当朝华丽浮靡的骈体文成为士大夫们的愿望。因此，以韩愈、柳宗元为首的士大夫发起了古文运动。

然而韩愈发起古文运动的目的除了反对当时盛行的骈文文体之外，还与当时的政治环境紧密相连。正如钱冬父在《唐宋古文运动》中所讲："任何时代的文学艺术，都是从那个时代的社会生活里面产生出来的，并且都是通过复杂曲折的形式，为那个时代的政治路线和阶级斗争服务的。在一定时期内，文学艺术上出现了某种强烈倾向的潮流和运动，它就不能不是那个时代社会的剧烈变化和斗争的反映，现在所讲的古文运动，也不例外。”[①] 长达八年的安史之乱使得繁荣鼎盛的盛唐逐渐走向衰退。唐朝政治腐败、宦官专权、兵祸连年的状况使得当朝士大夫陷入深深的苦闷。欲要改变这种现状，就必须进行改革，于是他们发起了永贞革新运动，反对宦官专权，反对藩镇割据，力求中央唯贤任用，赏罚有别。虽然当时的韩愈并未加入这场革新运动，但他所倡导的古文运动实则是为了解决同样的问题。一方面，绮丽空洞的骈体文不适合当朝政治斗争的需要，他们需要一种明白晓畅、质朴简洁的文体作为政治改革的有力武器；另一方面，唐朝在宗教上提倡儒、释、道并行，佛、道两教迅猛发展，甚至有超过儒教的势头。安史之乱之后，佛教地位的逐日攀升使得以儒家的纲常伦理维系的社会秩序开始松散，甚至开始威胁到中央集权的统治。

在这样的背景之下，韩愈举起古文运动的大旗，以改革文风为突破口，以复兴儒学为根本宗旨，宣扬“文以载道”的思想观，力求文学承担起政治教化的社会职责。他写的《论佛骨表》就是反对佛教、力求统治者以儒教治国的典型范例。在文中，他列举历朝皇帝因崇信佛教而“运祚不长”的例子，认为“佛者本夷狄之人……不知君臣之义、父子之情”。如今，佛已死久，“枯朽之骨，凶秽之余，岂可直入宫禁”，应该将这骨头“投诸水火，永绝根本，断天下之疑，绝后代之惑”[②]。韩愈虽然在文中言辞激烈，但是爱国的拳拳之心也清晰可表，他最后说道：“佛如有灵，能作祸福，凡有殃咎，宜加臣身，上天鉴临，臣不怨悔!”表示自己为了国家愿意承担一切祸患。

综上可看出，韩愈所发起的古文运动，表面是披着整顿文风的大衣，实则是为了反对佛教，恢复儒家道统，维护儒家君臣父子的伦理纲常，以求改革当时唐朝中央集权不稳固、宦官专权等社会之弊端。可以这么说，韩愈发起的古文运动实则是中唐政治革新的一部分。

---

① 钱冬父著：《唐宋古文运动》，第 7 页，上海古籍出版社 1979 年版。

② （唐）韩愈撰，（宋）魏仲举集注，郝润华、王东峰整理：《五百家注韩昌黎集》，第 1467 页，中华书局 2019 年版。

韩愈作为这场古文运动的旗手其地位举足轻重，而柳宗元作为古文运动的发起者，亦有不可取代的作用。首先，作为古文运动的倡导者，柳宗元也像韩愈一样，借变革文风的形式宣扬儒学之道，他对复兴儒学的热忱，可从他历来作品中一窥全貌。如他在《寄许京兆孟容书》中说道：

> 宗元早岁与负罪者亲善，始奇其能，谓可以共立仁义，裨教化。过不自料，勤勤勉励，唯以中正信义为志，以兴尧舜孔子之道，利安元元为务，不知愚陋，不可力强，其素意如此也。①

他“求尧舜孔子之志唯恐不得”“行尧舜孔子之道唯恐不谦”（《柳宗元集》卷二十五《送娄图南秀才游淮南将入道序》）的忐忑心理可看出他复兴儒学的决心。在文学创作方面，柳宗元用古文之法创作的杂记和杂文众多，特别是他的山水游记文，精妙幽深，小而精简，对古文运动的推进做出了突出贡献。如他的《至小丘西小石潭记》，语言简约精炼，情意幽深，运用移步换景、动静结合等手法写出小石潭的清远幽深，抒发了他仕宦失意后凄凉寂寥的心绪。试举文中一段：

> 从小丘西行百二十步，隔篁竹，闻水声，如鸣佩环，心乐之。伐竹取道，下见小潭，水尤清冽。全石以为底，近岸卷石底以出，为坻为屿，为嵁为岩。青树翠蔓，蒙络摇缀，参差披拂。②

寥寥数字，小石潭记那极幽极佳的样貌就跃然纸上，青青的树叶、翠绿的藤蔓、叮咚的水声、清冽的小潭在微风下独自美丽。柳宗元类似的作品还有很多，如《钴鉧潭西小丘记》《始得西山宴游记》《钴鉧潭记》等。苏轼评其“所贵乎枯淡者，谓其外枯而中膏，似淡而实美，渊明、子厚之流是也”，可

① （唐）柳宗元撰，尹占华、韩文奇校注：《柳宗元集校注》，第1955页，中华书局2013年版。
② （唐）柳宗元撰，尹占华、韩文奇校注：《柳宗元集校注》，第1912页，中华书局2013年版。

谓正中肯綮。

总之，韩愈、柳宗元作为中唐古文运动的发起者和倡导者，为中唐文风的改革和儒学的中兴鞠躬尽力，使中唐文风为之一变，在当时取得一定的成效。但伴随着韩愈的去世，古文随即失去之前的影响力，晚唐作家信手拈来的仍是华艳绮丽的骈体文，与之伴随的是佛教仍然盛行不衰。韩愈、柳宗元的古文运动就像一场短暂的烟火，伴随着他们的去世而悄然熄灭。清人姜宸英甚至认为韩愈之后，“其徒从之者亦寡。历五代之乱，几没不传”①。

韩愈、柳宗元的古文运动虽然随着他们的离世而式微，但是韩愈未曾想到，在两百多年后的宋朝，有人举着韩愈古文运动的大旗，发起了声势浩大的诗文革新运动，并且就此影响了之后几百年的文学创作。这些继承韩愈古文精神的人，就是宋朝六大家——欧阳修、王安石、苏洵、苏轼、苏辙和曾巩。

宋初文坛承袭晚唐五代柔弱绮艳的风格，在创作上沉湎于宴饮娱乐和周遭琐事，创作内容越来越狭窄单一，当时诗坛上流行着“白体”“晚唐体”和“西昆体”（简称“宋初三体”）。“白体”以李昉、徐铉等人为代表，他们以白居易为师，模仿元稹、白居易等人唱和的近体诗，风格浅切清雅，诗风平易浅俗；“晚唐体”以九僧、林逋等人为代表，他们以贾岛、姚合为师，多用白描手法写山林景色和隐逸生活，重五律，字斟句酌，诗风清苦；“西昆体”主要学习晚唐诗人李商隐的近体律诗，夸大了李诗的形式美，注重对偶，喜欢用典，堆砌辞藻，崇尚纤巧，追求华艳，在内容上歌功颂德，粉饰太平。总体来说，“宋初三体”虽均以唐诗为学习的标榜，但并未学到唐诗丰神情韵之精髓，反而使宋诗走向浮华纤巧、刻意雕琢的狭小通道。这种文风逐渐引起士大夫的反感，因此宋初诗坛一批文人士大夫开始创作古文力求扭转这种文风，然而其效果并不显著。正如《宋史》中提到：

---

① （清）姜宸英：《唐贤三昧集序》，见王士祯《唐贤三昧集》，第34册第325页，丛书集成三编，新文丰出版公司1996年版。

> 宋兴且百年，而文章体裁，犹仍五季余习。锼刻骈偶，淟涊弗振，士因陋守旧，论卑气弱。苏舜元、舜钦、柳开、穆修辈，咸有意作而张之，而力不足。①

宋代文学思想的转变肇始于北宋中叶的诗文革新运动，欧阳修等人对前朝和现存的文坛现状有深刻的了解，他们站在文坛领袖的高点，凭借着深厚的文学修养和强大的人格力量，举起古文运动的旗帜，力求创造出一种不同于宋初内敛纤柔的时代诗文风气。值得注意的是，宋朝的诗文革新运动以宋朝政治改革为背景，力求文学创作承担起政治改革和教化社会的作用。换句话说，宋朝的诗文革新运动一定程度上是中唐韩愈“文以载道”为理念的古文运动的延续，所以他们的文学革新肩负着复兴儒学、恢复诗教的使命。因此，宋朝的古文运动，从一开始就带有“复兴儒学”的倾向。欧阳修作为此次诗文革新运动的引领者，在这场变革中起了举足轻重的作用。

欧阳修作为科举主考官，曾多次反对文坛中晦涩险怪、佶屈聱牙的“太学体”，指责这种文风一味沉迷于僻典、怪句的方向而没有个性思想。为此，欧阳修在择选录入科考人士之时，尤为重视平易、质朴的文章，对作太学体诗文的人士一律不允录入。在当时来说，这对去除有害文风，促使平易、质朴、健康文风的确立有至关重要的作用。欧阳修不仅利用科考对文体文风的改革做出巨大贡献，他还十分注重奖掖后生，苏辙、苏轼、曾巩等人皆受欧阳修提拔和教导。他努力扶持奖掖苏轼、苏辙、曾巩、王安石等优秀人才，使得宋朝的诗文革新运动没有随其逝去而终结，而是在苏轼等人的带领下继续向前。经过他们三十多年的努力，宋朝文风终于朝着健康的方向一路发展。继欧阳修之后，宋代古文运动在苏轼领导之下全面深入地发展着，文学的自觉意识也越来越强烈。他继承欧阳修的古文观，对险怪艰涩、浮靡空洞的文风展开斗争，主张文风平易自然，写了大量切用实际的政论文，把欧阳修倡导的平易自然的文风发扬开来，这实际上反映了宋代古文运动的基本要求和

① （元）脱脱等撰：《宋史》，第 10375 页，中华书局 1977 年版。

发展方向。

总之，古文运动之所以能取得全面的胜利，是与那个时代优秀的古文大家分不开的，而唐宋八大家就是这其中最具代表性的人物，他们风采各异，但均做出有法度、重理性、讲求实用的古文。唐宋古文传统的形成，韩、柳有开创之功，而将这一传统发扬光大、播之千年的则是以欧、苏以及王安石、苏辙、苏洵、曾巩等为代表的宋代古文家。

二、三教合流文化思潮与唐宋八大家古文成就的关系

佛教从两汉之际最初传入中国，就与中国本土儒、道两派纷争不断，到了魏晋南北朝，佛教开始逐渐普及，信奉佛教渐渐成为一些士人共同的追求。魏晋南北朝的战火纷争和当时少数民族大兴佛事使得佛教快速传播，佛教地位迅速攀升，这种态势一直延续到唐朝。唐朝自高祖李渊开始，就将儒、释、道三家聚集共同讲义，自此以后，儒、释、道并立的格局基本形成并一直延续至宋，儒家负责统领政治和意识形态，而佛、道则在士大夫的思想领域影响至深。要论三教合流对唐宋八大家文学创作的影响，即可以从他们的创作与生活经历的各个方面一窥全貌。简言之，即可概括为“以佛治心，以道治身，以儒治世”①。

儒家思想对唐宋文人士大夫有不可替代的支配作用，是一种“不可为而为之”的积极入世思想，韩愈就是其中的典型代表。韩愈一生都在为维护王权统治和复兴儒学奋斗，他因唐朝儒学式微，中央集权统治遭到威胁而忧心如焚，直言上书皇帝《论佛骨表》，虽深知其言论要招致祸患，却仍然无怨无悔，试看他的一段论述：“佛如有灵，能作祸福，凡有殃咎，宜加臣身，上天鉴临，臣不怨悔！”② 其不可为而为之，大义凛然，虽千万人吾往矣的仁者忠义之心是儒家精神最有力的传承。儒家文化对韩愈的影响亦体现在他的文学

---

① （元）刘谧撰：《三教平心论》，第25册第497页，丛书集成新编，新文丰出版公司1984年版。

② （唐）韩愈撰，（宋）魏仲举集注，郝润华、王东峰整理：《五百家注韩昌黎集》，第1467页，中华书局2019年版。

创作中，如他的《御史台上论天旱人饥状》向统治者指出了“弃子逐妻，以求口食；拆屋伐树，以纳税钱；寒馁道途，毙踣沟壑”① 的悲惨景象，恳求统治者皇恩大赦，减轻赋税。又如韩愈因谏迎佛骨而遭潮州之贬，韩愈随即走向民间，了解当地的百姓生活，当得知此地常常发生鳄鱼之患时，他亲临现场观察，写了《祭鳄鱼文》，表达其为民除害的愿望。同年冬天，他调任袁州刺史。在袁州的八九个月中，他看到当地在藩镇混战之中特盛的畜奴状况，用“计佣偿值”的办法替贫民赎回了七百三十一个典质为奴的良民男女，并想到“袁州至小，尚有七百余人；天下诸州，其数固当不少”。因此，回京以后，他奏进《应所在典贴良人男女等状》，请求朝廷明令诸州禁止违律典贴良民子女为奴的行为，并希望皇帝下诏把天下诸州所已典贴的良民“一旨放免”。这种关心民瘼、民胞物与的儒家仁义精神始终影响着唐宋八大家的文学创作，如王安石的《上仁宗皇帝言事书》，苏轼的《鱼蛮子》《荔枝叹》等作品。

其次，在政治生涯不得意的情况下，身处唐宋的士大夫常常以佛道思想来调解自己，最典型的就是苏轼，一生三次遭遇贬谪，但苦难并没有打倒他，而是成就了他“纵浪大化中，不喜亦不惧”的超旷境界。东坡在他贬谪时期经常借佛道自慰，创作了诸多反应佛道超旷脱俗的篇章，如写于公元 1082 年的《前赤壁赋》，当时苏轼因“乌台诗案”谪居黄州已近四年。“乌台诗案”使苏轼身心遭受巨大折磨，在生死一线的边缘挽回生命后被贬到荒凉的黄州，曾经那“致君尧舜上”的理想瞬间破灭，他从京都被贬到无人问津的黄州，巨大的心理落差使他内心痛苦不堪。此时，积极入世的儒家精神不能抚平他的心理创伤，而佛、道超然物外的旷达精神则成为他的心灵支柱。试看《前赤壁赋》中的言论，皆可从中看出东坡旷达任远的佛、道思想。

纵一苇之所如，凌万顷之茫然。浩浩乎如冯虚御风，而不知其所止，飘飘乎如遗世独立，羽化而登仙。

① （唐）韩愈撰，（宋）魏仲举集注，郝润华、王东峰整理：《五百家注韩昌黎集》，第 1433 页，中华书局 2019 年版。

寄蜉蝣于天地，渺沧海之一粟。哀吾生之须臾，羡长江之无穷。挟飞仙以遨游，抱明月而长终。知不可乎骤得，托遗响于悲风。①

在《前赤壁赋》中，苏轼将儒家经世致用、治国平天下的思想转化为逍遥任远、万物皆空的佛、道观念，使他在人生巨大转折中正视坎坷保持乐观豁达的人生态度。苏轼亦是中国文人士大夫的典型代表，在儒、释、道的思想调和之下立足于世间。

三、科举文化与唐宋八大家的接受

（一）唐宋八大家对于科举文化的影响

唐宋时期科举制度从成形到发展，经历了漫长的百年岁月，而唐宋八大家在这科举制逐渐成形的过程中起了至关重要的作用。

唐代科举考试虽然科目众多，但进士科却是最受追捧和尊重的。关于唐宋八大家对科举考试的影响，要从韩愈说起。唐初进士科主要考的是“时务策”五条，也就是涉及国家的现实问题，考生们进行论证，提出解决的办法。到了唐高宗时期，进士科就形成了杂文、帖经、策问三场考试制。这时出现了很多“科举的应试之文”，相当于进士科的考试文体，后人用“时文”来称呼它。韩愈把六朝以来讲求声律、辞藻及排偶的骈文视为俗下的文字，唐代进士科考试的“应试之文”也是骈体的形式。

虽然韩愈在当时推行“古文运动”，但他并没有反对科举中的“时文”创作。相反，为了能够更好地推进这一项文学运动，韩愈主张以古文影响时文。这些受古文影响的作品不仅有骈文的基本格式要求，而且有深刻的思想内涵，能指出社会的弊病，在很好地纠正科举考试不正之风的同时又能平衡古文运动与科举考试之间的矛盾。虽然古文与时文的完美结合最后没能真正实现，但是韩愈的这种尝试却缓解了古文运动和科举制度之间的矛盾，同时又扩大了古文运动的影响力。宋代的欧阳修也有“以古文为时文”的思想。一般的

---

① 孔凡礼点校：《苏轼文集》，第6页，中华书局1986年版。

时文只追求声律的和谐、对偶的工整和用词的华丽，虽然辞藻吸引人，但是细品却没有什么思想内涵。欧阳修创作的时文除了有工整的对偶形式以外，还包含着对时事的关心，并且拥有深刻内涵，所以他的作品除了典雅之外还有着一种特别的气势和风骨，他的文章很明显地表现出了古文的风格，这就是古文影响时文很成功的实践。古文运动到了这个时期获得了很大的成功，欧阳修借此在科举考试中提拔了很多优秀的文人志士，如苏轼、曾巩等。

在科举制度的发展这一方面，王安石的影响也很大。王安石在宋神宗熙宁年间的变法中对科举制做出了一系列的调整和改革，如废除明经诸科、将《论语》《孟子》纳入考试范围、放宽录取的尺度等。从这些改革措施可以看出，王安石对当时科举考试中存在的弊病有所改正，他曾言："今以少壮时，正当讲求天下正理，乃闭门学作诗赋，及其入官，世事皆所不习，此科法败坏人才，致不如古。"① 为了改良这种不符合发展需要的选官制度，他抛弃了考察诗赋，而换以经义、论、策取士，并且把范围定在了经学上，实际上是挽回了当时科举考试太重视文章而导致经学没落的局面，突出了经学在科举中的主导地位。总之，唐宋八大家不仅在古文方面有卓越建树，同时也对科举制的发展做出了很大的贡献。

（二）唐宋八大家的接受

古人对于唐宋八大家的喜爱和推崇是毋庸置疑的。日本学者高津孝指出，士大夫这一社会阶层，即科举制度造就的科举官僚阶层，构成了宋代社会的骨架，所谓唐宋八大家的形成，首先与这一社会性质有关。唐宋八大家的作品选本被经典化的过程是科举制度日益完善的过程：科举考试中的文体经历了旧的形式主义到浮夸的骈体文再到"唐宋八大家文"。文体的渐渐改变也同时说明着科举制度对于唐宋八大家文的重视。从明代文学家茅坤所选编的《唐宋八大家文钞》首次确立了唐宋散文的经典之后，他们的文章也成了士人们模仿的对象。韩愈的文章兼具众采，又具有"文以载道"的思想，在当时被科举考生奉为典范。而欧阳修与苏轼、苏辙、曾巩等人对于古文的继承与

① （元）脱脱等撰：《宋史》，第3617—3618页，中华书局1977年版。

开拓也使得他们的文章在后代被文人士大夫广泛传诵。当时士人们对它的研究侧重于文章的实用性，相比那些妙笔横生的散文，他们将更多的关注点放在奏章、策论文之中。从他们自身的创作情况来看，宋六家除了苏洵以外，都担任过知制诰这个职务，他们大量的工作就是负责起草诏令，因此八大家创作的公务性文章，如内外制文和奏疏等，远远大于他们的文学性散文。要之，唐宋八大家之文对科举制度的影响甚远。

另一方面，唐宋八大家汇集了唐宋两朝成就卓著的文人，这样一个跨越时代、创作风格独树一帜、文学成就彪炳千古的文人群体，对后世的影响不仅限于科举方面。“唐宋八大家”这八人，总共创作了将近 9000 首诗词，12000 多篇文章，人均 2600 多篇诗文。要论八大家之影响，从南宋伊始就已初现其貌。吕祖谦所编的《古文关键》，精选了韩愈、柳宗元、曾巩、苏洵、苏轼等诸人文章六十余篇合为二卷，在当时影响甚广。元代脱脱主编的《宋史·文苑传》中言：“庐陵欧阳修出，以古文倡，临川王安石、眉山苏轼、南丰曾巩起而和之，宋文日趋于古矣。”① 虽然作者所提及的文人中缺少了苏洵、苏辙父子，但也可看出唐宋八大家在当时的影响力已为时人共识。及至茅坤编选《唐宋八大家文钞》问世时，他们在文人士大夫心中的地位已异常显著。后人将韩愈赞为“文章巨公”和“百代文宗”，称苏轼“别开生面，成一代之大观”，赞欧阳修为“千古文章大家”。他们所提出的散文创作理论，从韩愈的“文道合一”“气盛言宜”“务去陈言”“文从字顺”到苏轼的“形神兼备，物我合一”、欧阳修的“穷而后工”等均成为后代文人共同遵循的创作宗旨，在中国的文学史上画下了浓墨重彩的一笔。

---

① （元）脱脱等撰：《宋史》，第 12997 页，中华书局 1977 年版。

第一章　韩愈古文与中华文化之“道”

韩愈是唐代中期儒家思想的代表人物，他以孟子的继承者自居，一生以恢复传统儒家思想为己任，并提出了以发扬儒家圣贤之道和仁爱精神为核心的道统论思想。作为中唐古文运动的领袖，他提出的以“仁义”为核心的道统论思想代表了儒家文化的再次觉醒。面对道教和佛教的冲击，韩愈毅然扛起排佛斥道、复兴儒学的大旗，为恢复儒学的正统地位做出了自己的贡献。此外他所领导的古文运动，以“文以明道”思想为主导，变“骈”为“散”，创作出的众多言之有物、针砭时弊的文章，具有很高的思想价值和社会价值，开启了唐宋时期儒家文化发展转型的新篇章，对后世的文学创作产生了深远的影响。

第一节　中华文化中的“道”之内涵解析

一、儒、道、佛家之“道”

在中国的思想史中，“道”是一个比较宽泛的概念，极其复杂又难以言说。“道”字首先出现于金文之中，本义是指大家共同行走的路。有关史书典籍的记载中，从《易经》到《诗经》，“道”的基本内涵仍没变，但义项开始多元化。到了《左传》《国语》时期，“道”被进一步抽象为天道与人道，这也标志着“道”的哲学范畴开始形成。后来随着时代的演变，“道”的哲学范畴也不断得到丰富。“由于道的概念本身具有形而上的性质，因此很容易产生‘各道其所以道’的现象。”① 不同学派对于“道”的解释也不相同，最典型的就是儒家之“道”、道家之“道”以及佛家之“道”。

儒家之“道”实质上就是指“人道”，是儒家所规定的仁义道德。它讲究父慈子孝、兄友弟恭、君礼臣忠、君惠民信等伦理道德。儒家的创始人孔子提出“道”的目的是为了维护周礼，他希望自己所提倡的“道”能够成为人们集体有意识遵守的法规，这样社会就能保持稳定和谐。

道家学派创始人老子认为“道法自然”，道的核心理念就是以“道”为原则。所谓“得道”，就是顺应事物的发展规律，还原其本来的样子，不施加外在的力量去干预。《老子》第二十五章中谈道：“有物混成，先天地生。寂兮寥兮，独立而不改，周行而不殆，可以为天地母。吾不知其名，字之曰道。”② 在道家看来，“道”其实就是宇宙万事万物未开时的一种混沌状态，也是宇宙万物运行时的规律。《老子》第四十二章还说：“道生一，一生二，二生三，三生万物。”③ 他认为道可以衍生万物，是万物存在的总依据，这是关于“道”的理念中比较抽象的部分，同时道家的“道”也有具体的一面，例如儒家提倡积极入世，做官要建功立业；相反道家则讲究修身养性，清静自然无不为。

相对于中国土生土长的儒、道两家来说，佛教是通过西域而传入中土的外来宗教。佛教教义中本身是没有“道”这个概念的，但是在传播过程中，为了能扩大佛教的影响，佛教徒便将“涅槃”与“道”等同起来，强调人们通过修炼和顿悟就能达到超脱生死轮回的境界。此外佛教教义还要求人们把希望放在来生，放弃今世的欲念就能得到解脱，脱离苦海。这对于中国强调今生今世的传统观点来说是全新的见解。

虽然儒、道、佛三家关于“道”的观点不尽相同，但是这三者也不是完全孤立的，而是相互联系、相互融合的，这就造成了不同的历史发展时期人

---

① 李悦：《从三篇〈原道〉管窥“道”内涵的嬗变》，《华中师范大学研究生学报》2007年第2期。

② 陈鼓应：《老子注译及评介》，第451—452页，中华书局1984年版。

③ 陈鼓应：《老子注译及评介》，第459页，中华书局1984年版。

们对"道"的内涵认识的不同。

二、韩愈的"道统观"——以"仁义"为核心的儒家礼仪

道统被称为大道的统绪，具体包括"道"和"统"两层含义，彼此不可分割。这里的"道"指文化之精髓，也是道统所传授的内容。在中国哲学史的界定中，"道统"仅仅指儒家思想文化的传承统绪，道统之"道"贯穿在儒家思想的发展过程中，是儒家理论学说的基本构成部分，它的发展演变也丰富了儒家学说的内涵。在两千多年的封建统治中，儒家思想始终处于正统地位，在封建社会发展中，儒家思想为人们提供了新的指路明灯，并为推动社会生活和思想文化的发展提供了动力，它在历史发展中的作用是应该被肯定的，儒家也以"道统"来表明自己的正统性。

中唐时期藩镇割据尤为严重，造成朝纲混乱，宦官专权，大大削弱了中央集权的统治。此外，战乱频仍使得社会动荡不安，尤其开元、天宝年间，土地兼并、买卖之风盛行，导致百姓生活困顿，流离失所，忧愁无处排遣，这种现象的发生也间接证实了儒家建构的理论体系所存在的漏洞。加之当时佛、道盛行，它们所宣扬的教义与儒家不同，"佛教宣扬色空、现世的虚无，寄希望于缥缈的来世；道教学说的核心亦是虚无，蛊惑各色人等追求长生不老，这同儒学所倡导的'修、齐、治、平'及舍生取义等观念针锋相对"①。这满足了人们对于合理秩序的需求，他们便将精神寄托于佛、道二教。作为儒家忠诚的卫道士，韩愈痛心于佛、道二教的日益猖獗给国家和人民所带来的巨大危害，并从维护儒家正统思想、捍卫皇权统治的道义出发，他在《论佛骨表》中直言进谏，痛斥佛教是"夷狄之人"，既不知君臣之义又不懂父子之情，且有悖于王道教化，因此与儒教之间根本没有调和的可能性，反倒佛教的盛行使得儒学的地位和价值开始弱化，同时也使得社会秩序不稳定，韩愈在《原道》篇中设计了一个君、臣、民相生养观、四民并重尽职守分的理想模式："古之为民者四，今之为民者六；古之教者处其一，今之教者处其

---

① 王东峰：《韩愈奖掖后进的动机及目的考述》，《周口师范学院学报》2010 年第 7 期。

三。农之家一，而食粟之家六；工之家一，而用器之家六；贾之家一，而资焉之家六。"[①] 但是佛教的盛行使得这一社会秩序被打乱，社会生产力遭到严重破坏，因此当务之急是要重振儒家的正统地位以恢复先王之道，巩固中央集权的统治。

道统论的首倡者是韩愈，"道统"之"道"的思想基础和传承统绪来源于先秦时期的孔孟。韩愈在《原道》篇中讲到他的道统观：

> 博爱之谓仁，行而宜之之谓义，由是而之焉之谓道，足乎己，无待于外之谓德。仁与义为定名，道与德为虚位，故道有君子有小人，而德有凶有吉。[②]

在韩愈看来，"仁义道德"是儒家思想的基本原则，"仁义"是儒家思想的核心概念，也是儒家思想的最本质特征，因此他推崇和赞扬"仁义"，并将其定为儒家思想的总纲领。他界定"仁义"所用的就是"博爱"与"行宜"，以博爱来诠释仁，以合乎规范的"行而宜之"来解释义，以行仁义时所表现的无待自足的状态来解释德，以通往仁义的途径来解释道，这样就使抽象的概念具体化了，使"道"与现实的人生紧密地联系在一起，并演化为人们日常生活所要遵守的行为准则，同时也揭示出道、德的实现需要个人生命去践行的道理。他提出的"博爱之谓仁"的民本思想，不仅是对先秦"仁爱"思想的继承，更是对中华民族优秀思想文化的继承和发扬。

自韩愈起，"博爱"也就成为促进中华民族社会和谐的思想核心。韩愈在道统方面的卓越见识在宋代受到了高度的赞扬，理学大师朱熹曾评价说："退之说性，只将仁义礼智来说，便是识见高处。"此外，北宋大文豪苏轼在《六一居士集》中也对韩愈有着高度评价："自汉以来，道术不出于孔氏，而乱天

---

① （唐）韩愈撰，（宋）魏仲举集注，郝润华、王东峰整理：《五百家注韩昌黎集》，第 674 页，中华书局 2019 年版。

② （唐）韩愈撰，（宋）魏仲举集注，郝润华、王东峰整理：《五百家注韩昌黎集》，第 673 页，中华书局 2019 年版。

下者多矣。晋以老庄亡，梁以佛亡，莫或正之，五百余年而后得韩愈，学者以愈配孟子，盖庶几焉。”① 他认为，在继承儒家学术思想方面，韩愈是孟子之后的第一人。

第二节 韩愈古文对于“道”的体认与贯彻

韩愈自幼好学，刻苦研读儒家经典。《旧唐书·韩愈传》有记载：“愈生三岁而孤，养于从父兄。愈自以孤子，幼刻苦学儒，不俟奖励。大历、贞元之间，文字多尚古学，效扬雄、董仲舒之述作，而独孤及、梁肃最称渊奥，儒林推重。”② 同时《新唐书·韩愈传》载：“愈生三岁而孤，随伯兄会贬官岭表。会卒，嫂郑鞠之。愈自知读书，日记数千百言，比长，尽能通《六经》、百家学。擢进士第。”③ 韩愈虽然出身贫寒，但他在兄嫂的教育下，刻苦研读儒家经典。青年时期，他就将西汉儒学大师董仲舒和扬雄视为学习榜样，并且通过辛勤的努力积累了丰厚的学养，为之后提倡并践行古文运动打下了坚实的基础。他遍览群书，尤其对儒家的经典著作非常感兴趣。通过研读孔孟的著作，他觉悟到儒家思想才是治理国家的灵丹妙药，以“仁义”为核心的道统思想作为精神世界的一大支柱，贯穿了一生，也影响了政治命运。在二十多年的宦海沉浮中，不论是在朝为官，还是当政一方，他始终坚持勤政恤民，为民请命，以儒家礼仪去教化民众，推行礼治，身体力行践行着儒家的“仁爱观”。

一、中唐古文运动对于儒学体系的重建

古文运动其实并不是单纯意义上的一次文化救赎，它是与社会政治、经济、文化相结合的具有重大社会影响的文学运动，也是儒家“经世致用”思

---

① 孔凡礼点校：《苏轼文集》，第 316 页，中华书局 1986 年版。

② （后晋）刘昫等撰：《旧唐书》，第 4195 页，中华书局 1975 年版。

③ （宋）欧阳修、宋祁撰：《新唐书》，第 5255 页，中华书局 1975 年版。

想的反映。“安史之乱”过后，唐朝藩镇割据严重，朝政腐败，宦官专权，内政腐败导致外患不断，国事凋敝，国家动荡不安。中唐文人深受儒家“积极入世”思想的影响，普遍怀有济天下苍生的使命感和责任感，因此他们参与政治、报效国家的热情被极大地激发出来，尤其是那些曾经历过“盛唐气象”的士人目睹国家纷乱的局面后开始痛定思痛，纷纷献计献策，希望找到变革的方法，救国家于危难之中。古文运动的开展是由安史之乱及藩镇割据之局所引起的，“尊王攘夷”为其中心思想，因此古文运动是在这一思想的指导下的一次较为自觉的文学革新运动，它是当时文人士大夫在政治斗争失利的情况下转向思想界、文学界，并借助文学运动的方式来表达政治理想和希望国家统一的重要媒介，它试图通过攘除有害于华夏民族的异端思想来确保儒学在思想界的正统地位；通过建立新的儒学体系来修复岌岌可危的中央集权，以此来重新确立以天子为中心的封建统治秩序。

在中国文化发展过程中，道统是随着道的内涵日益丰富和传授统绪的日益完善而不断发展的文化体系和文化经脉。“道”之含义既可宏观地表现于宇宙、政治、人生的全局中，亦可演化成具体领域的内涵，例如：治国之道、修身之道等。故而，“道”与其他具体行为是一与多、本原与派生的关系。“传道统绪”也成为各学派彰显自身正统性传承的一种手段。诸子百家纷纷以“道”作为自己学说体系的核心范畴，同时也通过著书立说来表明自身的传承谱系。在中国历史文化的发展演变过程中，“道”作为最高的哲学范畴已成为中国传统文化最本质的力量，同时也是古代中国最高智慧的象征。

韩愈的“道统论”思想，是对传统儒道思想的继承和发扬。它主要集中体现在《原道》《原性》《原人》《原毁》《原鬼》这五篇作品中。在著名的《原道》篇中韩愈指出：“斯吾所谓道也，非向所谓老与佛之道也。尧以是传之舜，舜以是传之禹，禹以是传之汤，汤以是传之文、武，周公，文、武、周公传之孔子，孔子传之孟轲，轲之死，不得其传焉。”① 韩愈所提倡的道统

---

① （唐）韩愈撰，（宋）魏仲举集注，郝润华、王东峰整理：《五百家注韩昌黎集》，第 676 页，中华书局 2019 年版。

是经先贤们代代相传的正统之道，只是到了孟子时期，儒道的传承中断，因此他继承了孔孟之道，更以孟子后人自居。在《与孟简尚书书》中，韩愈亦指出“仁义”是儒家道统的核心内容，立志要通过自己的努力使道统得以发扬，甚至还表明了要以身殉道的决心，原文说道：

> 于是时也，而唱释、老于其间，鼓天下之众而从之，呜呼，其不仁甚矣！释、老之害过于杨、墨，韩愈之贤不及孟子，孟子不能救之于未亡之前，而韩愈乃欲全之于已坏之后，呜呼，其亦不量其力且见其身之危，莫之救以死也！虽然，使其道由愈以粗传，虽灭死，万万无恨！①

韩愈认为佛、老盛行，其危害甚至超过了杨朱和墨子，先贤孟子尚未能在先王之道完全灭绝之前进行补救，而自己却试图在儒家经典遭受破坏的时候恢复原貌，这一想法简直是不自量力，虽然如此，还是不后悔自己为传承先王之道所做的努力。

韩愈继承并发展了儒家的仁义道德学说，同时在《原道》篇中他指出自己所提倡的“道”不同于佛、道两家，有一个界定：“博爱之谓仁，行而宜之之谓义，由是而之焉之谓道，足乎己，无待于外之谓德。仁与义为定名，道与德为虚位。”② 他认为正是因为道与德是虚位，所以才有君子和小人之分，性情也有凶吉之分，正是这一点造成了儒、道、佛三家各行其道的局面。此外，他还对三家的道德观做了对比，儒家的“凡吾所谓道德云者，合仁与义言之也”对比道家的“老子之所谓道德云者，去仁与义言之也”；儒家讲求诚意、正心，修身、齐家、治国、平天下；而佛教却提倡“外于天下、国家，灭其天常，子焉而不父其父，臣焉而不君其君，民焉而不事其事”。通过对比，得出儒家的“道”是正统，“凡吾所谓道德云者，合仁与义言之也，天下

---

① （唐）韩愈撰，（宋）魏仲举集注，郝润华、王东峰整理：《五百家注韩昌黎集》，第 931 页，中华书局 2019 年版。

② （唐）韩愈撰，（宋）魏仲举集注，郝润华、王东峰整理：《五百家注韩昌黎集》，第 673 页，中华书局 2019 年版。

之公言也”[①]。这样,《原道》一文使儒家的伦理思想形成了一个结构完整的理论形态。

韩愈还对《大学》推崇备至,他的儒学理论中也主要是以《大学》来阐述他的正心诚意之旨:“古之欲明明德于天下者,先治其国;欲治其国者,先齐其家;欲齐其家者,先修其身;欲修其身者,先正其心;欲正其心者,先诚其意。然则古之所谓正心而诚意者,将以有为也。”[②] 韩愈认为佛家所提倡的只讲求修身修心与《大学》所提倡的修身、齐家、治国、平天下是相悖的,不利于维护以宗法制为基础的封建统治,会扰乱国家秩序和社会秩序,他就是通过这种追根溯源的方式来确立儒家“道统”思想的合理性、继承性、正统性,证明儒家思想是与中国封建社会以农立国、宗法制度和专制政体相适应的社会意识形态。

在《原性》篇中,韩愈提出“性三品说”:

> 性也者,与生俱生也;情也者,接于物而生也。性之品有三,而其所以为性者五;情之品有三,而其所以为情者七。[③]

他对人性的辨析包含了人性论的三个方面,性分为上、中、下三品,上品者为善,中品者可导向善或导向恶,下品者为恶。他认为性与生俱来,情则是触物而生,性与情不一样。此外他还把人性的发展视为动态的,善者可以更善,恶者可以更恶;同时善者可以为恶,恶者亦可以为善,因此最好的方法就是引导善者而制止恶者,这就使得他对孟子的性善论、荀子的性恶论和扬雄主张性的善恶相混都持批评的态度。“韩愈之所以会有如此观点,是因为其

---

① (唐)韩愈撰,(宋)魏仲举集注,郝润华、王东峰整理:《五百家注韩昌黎集》,第673页,中华书局2019年版。

② (唐)韩愈撰,(宋)魏仲举集注,郝润华、王东峰整理:《五百家注韩昌黎集》,第675页,中华书局2019年版。

③ (唐)韩愈撰,(宋)魏仲举集注,郝润华、王东峰整理:《五百家注韩昌黎集》,第682页,中华书局2019年版。

自身人为情会由性而决定，人的感情同人的本性之间有着密切的联系。人性当中虽然有仁义礼智信的道德伦理，但是由于每个人的情感表现和禀赋能力均存在着不同程度的差异，因而分为上、中、下三个不同的层次。在社会现实伦理关系当中，以情制动更加充分地展现出人的道德本性，只有始终坚持儒家的社会规范，才能真正地实现趋善避恶和趋利避害。”① 积极提倡儒家的社会规范，这与人性当中的仁义礼智信等伦理道德不谋而合，以情制动，便可以使人性更多的趋向合理、正义的一面。儒家的“道”是指“人道”，其实质就是仁义道德，它讲究父慈子孝、兄友弟恭、君礼臣忠、君惠民信等伦理道德。韩愈在《原性》一文中所提出的“性三品说”中的“性”，包含了仁、义、礼、智、信等内容，这与儒家的“人道”有异曲同工之妙。

二、文以明道

韩愈一生经历了代、德、顺、宪、穆宗五个朝代，虽然仕途上曲折坎坷，大起大落，甚至因为民请命两次被贬蛮荒，但是无论在朝为官还是造福一方，他都忠诚尽责。在做文章方面，他从小经过刻苦钻研，积累了扎实的古文基础。韩愈在论述其文学理论时，继承了扬雄、刘勰以来“原道”“宗经”“征圣”的观点，并加以发展。在宣传儒家思想的过程中，采用古文的方式，“用先秦、两汉之文体，改作唐代当时民间流行之小说，欲借之一扫腐化僵化不适用于人生之骈体文，作此尝试而能成功者，故名虽复古，实则通今，在当时为最便宣传，甚合实际之文体也”②。在《争臣论》一文中，韩愈明确提出“文以明道”的思想：

君子居其位，则思死其官；未得其位，则思修其辞以明其道。③

---

① 朱晶：《韩愈的道统思想及其后世意义》，沈阳师范大学硕士论文 2019 年版。

② 陈寅恪著：《陈寅恪集·金明馆丛稿初编》，第 329—330 页，三联书店 2001 年版。

③ （唐）韩愈撰，（宋）魏仲举集注，郝润华、王东峰整理：《五百家注韩昌黎集》，第 806 页，中华书局 2019 年版。

"道"指儒家的仁义道德，"以明其道"就是通过文章的创作来唤起社会缺失的儒家道统。所谓"文章合为时而著"，韩愈古文中的"道"与当时的社会氛围有很大的关系。安史之乱后，社会凋敝，藩镇割据严重，宦官专权，朋党争胜，朝政腐败，中央集权被严重削弱，唐中央直接控制的土地缩小，统治阶级加大了对人民的剥削。正是因为这样，才难以满足国用开支，百姓流离失所，苦不堪言。观察和认识社会、了解人情，是思想家和政治家面对社会和人生的前提，而能否做到体恤民情、为民着想则取决于他有没有仁爱之心。韩愈自小父母早逝，一直跟随兄嫂过着贬谪流徙的生活，所以从小他就能体会下层百姓生活的艰苦。进入官场以后，他也始终体恤民情、为民着想。贞元十五年韩愈在归徐州的途中，看到百姓水深火热的处境，他心痛不已，在《归彭城》诗中表达了对苦难的百姓的深切同情："天下兵又动，太平竟何时。讦谋者谁子，无乃失所宜。前年关中旱，闾井多死饥。去岁东郡水，生民为流尸。"[①] 同时也写下："刳肝以为纸，沥血以书辞。上言陈尧舜，下言引龙夔。"[②] 韩愈用"刳肝""沥血"以誓为民请命的决心，表明自己一旦有机会回朝做官就要救万民于水火，这正是韩愈弘扬儒家仁义道德的生动体现。

唐代科举以赋取士，其中赋就主要是指骈体文，骈体文主张辞藻华丽，对仗工整，虽然赋体的发展对于初、盛唐文章的盛行有一定的促进作用，但到了中唐，随着盛唐气象的消散，文人对于国家和个人前途命运的迷茫导致骈文逐渐不再适合当时社会的发展。在此基础之上，以韩愈为首的一批文学家便开始了"古文运动"，目的就是为了发扬儒道，同时矫正文坛不良之风，恢宏志士风雅。所谓"古文运动"，即传习"古道"，写作"古文"，以"复古"为旗帜，推行儒道。从现实层面来说，韩愈发扬的儒道，还是为了巩固唐王朝的统治，自安史之乱以来，国家不复之前荣光，藩镇割据成了当时最主要的问题，兵祸连年的状况使得士大夫陷入深深的苦闷，他们想要改变这

---

① （唐）韩愈撰，（宋）魏仲举集注，郝润华、王东峰整理：《五百家注韩昌黎集》，第98页，中华书局2019年版。

② （唐）韩愈撰，（宋）魏仲举集注，郝润华、王东峰整理：《五百家注韩昌黎集》，第98页，中华书局2019年版。

种现状，就必须进行改革。一方面，绮丽空洞的骈体文不适合当朝政治斗争的需要，需要一种明白晓畅、质朴简洁的文体作为政治改革的有力武器；另一方面，唐朝在宗教上提倡儒、释、道并行，佛、道两教迅猛发展，甚至有超过儒教的势头。安史之乱之后，佛教地位的逐日攀升使得儒家的纲常伦理维系的社会秩序开始松散，甚至开始威胁到中央集权的统治。韩愈继承孔孟遗风，其救世立言的心理也同样来自于此。“韩愈在《原道》篇中明确界定：‘道’是为国为民的高度社会责任感和积极入世的人生态度。写古文首先是内容富有社会意义的革新。”① 他希望通过古文这一媒介，使得儒家之道得以传承，社会风气得以改变。韩愈深知只有社会风气的改变，尤其是士林风气的改变，才能让这个呈现颓靡之势的王朝恢复些许生机。由此得见，韩愈古文中对“道”的贯彻，也是为最终弘扬“道”的目的所采取的一种措施。

韩愈在《答李师锡秀才书》中说：“然愈之所志于古者，不唯其辞之好，好其道焉尔。”② 在他看来古文是对“天地之道”的完美记载，是圣贤的价值取向和意旨。在《题哀辞后》中他的表述更为清晰：“愈之为古文，岂独取其句读不类于今者耶？思古人而不得见，学古道则欲兼通其辞，通其辞者，本志于古道者也。”③ 主张通过学习古文恢复儒道之传统，表明他对古文所载之道和古文中所体现出的往圣道德价值的认同。那么，在韩愈所写的古文之中，又是通过什么样的方式来展现对“道”的体认和贯彻呢？这就要提到韩愈在古文写作中所提到的几个主张了。

（一）不平则鸣

历来儒家所强调的实现人生价值的方式是：立德、立功、立言。韩愈所发起的古文运动正是通过立言来实现人生的价值。在“性情论”中，他提出了“不平则鸣”这一理论。他认为情感的抒发需要通过文章的形式展现出来。

---

① 石文英：《论韩愈古文理论中的“道”及“胶”与“异”》，《厦门大学学报》1998 年第 4 期。

② （唐）韩愈撰，（宋）魏仲举集注，郝润华、王东峰整理：《五百家注韩昌黎集》，第 884 页，中华书局 2019 年版。

③ （唐）韩愈撰，（宋）魏仲举集注，郝润华、王东峰整理：《五百家注韩昌黎集》，第 1053 页，中华书局 2019 年版。

《送孟东野序》中详细地阐释了“不平则鸣”说：

> 大凡物不得其平则鸣。草木之无声，风挠之鸣；水之无声，风荡之鸣。其跃也，或激之；其趋也，或梗之；其沸也，或炙之。金石之无声，或击之鸣。人之为言也，亦然有不得已者而后言，其歌也有思，其哭也有怀，凡出乎口而为声者，其皆有弗平者乎！
>
> 乐也者，郁于中而泄于外者也，择其善鸣者而假之鸣。①

首先，韩愈的“不平则鸣”说范围是极其宏大的，从人到自然万物，万物皆有情，情动则鸣，这是韩愈“不平则鸣”学说中更深层的内涵；其次，他在写作时，常常把个人的境遇与国家的兴衰荣辱联系在一起，使得他的文章有了更为深层的意义，感情也得以用一种更加特别的方式来展现出来。

再如他在《答崔立之书》中写道：“方今天下风俗尚有未及于古者，边境尚有被甲执兵者，主上不得怡，而宰相以为忧。”② 韩愈并非只为个人的愤懑愁苦而鸣，更为看重的是国家的兴衰，鸣国家之兴，鸣国家之衰，体现了儒家勇于担当的精神，同时他把个人的穷困愁思与国家兴衰结合，使郁积于诗人胸中的“情结”有了实体，将个人与国家相结合，既愤己又忧国，很好地贯彻了儒家的道统思想。“不平则鸣”与“道”的关系，与古代诗歌用以表达社会功用的“美”和“刺”很相像，这其实也是所有儒家作品中共通的艺术特征。骈体文的写作更加注重“美”的一方面，即歌颂统治者的功德；而韩愈所倡导的古文写作则更加偏重于“刺”，这一点从“不平则鸣”的本身含义中便可窥知。同时，这个“刺”与前人亦有所不同，韩愈的“刺”不仅是通过说理来达到“刺”之目的，而且更加注重的是个人情感的抒发。“不平则鸣”这一理论，不愧为其整体古文理论的核心，它是对儒道大统的继承和发展，对后世

---

① （唐）韩愈撰，（宋）魏仲举集注，郝润华、王东峰整理：《五百家注韩昌黎集》，第957—958页，中华书局2019年版。

② （唐）韩愈撰，（宋）魏仲举集注，郝润华、王东峰整理：《五百家注韩昌黎集》，第872—873页，中华书局2019年版。

文人的创作影响深远。晚唐的司空图受韩孟诗派的影响，“重视不平之气的抒发，《绝麟集述》的‘肆愤’说正可以视为对韩愈‘不平则鸣’说的继承”①。

（二）重视道德和文学修养

韩愈提倡写文章要重视创作主体自身的道德和文学素养。“他深刻地继承了先秦儒学中注重主体修养的追求，也就是个体通过注重道德修养以达‘道’。”② 这个“道”，也可称之为“圣人之道”。韩愈认为加强文人的道德修养要通过学习先秦儒、道大家的著作，修炼自身的道德品格，保持本心的平静，然后将自己的所知、所得写成文章，这样的文章才会言之有物。宋代的周敦颐也曾和韩愈的“文以载道”观点不谋而合，他认为：

> 文所以载道也。轮辕饰而人弗庸，徒饰也；况虚车乎！文辞，艺也；道德，实也。笃其实，而艺者书之，美则爱，爱则传焉。不知务道德而第以文辞为能者，艺焉而已。噫！弊也久矣！③

周敦颐指出“文以载道”的意思是说“文”像车，“道”就像车上所运载的货物，通过车的运载可使货物到达目的地，文学也就是传播儒家之“道”的手段和工具。车轮与车辕的过度装饰就像文章的文辞一样只是一种技巧，究其根本，文章所承载的道德和思想才是实质。

在韩愈的古文理论中，修养论无疑占有很大的比例。当然，这源自于他对儒道的继承。《答李翊书》中他谈道：“君子则不然，处心有道，行己有方，用则施诸人，舍则传诸其徒，垂诸文而为后世法。”④ 韩愈认为古圣人“垂诸文而为后世法”，因此“处心有道，行己有方”，为文才能体现出“天地之

---

① 孙学武：《韩孟派影响与司空图的艺术追求》，《文学遗产》2020年第1期。

② 王世红：《韩愈“文以明道”思想对古文模仿的超越》，《安庆师范大学学报（社会科学版）》2019年第3期。

③（宋）周敦颐著，陈克明点校：《周敦颐集》，第49页，中华书局1990年版。

④（唐）韩愈撰，（宋）魏仲举集注，郝润华、王东峰整理：《五百家注韩昌黎集》，第877页，中华书局2019年版。

道”。同时在文章中韩愈又提出“气盛言宜”的主张，原文说道：“气，水也；言，浮物也。水大而物之浮者小大毕浮，气之与言犹是也，气盛则言之短长与声之高下者皆宜。”① 韩愈的“文气说”强调的是古文与道德修养的关系，同时也给古文的创作指明了方向，即为文者必须先养气，气平而心静，心静方可洞察万事万物，只有这样才可做到辞事一致，文章亦能重现“天地之道”。

（三）师其意，不师其辞

韩愈主张通过学习古文来恢复儒道之传统。但是古文并不仅仅是一种简单的言辞形式，更重要的是它体现了社会与道德的本质和规律，承载了圣哲们对“道”的体验与认知，并为封建政治统治提供了蓝图与模式。正如韩愈在《答刘正夫书》中说：

> 为文宜何师？必谨对曰：宜师古圣贤人。曰：古圣贤人所为书具存，辞皆不同，宜何师？必谨对曰：师其意，不师其辞。②

接着他进一步阐释：“若圣人之道，不用文则已，用则必尚其能者。能者非他，能自树立，不因循者是也。有文字来，谁不为文？然其存于今者，必其能者也。”③ 在这篇文章中，韩愈指出了学习古文的标准：学习古文的内容，重视作者的意旨，而不要单纯追求文章的形式或言辞。同时他也指出了学习古人的方法：“能自树立，不因循者是也。”古人文章中所体现的对社会的责任感是无法“因循”的，因此只是简单的模仿并不能完成文章的道德使命。当然，韩愈摒弃对古圣人之作的模仿，并不意味着他走进彻底排斥古圣人之作的狭隘境界之中，恰恰相反，他明确主张为文要博采众长，闳中肆外，汲

---

① （唐）韩愈撰，（宋）魏仲举集注，郝润华、王东峰整理：《五百家注韩昌黎集》，第 877 页，中华书局 2019 年版。

② （唐）韩愈撰，（宋）魏仲举集注，郝润华、王东峰整理：《五百家注韩昌黎集》，第 924 页，中华书局 2019 年版。

③ （唐）韩愈撰，（宋）魏仲举集注，郝润华、王东峰整理：《五百家注韩昌黎集》，第 924—925 页，中华书局 2019 年版。

取百家之作中的精华，进而站在百家的坚实的肩膀上成就自己。

韩愈位列唐宋八大家之首，文体兼备正是韩愈读圣人书、立圣人志的生动写照，这一点从《进学解》中太学生对国子先生的相关评论可以看出：

> 先生口不绝吟于六艺之文，手不停披于百家之编……作为文章，其书满家。上规姚、姒，浑浑无涯；《周诰》《殷盘》，佶屈聱牙；《春秋》谨严，《左氏》浮夸；《易》奇而法，《诗》正而葩；下逮《庄》《骚》，太史所录，子云、相如，同工异曲。先生之于文，可谓闳其中而肆其外矣。①

他诵读六经，涉猎百家书籍，博采众家之长，因此写起文章来得心应手，内容宏大，气势奔放。韩愈曾在《进撰平淮西碑文表》里提出“辞事相称，善并美具”② 的问题，他认为只有充满劲气的言语，才能与事相侔，使文章达到“辞事相称”的境界，而要做到“辞事相称”，必须立志养气，志是养气之根本，志立则气备，气备则言宜。

> 是故君子慎其实。实之美恶，其发也不掩。本深而末茂，形大而声宏，行峻而言厉，心醇而气和。昭晰者无疑，优游者有余。体不备，不可以为成人；辞不足，不可以为成文。③

文章必会传达一定的思想在其中，因此有才学的人会慎重地对待自己文章的内容，内容的好坏是无法掩盖的，就好比树根扎得越深叶子就越茂盛，钟的形体庞大声音就洪亮，为文者行为高洁言辞就会严肃，心地淳厚文气就和蔼，

---

① （唐）韩愈撰，（宋）魏仲举集注，郝润华、王东峰整理：《五百家注韩昌黎集》，第 713—714 页，中华书局 2019 年版。

② （唐）韩愈撰，（宋）魏仲举集注，郝润华、王东峰整理：《五百家注韩昌黎集》，第 1457 页，中华书局 2019 年版。

③ （唐）韩愈撰，（宋）魏仲举集注，郝润华、王东峰整理：《五百家注韩昌黎集》，第 846 页，中华书局 2019 年版。

语言表达得清楚就不会有疑问，语言洒脱则会余味无穷，肢体不健全者不能算作是健全的人，文辞不足就不能称为完整的文章。他要求凡为文者必先提高自己的人格修养，即“人文一致”，气修则辞足，辞足为文则体现“道”，道立则文成。

韩愈对古文修养内涵的理解，很大程度上继承并融合了孟子和荀子的修养论，这个理论在中唐无疑是有很大发展空间的。在韩愈之前，人们对于“文”与“道”的关系，基本上是停留在“作文以明理教化”的层面。也可以说，注重文章的政治作用是儒家一贯的要求，从古至今，儒家弟子一直主张以文章来阐明“圣人之道”。韩愈则在此基础之上又做了一些发展，在他的古文理论中，文章并不只是用于政治教化，还可以是对自身思想和体会的抒发。“然愈之所志于古者，不唯其辞之好，好其道焉尔。”① 他从自我的角度来阐释对圣人之道的认识，不断地研读圣人的作品，从中加入自己的思考，结合自己对于“道”的理解，体会到圣人之志，这个过程同时也是自身思想修养的一种提高。

综上所述，我们可以看到，“修养论”与韩愈对“道”的体认是相辅相成的。韩愈提出“修养论”，其本身目的也是为了更好地理解“圣人之道”。在此基础之上，韩愈又提出了做文章要“务去陈言”，即除去陈旧的言辞，说话措辞都要进行创新，并与如今的社会现实相结合，做到“辞事相称”，这也进一步从文章上展现了其遵循“自然之道”的思想。他学习孟子的“浩然之气”说，并将之发扬光大，而欲养“气”，就要先读圣人书，立圣人志，从而达到“道”的升华。可以说，韩愈在古文运动中提出的思想与提出的学古文的方法，都是围绕着儒道来进行的。

三、“文道合一”理论的深远影响

韩愈古文中对于“道”的贯彻，以及其古文理论中“文道合一”的思想，

① （唐）韩愈撰，（宋）魏仲举集注，郝润华、王东峰整理：《五百家注韩昌黎集》，第 884 页，中华书局 2019 年版。

无论是在当世还是对于后世都有着重要的影响。对于当时的唐朝来说，古文理论有了新的发展，古文的地位也得以提升。与此同时，古文家们对扩展散文这一文体的功用也做出了很大贡献。在古文运动的推动下，散文由原来的仅仅用于著述的功能，逐渐转变成了写法日益繁复多样、内容日益充实的一种文学体裁，甚至成了许多学者大儒交流思想、描述事物、表达情感、抒发抱负的工具，由此还产生了不少优秀的山水游记、寓言等作品。

对于后世来说，韩愈的古文理论同样具有十分深远的影响。历朝历代都有无数的文人对其思想进行研究，就北宋而言，韩愈的古文理论就直接启示了北宋的诗文革新运动，在某种意义上可以看作唐代古文运动延续的北宋诗文革新运动，其与中唐时期的社会背景有着许多相似的地方。北宋初年，土地兼并严重，阶级矛盾日益加剧，社会动荡不安，一些学者（多为中下阶层的文人士大夫）主张革除弊病，要求文学反映现实，而当时风靡文坛的以浮靡文风为代表的“西昆体”根本无法担当这样的历史使命，欧阳修便以韩愈、柳宗元等人为榜样，以宋朝政治改革为背景，肩负着复兴儒学、恢复诗教的使命，力求文学创作承担起政治改革和教化社会的作用。因此，宋朝的诗文革新运动一定程度上可以说是中唐古文运动的延续。

在清代，韩愈“文以明道”的思想也有着很好的继承。清代不少学者都尊崇韩愈，最典型的是桐城派散文家，桐城派散文家均以继承韩愈文统自居，或者说以韩愈为学习榜样。例如桐城派创始人方苞的“义理说”；在古文“义理、考据、文章”三要素中，姚鼐亦把“义理”放在首位，都是受到韩愈“文以明道”的传统观念的影响。韩愈对于他们来说不仅仅是学习古文的典范，更是一种精神象征。此外还有“毗陵四大家”①，他们提倡文章经世致用，追求文章雅正敦纯。由他们四位集体编纂的《文统》，就是对韩愈“文道合一”的理论的贯彻和发扬。清代学者李光地也认为韩愈文章醇厚雅正，简洁务实，有先秦遗风。韩愈所倡之“道”是仁义之道，是以治国平天下、维护大一统民族为目的，符合清初社会现实。清初，不仅古文家讲究实学，经世

① 毗陵四大家：董以宁、龚百药、邹祗谟、陈玉瑾。

致用，统治者为稳定统治亦强调文章须宗经载道，忌空疏。因此，清代是一个承继韩愈古文理论的高峰时期，这也为我们现在再次继承和发扬韩愈文道思想提供了详细的资料。

总之，对韩愈古文的研究一定要把其对于“道”的继承作为重点。韩愈古文中的“道”，是儒家之道，是圣人之道，是唐代文学对于儒家道义继承的辉煌一笔。虽然受时代的限制和影响，韩愈的学说受到了佛、道、墨、杂等百家学说的影响，后世也因此而对其有不同的评价，但无所争议的是，韩愈所提倡的文章要展现自身的思想性格和务去陈言、经世致用的理论对后世文学产生了极为深刻的影响，他进一步扩大了散文的功用，同时也在一定程度上巩固了儒家学说的地位。因此可以说韩愈对于“道”的体认和贯彻是深刻的，其内涵需要我们现代学者继续进行探究。

第三节　韩愈排佛与中唐士大夫阶层之文化救赎

中、晚唐时期，唐朝政治上藩镇跋扈、宦官专权、朋党倾轧，经济上战乱频仍、民生凋敝，这一时期亦是中国社会变革和儒家文化转型的关键时期。当代西方史学界有一个普遍观点，他们认为中唐时期是中国社会由中世纪向近现代社会转型的非常重要的起点，而生活在中唐时期的韩愈更是功不可没，他作为唐代文化学术史上承先启后、转旧为新之人物，率先举起道统之大旗，以维护大一统为目的，张扬自我、张扬个性、追求自由，为中国传统文化的复兴与发展开辟了道路，并且开启了宋明新儒学的先河，为华夏文明向近现代转型迈出了关键性的第一步。

一、排斥佛老，匡救政俗之弊害

（一）作《论佛骨表》直接排佛

今学者刘宁曾刊文指出：“韩愈元和时期在削藩、攘斥佛老等问题上，态度坚决强硬，积极参与平定藩镇叛乱的军事行动，其狠重文风的成熟与政教追求的日趋刚猛相同步。宪宗倚重文臣加强统治，极大地激发了元和士人允文允武的热情。韩愈虽是读书进身的文士，其在元和年间同样表现出发扬蹈厉、文武兼资的追求，但元和时期复杂的文武矛盾，使士人言武难免矫激与奋厉。”① 元和十四年，韩愈因上书《论佛骨表》而被贬潮州。《旧唐书·韩愈传》中记载：“王公士庶，奔走舍施，唯恐在后。百姓有废业破产、烧顶灼臂而求供养者。”② 当时许多王公庶族追随唐宪宗，百姓们也废弃家产而求佛供养，京城的大规模迎佛高潮被一些独具政治眼光和改革思想的官员所反对，韩愈无疑是反对最激烈的一个。他认为佛是当时的一大公害，是一个依靠剥夺人民而过活的寄生群体，加重了人民的赋税重担，同时寺院的增加，还使得从事农业生产的劳动力不足。出于维护国家和百姓的利益，韩愈不仅从纲常伦理方面批判佛教，而且还指出了佛教对社会政治、经济生活等方面所造成的异常消极的影响。他在《原道》中说：“古之为民者四，今之为民者六；古之教者处其一，今之教者处其三。农之家一，而食粟之家六；工之家一，而用器之家六；贾之家一，而资焉之家六。奈之何民不穷且盗也!”③ 首先因为佛老风行，人们出家，或为僧，或为道，使得原本的士、农、工、商四民变为六民，这就改变了社会成员的结构，是有违先王之制的；其次，过去是罢黜百家、独尊儒术，现在却是儒、释、道三家并存，这对儒家正统是一个挑战，因此他勇敢地向唐宪宗上书《论佛骨表》。韩愈的《论佛骨表》从纲常伦理出发，痛斥佛老。在表中，他把佛教传入中国之前与传入之后帝王的寿命做了对比并得出结论：信佛者不是短命就是误国。因此他主张：

> 乞以此骨付有司投诸水火，永绝根本，断天下之疑，绝后代之惑，使天下之人，知大圣人之所作为，出于寻常万万也，岂不盛哉？岂不快哉？④

---

① 刘宁：《韩愈狠重文风的形成与元和时期的文武关系》，《文学遗产》2020 年第 1 期。

② （后晋）刘昫等撰：《旧唐书》，第 4198 页，中华书局 1975 年版。

③ （唐）韩愈撰，（宋）魏仲举集注，郝润华、王东峰整理：《五百家注韩昌黎集》，第 674 页，中华书局 2019 年版。

④ （唐）韩愈撰，（宋）魏仲举集注，郝润华、王东峰整理：《五百家注韩昌黎集》，第 1467 页，中华书局 2019 年版。

韩愈祈求将佛骨交给相关部门，并投诸水火，这样就灭绝了佛教的根基，断绝了后代人的疑惑，天下的人知道圣人的所作所为远远超出常人，是一件非常令人快乐的事。当然韩愈对于佛教的认知太过偏激，他认为“夫佛者，本夷狄之人，与中国言语不通，衣服殊制，口不言先王之法言，身不服先王之法服，不知君臣之义、父子之情”①。佛教在言语、服饰、文化信仰等方面与中华民族的传统不尽相同，尤其是佛教倡导众生平等这与儒家君臣父子等传统伦理相悖，因此斥责佛教为“夷狄之人”。

但是从现实动因来考虑，韩愈斥佛老是基于对封建专制国家经济利益的负面影响。他在《送灵师》中云：“佛法入中国，尔来六百年。齐民逃赋役，高士著幽禅。官吏不知制，纷纭听其然。耕桑日失隶，朝署时遗贤。”② 这首诗阐述了佛教在当时是一大公害，是一个依靠剥夺人民过活的寄生群体，加重了人民的赋税重担，同时，寺院的增加还使得从事农业生产的劳动力不足，朝廷也失去了贤良的官吏。中唐以后，随着均田制的破坏、藩镇地方割据势力的扩大，中央政府的财政收入也逐渐减少，这直接造成了寺院与国家政权之间的矛盾愈演愈烈。张清华在《韩学研究》中也曾谈道：“假如每一寺统治者都以六人计，四千六百寺共有二万七千六百人，这部分人占有奴婢十五万人，一个统治僧平均占有奴婢五六人，再加上被奴役的良人（农奴）五十余万人，一个统治僧占有奴婢和农奴就在二十人以上。”③ 据此，佛教输入而忘却本来民族国家，必使华夏民族遭受严重破坏。作为儒家卫道士的韩愈，立足儒家文化困境之现实，坚决排佛，以“人其人，火其书，庐其居”④ 的决绝态度来排斥佛、道文化的发展，维护封建皇权。

---

① （唐）韩愈撰，（宋）魏仲举集注，郝润华、王东峰整理：《五百家注韩昌黎集》，第 1466 页，中华书局 2019 年版。

② （唐）韩愈撰，（宋）魏仲举集注，郝润华、王东峰整理：《五百家注韩昌黎集》，第 111 页，中华书局 2019 年版。

③ 张清华著：《韩学研究》，第 92 页，江苏教育出版社 1998 年版。

④ （唐）韩愈撰，（宋）魏仲举集注，郝润华、王东峰整理：《五百家注韩昌黎集》，第 676 页，中华书局 2019 年版。

（二）模拟“禅宗”，建立“道统”——借佛排佛

宋代以后的文人士大夫们对于韩愈辟佛的行为都大加赞扬，甚至把他看作是反佛的旗帜性人物，但也有些人认为他受到了佛教的影响，例如争论最多的就是他和大颠和尚的交往。对此陈寅恪在《论韩愈》一文中指出：“宋儒仅执退之后来与大颠之关系，以为破获赃据，欲夺取其道统者，似于退之一生经历与其学说之原委犹未达一间也。”① 贬谪潮州之后，韩愈与大颠和尚的确交往密切，这在《与孟简尚书书》中有记载：

> 潮州时，有一老僧号大颠，颇聪明，识道理，远地无可与语者，故自山召至州郭，留十数日。实能外形骸，以理自胜，不为事务侵乱，与之语，虽不尽解，要且自胸中无滞碍，以为难得，因与来往。②

韩愈滞留潮州期间，得知有一法号为大颠的和尚，聪明颖悟，颇识道理，便召他至州府，停留数日。大颠是一个不会因为日常事务而扰乱心性的人，韩愈与他交谈虽然不能完全理解他的意思，但也是十分难得了。那么为何一向被视作言辞最激烈、行动最彻底的排佛代表人物，却也不自觉地沾染佛教的影响呢？深究其因，我们会发现当时佛教已经非常盛行，在“家天下”观念的影响下，中国古代的儒家知识分子们对于佛教还是有着比较宽容的态度，也只有在儒家的正统地位受到威胁的时候，他们才会自觉地扛起卫道的大旗来与之对抗。当然也有其他原因：韩愈当时被贬地理环境恶劣的潮州，不通当地语言，心中十分苦闷，大颠和尚与韩愈同是河南老乡，且大颠和尚的“自食其力”“一日不更不可食”的主张与韩愈辟佛的主张有许多相似之处，因此两人交往密切也就毋庸置疑了。此外，宋代还传说韩愈写给大颠和尚三封信，但关于其真伪一直众说纷纭，连学术史、文学史上的重要人物如欧阳

---

① 陈寅恪著：《陈寅恪集·金明馆丛稿初编》，第 321 页，三联书店 2001 年版。

② （唐）韩愈撰，（宋）魏仲举集注，郝润华、王东峰整理：《五百家注韩昌黎集》，第 929 页，中华书局 2019 年版。

修、苏轼、朱熹都卷入其中，但是遗憾的是两派都拿不出确凿的证据来证明自己的观点，因此这个问题也便搁置下来，成了不死之结。

关于这个争论，陈寅恪在《论韩愈》一文中有比较新颖的观点。他首先对韩愈建立“道统”的功绩给予肯定，其次他指出“道统”的建立，正是因袭了禅宗。原文分析道：

> 退之从其兄会谪居韶州，虽年颇幼小，又历时不甚久，然其所居之处为新禅宗之发祥地，复值此新学说宣传极盛之时，以退之之幼年颖悟，断不能于此新禅宗学说浓厚之环境气氛中无所接受感发。①

文章中陈寅恪考虑到新禅宗学说在当时宣传极盛这一现实因素，突破了以往只从人和事来讨论韩愈与禅宗关系的狭隘观点，同时他又指出韩愈的道统思想更多的是受禅宗思想的影响而形成的。“然则退之道统之说表面上虽由孟子卒章之言所启发，实际上乃因禅宗教外别传之说所造成，禅学于退之之影响亦大矣哉!”② 在《论韩愈》文章的第二个方面“直指人伦，扫除章句之烦琐”中，他指出唐太宗所崇尚的儒学，不过是继承了南北朝以来的烦琐的章句，他还指出：“新禅宗特提出直指人心见性成佛之旨，一扫僧徒烦琐章句之学，摧陷廓清，发聋振聩，固吾国佛教史上一大事也。退之生值其时，又居其地，睹儒家之积弊，效禅侣之先河，直指华夏之特性，扫除贾、孔之繁文。”③ “这样就从学术方法（实即由重视章句到开宋人通学之途）和内容（即开创明心见性的新儒学）论定了韩愈与禅宗的关系。”④ 通过以上分析他得出结论：“退之首先发现小戴记中大学一篇，阐明其说，抽象之心性与具体之政治社会组织可以融会无碍，即尽量谈心说性，兼能济世安民，虽相反而实相成，天竺为体，华夏为用，退之于此以奠定后来宋代新儒学之基础，退之固是不世出

---

① 陈寅恪著：《陈寅恪集・金明馆丛稿初编》，第320—321页，三联书店2001年版。

② 陈寅恪著：《陈寅恪集・金明馆丛稿初编》，第321页，三联书店2001年版。

③ 陈寅恪著：《陈寅恪集・金明馆丛稿初编》，第321页，三联书店2001年版。

④ 孙昌武：《读陈寅恪〈论韩愈〉》，古典文学知识1997年第5期。

之人杰，若不受新禅宗之影响，恐亦不克臻此。”① 韩愈正是受到新禅宗的影响，将抽象之心性与具体的政治相融合，济世安民，这对宋代新儒学也产生了深远的影响。

（三）借诗文排斥道教

唐代儒、释、道三教并存，佛教和道教的存在对儒家的正统地位有强烈的冲击，因此辟道同样是必要的。但是韩愈辟道并没有像排佛那样态度激烈，因为在唐朝，道教是国教，直接反对道教势必会给自己招来灾祸。因此，韩愈主要通过诗文作品来揭露道教在现实生活中的危害，最典型的作品例如《华山女》诗云：

> 黄衣道士亦讲说，座下寥落如明星。华山女儿家奉道，欲驱异教归仙灵。②

黄衣道士登坛讲道，但听众却寥寥无几，道教徒们当然不甘心，为了与佛教抗衡，他们便请了一个华山年轻女道士来长安讲道。又如《谢自然诗》云：

> 人生有常理，男女各有伦。寒衣及饥食，在纺绩耕耘。
> 下以保子孙，上以奉君亲。苟异于此道，皆为弃其身。
> 噫乎彼寒女，永托异物群。感伤遂成咏，昧者宜书绅。③

在这首诗中，韩愈为贫寒的女子谢自然伤感，写下这首诗歌劝导那些愚昧的人：人生在世都有一定的常理，男女之间也有各自的秩序，寒冷的时候穿衣，饥饿的时候吃饭，这要依靠纺织和耕耘的劳作，向下要保护自己的子孙，向

---

① 陈寅恪著：《陈寅恪集·金明馆丛稿初编》，第 322 页，三联书店 2001 年版。

② （唐）韩愈撰，（宋）魏仲举集注，郝润华、王东峰整理：《五百家注韩昌黎集》，第 378 页，中华书局 2019 年版。

③ （唐）韩愈撰，（宋）魏仲举集注，郝润华、王东峰整理：《五百家注韩昌黎集》，第 64 页，中华书局 2019 年版。

上要尊奉君王和自己的父母，如果违背了这些道德伦常，就等于舍弃了自己的生命。这些诗作均以事实为依据，否定了道教的神仙信仰，揭露出道教长生不老的说法对百姓的欺骗，这也在一定程度上瓦解了道教信仰的根基。

此外，陈寅恪在《论韩愈》中还指出："退之排斥道教之论点除与其排斥佛教相同者外，尚有二端，所应注意：一为老子乃唐皇室所攀认之祖宗，退之以臣民之资格，痛斥力诋，不稍讳避，其胆识已自超其侪辈矣。一为道教乃退之稍前或同时之君主宰相所特提倡者，蠹政伤俗，实是当时切要问题。"①正是以上两点原因，韩愈斥道不如斥佛那样言辞激烈，但是他清醒地认识到道教对于政教的毒害，其胆识在同辈中已经是佼佼者。

二、中唐士大夫的文化救赎

"安史之乱"后，中唐王朝遭受重创，满目疮痍，百废待兴。这种情况下，中唐士大夫必然会反思当时的社会状况，追求变革，并试图用文学创作的方式来表达他们的理性思考。中唐时期，文士阶层中间逐渐形成了儒家化和非儒家化的价值取向。儒家化，顾名思义就是主张复兴儒学，彰显儒学的正统地位，这一主张的代表包括古文运动的先驱萧颖士、李华、独孤及；古文运动的领袖韩愈和柳宗元；新乐府运动的领袖白居易和元稹等。而非儒家化一方则强调以一己之力来使三教融合，形成"释内儒外"的文化格局，这种观点也是在中唐士大夫中被更多认同的价值取向。

（一）变"骈"为"散"，恢复古体散文

开始于八世纪中期的古文运动，并非一场简单的由古代散文取代骈体文的文学复古运动，而是以文人推动的以文学带动整个社会的政治、经济、思想等各方面变革的运动。在这场运动中韩愈和柳宗元互相支持、互相呼应，为打击浮华的骈体，恢复古体散文的传统做出了努力。据此，陈寅恪认为：

> 退之以谏迎佛骨得罪，当时后世莫不重其品节，此不待论者也。今

---

① 陈寅恪著：《陈寅恪集·金明馆丛稿初编》，第326页，三联书店2001年版。

所欲论者，即唐代古文运动一事，实由安史之乱及藩镇割据之局所引起。……藩镇又是胡族或胡化之汉人，故当时特出之文士自觉或不自觉，其意识中无不具有远则周之四夷交侵，近则晋之五胡乱华之印象，“尊王攘夷”所以为古文运动中心之思想也。在退之稍先之古文家如萧颖士、李华、独孤及、梁肃等，与退之同辈之古文家如柳宗元、刘禹锡、元稹、白居易等，虽同有此种潜意识，然均不免认识未清晰，主张不彻底，是以不敢亦不能因释迦为夷狄之人，佛教为夷狄之法，抉其本根，力排痛斥，若退之之所言所行也。退之之所以得为唐代古文运动领袖者，其原因即在于是。①

这里，陈寅恪论述了古文运动的成因及其中心思想，而韩愈之所以成为古文运动的领袖正在于他彻底认清了佛教为夷狄之法，言行上都对佛教力排痛斥。韩愈和柳宗元是古文运动的领袖，古文运动从某种意义上来说就是文人士大夫政治斗争失败，转而寻求通过重申在思想界的话语权的一种文学斗争形式。韩愈提倡“文以明道”，写文章强调独尊儒学，以六经为宗，应言之有物，要体现出自己的思想。

相较而言，柳宗元的“道”容纳得更广，他认为，在熟知儒家经典和儒家圣贤的理论同时，为文明道还要“参之《庄》《老》以肆其端，参之《国语》以博其趣，参之《离骚》以致其幽，参之太史公以著其洁”②。不可否认，柳宗元的“文以明道”相对于韩愈来说要更进步一些，但二人在古文写作上的变“骈”为“散”，恢复古体文创作上的认知是一致的。韩、柳都提倡古朴的文风，认为文章要针砭时弊，言之有物，他们希望通过这种方式来呼唤传统儒学的回归。

古文家们在文学创作上的成就是空前的，面对宦官专权、藩镇割据严重

---

① 陈寅恪著：《陈寅恪集·金明馆丛稿初编》，第 329 页，三联书店 2001 年版。

② （唐）柳宗元撰，尹占华、韩文奇校注：《柳宗元集校注·答韦中立论师道书》，第 2178 页，中华书局 2013 年版。

的社会现实，士人们所写出的“言之有物”“针砭时弊”的文章具有很高的思想价值和社会价值，对后世散文的发展有深远的影响。《旧唐书·韩愈传》记载：“常以为自魏、晋已还，为文者多拘偶对，而经诰之指归，迁、雄之气格，不复振起矣。故愈所为文，务反近体；抒意立言，自成一家新语。后学之士，取为师法。当时作者甚众，无以过之……”[①] 韩愈为文摆脱了魏晋以来的骈俪文风，自成一家之言，后世文人仿效者众多。尤其是作为古文运动领袖的韩愈和柳宗元，众体兼备、文风多样，在碑志、祭文、书启、赠序、杂著杂议、书奏表状、传记、辞赋、小说、寓言等体裁上的创新和突破对问题革新方面影响深远，为中唐文风的改革和儒学的中兴鞠躬尽力，使中唐文风为之一变，在当时取得一定的成效，也对宋朝六大家[②]的文学创作产生了深远的影响。

（二）创作新题歌行，兴讽时事

和古文运动几乎同时的新乐府运动也是士大夫追求政治革新的要求在思想意识领域的体现，关于新乐府运动的内涵，葛晓音在其文章中有很好的界定：“从盛唐天宝年间至中唐贞元、元和年间，在提倡复古、要求改革的社会思潮中，一批诗人如杜甫、元结、韦应物、顾况、戴叔伦、王建、张籍、韩愈、孟郊、鲍溶、刘禹锡等，取法汉魏古乐府，创作了许多带有汉乐府式的三字题或具有‘行’‘词’‘怨’‘曲’这类歌辞性题目的新题歌行，其中包含着一些关注现实、兴讽时事的作品；元和四年，李绅、元稹、白居易看到诗歌创作的这一趋势，出于进谏的需要和教化的目的，直承《诗经》的传统，提倡恢复周代采诗制，用兴谕规刺的标准对杜甫以来歌行效仿汉魏古乐府制作新题的现象加以总结和规范，并以一批‘新题乐府’和‘新乐府’组诗作为示范，融合了《诗经》、汉乐府和中唐前期兴讽歌行的创作精神和表现形式，确立了‘新乐府’的名称，其影响一直延续到唐末的皮日休和北宋的诗

① （宋）吕大防等撰，徐敏霞校辑：《韩愈年谱》，第 203 页，中华书局 1991 年版。

② 宋朝六大家：欧阳修、王安石、苏洵、苏轼、苏辙和曾巩。

文革新，这就是‘新乐府运动’的实际内涵。”[①] 新乐府运动的代表人物白居易、元稹等抓住新题歌行效仿汉魏古乐府这一创作趋势，继承了《诗经》采诗的传统，创作出一系列“新乐府”组诗来达到参与政治、规劝君主、教化人心的目的。如白居易在《与元九书》中写道：

> 古人云：穷则独善其身，达则兼济天下。仆虽不肖，常师此语。大丈夫所守者道，所待者时。……故仆志在兼济，行在独善：奉而始终之则为道，言而发明之则为诗。谓之“讽谕诗”，兼济之志也；谓之“闲适诗”，独善之义也。[②]

白居易用“穷则独善其身，达则兼济天下”作为自己的人生信条。他认为大丈夫就应该坚守圣贤之道，提升自我修养，为天下人造福。他借写诗歌来传达自己的志向，讽喻诗表达的是兼济天下的理想，闲适诗表达的是独善其身的思想。

作为新乐府运动的代表人物，白居易以儒家的立身原则严格要求自己，以振兴诗道为己任，正如他在《寄唐生》中所写的：“非求宫律高，不务文字奇。唯歌生民病，愿得天子知。”[③] 他提倡恢复古代的“采诗”制度，以察政教之得失，且文章的创作要为现实的政治服务。在《新乐府并序》中他陈述了文学创作的目的：“篇无定句，句无定字，系于意，不系于文。首句标其目，卒章显其志，《诗》三百之义也。其辞质而径，欲见之者易谕也。其言直而切，欲闻之者深诫也。其事核而实，使采之者传信也。其体顺而肆，可以播于乐章歌曲也。总而言之，为君、为臣、为民、为物、为事而作，不为文而作也。”[④] 他提倡将诗歌的创作与时事结合起来，针砭时弊，惩恶劝善。秉承这一创作理念，他创作出《新乐府》《秦中吟》《观刈麦》《卖炭翁》《上阳

① 葛晓音：《新乐府的缘起和界定》，《中国社会科学》1995 年第 3 期。

② （唐）白居易撰，顾学颉校点：《白居易集》，第 964—965 页，中华书局 1979 年版。

③ （唐）白居易撰，顾学颉校点：《白居易集》，第 15 页，中华书局 1979 年版。

④ （唐）白居易撰，顾学颉校点：《白居易集》，第 52 页，中华书局 1979 年版。

白发人》等具有抨击时政和悲天悯人的优秀的现实主义作品，同时这些作品也将诗歌的社会功用提升到士大夫治国平天下的地位。

（三）奖掖后进，重振儒学

在《论韩愈》一文中，陈寅恪将韩愈的贡献总结为六点，① 其中第六点即是奖掖后进，期望学说之流传。而退之之所以被列为古文领袖，并受后人敬仰也是与此有关。他说：

> 则知退之在当时古文运动诸健者中，特具承先启后作一大运动领袖之气魄与人格，为其他文士所不能及。退之同辈胜流如元微之、白乐天，其著作传播之广，在当日尚过于退之。退之官又低于元，寿复短于白，而身殁之后，继续其文其学者不绝于世，元白之遗风虽或尚流传，不至断绝，若与退之相较，诚不可同年而语矣。退之所以得致此者，盖亦由其平生奖掖后进，开启来学，为其他诸古文运动家所不为，或偶为之而不甚专意者，故“韩门”遂因此而建立，韩学亦更缘此而流传也。②

古文运动时期韩愈的官职以及作品的传扬度虽不及元、白，但是在后世的流传之广却远远超过元、白，这与韩愈积极奖掖后进，开启来学有密切的关系。被韩愈所奖掖提拔的后生中，不乏我们所熟知的，如皇甫湜、李翱、张籍、李绅、孟郊、贾岛等，这些人都是经韩愈层层选拔出的年轻有为的青年后学，他们或是排佛斥道，或是崇尚儒家的仁义道德，或是有志于古文创作。总之，在古文运动中他们追随韩、柳，为中唐古文运动的开展注入了新鲜的血液，同时也有力冲击了佛、道二教，为重振儒学贡献了力量。

古文运动和新乐府运动，是中唐士大夫们在面临危机的情况下，执笔成文、成诗，试图通过文学史的革新而进行的文化救赎，虽然所采用的方式不

---

① 一是建立道统，证明传授之渊源；二是直指人伦，扫除章句之烦琐；三是排斥佛老，匡救政俗之弊害；四是呵诋释迦，申明夷夏之大防；五是改进文体，广收宣传之效用；六是奖掖后进，期望学说之流传。（详见陈寅恪著：《陈寅恪集·金明馆丛稿初编》，第 319—332 页，三联书店 2001 年版）

② 陈寅恪著：《陈寅恪集·金明馆丛稿初编》，第 332 页，三联书店 2001 年版。

同，韩愈是采用古文的形式，白居易是写新乐府诗，但两者的本质都是革新政治、复兴儒学。他们反映现实，针砭时弊，不仅创作出的大量散文和乐府诗成为被后人称颂的优秀作品，而且其务实致用的精神也对后来的宋明理学产生了重要的影响。

第四节　韩愈的接受史研究

一、韩愈贬谪潮州的影响

因上书《论佛骨表》，韩愈被贬至偏远的潮州，在潮州就任的八个多月中，他时时表现出一个封建士大夫勤政恤民、为民担忧的本色，受到了百姓的爱戴。兴修水利、修桥筑堤、兴办州学、释放奴隶，此外还提倡以德化民、推行礼治，他不仅拿出自己的俸禄来兴办学校，还请潮州乡贤赵德来讲学授业。这种兴置办学的风气，如春雨一般滋润着潮州人的个性习惯，使得好学崇文、尊师重教的风气在潮州有了深厚的基础；也正是延续了韩愈以儒兴化的学风，才使得今日的潮州蕴藏着深厚的历史文化底蕴。

韩愈治理潮州之后，潮州在经济、社会、人文方面都进步到一个新阶段，从蛮荒之地变为“海滨邹鲁”“文明之邦”。当年韩愈登临过的“东山”被改名为“韩山”；韩愈驱赶鳄鱼的那条“恶溪”被改名为“韩江”；他亲手种植的树木被称为“韩木”；妇女蒙头的皂布被取名为“文公帕”；学校改名为“韩山书院”；街道也被命名为“昌黎路”；此外，民间还流行着关于韩愈的传说，如走马牵堤、湘子桥等。潮州人民用各种方式纪念着韩愈，表达着对韩愈的崇拜和敬重之情。可以说，韩愈改变了潮州，潮州也成就了韩愈。

二、宋人对韩愈的推崇与论争

韩愈在古代散文史上的成就大家是有目共睹的。今学者何诗海认为：“韩愈文学史地位的确立，并非一蹴而就，而是经历着漫长、曲折的历程。不但欧阳修表彰韩文之前，天下‘宗仰之者半，非笑之者半’，即使经过欧、苏诸子的鼓吹、激荡，确立韩愈的文宗地位之后，非议、贬斥的声音依然不绝如缕，足见文学思想史的丰富性和复杂性。”[①] 钱锺书在《谈艺录》中更是说：“韩昌黎之在北宋，可谓千秋万岁，名不寂寞者矣。欧阳永叔尊之为文宗，石徂徕列之于道统。”[②] 但在他热衷于做官这一行事准则上却贬者居多。

宋代从庆历年间以来内忧外患就不间断，因此一些有责任感的文人士大夫一直提倡变革，希望通过变革的方式使当权者重视起来，以达到维持封建政治秩序稳定的目的。因为韩愈复兴儒学、忠君爱民，所以从这一角度出发对他的评价是积极肯定的，例如欧阳修在《徂徕石先生墓志铭》中说道：

> 所谓尧、舜、禹、汤、文、武、周公、孔子、孟轲、扬雄、韩愈氏者，未尝一日不诵于口。思与天下之士，皆为周、孔之徒，以致其君为尧舜之君，民为尧舜之民，亦未尝一日少忘于心。[③]

在这里欧阳修把韩愈与尧、舜、禹等人相提并论，肯定了他们在传承儒家之道方面所做出的突出贡献。

但同时也有一部分宋代人关注的是圣贤是否遵从儒道，因此对韩愈一心求官的作为持批判的态度，例如司马光在《颜乐亭颂》中就指出：

> 韩子以三书抵宰相求官，《与于襄阳书》谓先达后进之士，互为前后，以相推援，如市贾然，以求朝夕刍米仆赁之资，又好悦人以铭志而受其金。观其文，知其志，其汲汲于富贵，戚戚于贫贱如此，彼又乌知颜子之所为哉！夫岁寒然后知松柏之后凋，士贫贱然后见其志，此固哲人之所难。故孔子称之，而韩子以为细事，韩子能之乎?[④]

---

① 何诗海：《清代非韩论及其对“文以载道”的冲击》，《文学遗产》2019年第1期。

② 钱锺书著：《谈艺录》，第187页，三联书店2001年版。

③ （宋）欧阳修著，李逸安校注：《欧阳修全集》，第506页，中华书局2001年版。

④ （宋）司马光撰，李文泽、霞绍晖校点：《宋元文集系列·司马光集》，第1401页，四川大学出版社2010年版。

司马光对韩愈不能安贫乐道，甚至不惜尊严乞求官职的行为颇为不满，他所推崇的颜回的“隐约而平宽”之圣事在韩愈看来只是哲人的细事，这在宋人看来实非君子所为。理学大师朱熹批判韩愈：“虽是见得个道之大用是如此，然却无实用功处。它当初本只是要讨官职做，始终只是这心。”[①] 在《王氏续经说》亦有此种表述：“至于退之《原道》诸篇，则于道之大原若有非荀、扬、仲淹之所及者。然考其平生意向之所在，终不免于文士浮华放浪之习，时俗富贵利达之求。”[②] 他站在理学的角度，批判韩愈一心为讨官职的功利追求，甚至因此彻底地否定了韩愈其人和其道。

之所以出现上述截然相反的评价，要结合具体的时代来分析。在唐代，儒家的价值评定标准是关注社会现实，关注社稷民生，积极入世做官，建功立业。但由于历史的发展，时代背景、政策倾向的不同以及对“道”的追求的不同，宋代则更加关注士大夫对于道德的坚守，他们的评价标准也更倾向于精神价值。

后世继承者们对于其在排斥佛老、恢复儒学方面的贡献持肯定态度，如陈寅恪称赞韩愈：“退之者，唐代文化学术史上承先启后转旧为新关捩点之人物也。其地位价值若是重要，而千年来论退之者似尚未能窥其蕴奥。”[③] 可是不少学者就他在儒学上所做的新探索却不置可否。

现代著名学者钱穆说：“治宋学必始于唐，而以昌黎韩氏为之率。”[④] 韩愈是忠诚的卫道士。在复兴儒学的过程中，他既重视先王之教，又兼顾师道的传承，在发扬光大儒家道统思想的同时，也加以创新并提出了自己的“道统论”思想。道是以人的本真内在为出发点的，而其宗旨是修身养性、管理家族、治理国家、安抚黎民百姓。韩愈的道统论既表现了儒家思想的初步醒悟，又为唐宋时期儒家思想文化的转型发展开启了新篇章，他提出的“博爱之谓

---

① （宋）黎靖德编，王星贤点校：《朱子语类》，第3260页，中华书局1986年版。

② 曾枣庄、刘琳主编：《全宋文》，第251册第234页，上海辞书出版社，安徽教育出版社2006年版。

③ 陈寅恪著：《陈寅恪集·金明馆丛稿初编》，第332页，三联书店2001年版。

④ 钱穆：《中国近三百年学术史》，第1页，中华书局1986年版。

仁”的思想，不仅是对先秦“仁爱”思想的继承，更是对中华民族优秀思想文化的承继和发扬。他在《原道》一文中不仅阐明了儒家之道的内涵，而且列举出了儒家之道的外延。此外，韩愈又推崇先秦儒家经典《大学》，并通过对比儒、道两家来印证儒家道统的规范性和正统性，这为后来宋明理学的开展指明了前进方向。“再者韩愈将统道之人由圣王转向师儒的观点也为日后宋明理学家所采纳，对后世产生了深远影响。”① 宋代的朱熹通过注解“四书”来承载自己的道统论思想，使得儒家的道统得以继承发扬。“但是韩愈的道统论中也有其不足之处。孔子在创立儒教时，他对其他派别的思想采取了兼纳并存、取长补短、比较开明的态度；西汉的董仲舒在推行‘唯儒独尊’的过程中，他还能承认并吸取其他派别的一些合理的成分，但是到了韩愈时，为重振儒学，他完全否认了佛老学说在当时存在的合理性的一面，这就背弃了儒学初创时期较开明的一些思想，结果韩愈走上了一个极端。尽管如此，我们还应当承认韩愈在弘扬儒家文化、重塑儒学的正统地位方面做出了积极巨大的贡献，他在道统思想发展史上的历史地位我们应该给予肯定。”② 韩愈的道统论是在排佛的过程中提出的，其对于佛教缺乏思辨的精神使得这一道统理论还不够完善，宋代的朱熹在前人的基础上，对道统体系进行完善并使之达到一个新高峰。

宋代苏轼在《韩文公庙碑》中对韩愈有着一个非常精准的评价：“文起八代之衰，道济天下之溺；忠犯人主之怒，而勇夺三军之帅。”③ 这里的“文起八代之衰”就是指从东汉到隋代一共八个朝代，韩愈的文章都独树一帜；“道济天下之溺”，这里的“道”就是指儒家的仁义道德，面对佛、道的冲击，韩愈毅然决然地扛起复兴儒学的大旗，坚持发扬光大孔孟之道。作为封建士大夫，忠君和爱民是他一生坚守的两个信条，为了排斥佛教，即使直言犯上惨遭贬谪也毫无怨言，足可见他的忠诚。韩愈是一代文宗，又是一个忠义之士，

---

① 刘腾飞：《唐代儒家道统论研究——以韩愈、朱熹为例》，鲁东大学硕士论文 2017 年。

② 白书刚、陈运新：《韩愈的道统思想及其历史地位》，齐齐哈尔大学学报 2008 年第 4 期。

③ （宋）吕大防等撰，徐敏霞校辑：《韩愈年谱》，第 214 页，中华书局 1991 年版。

同时在军事上也有勇有谋。在二十多年的为官生涯中，不论是居庙堂之高，还是处江湖之远，韩愈始终践行了一个儒家士大夫忠君爱民的责任感和使命感，他用实际行动践行着儒家的道统观念。此外，他在古文运动中所宣扬的古文理论，影响了后世千千万万的文人创作，并被后人尊称为“百代文宗”。

第二章　柳宗元与“言意之辨”

江　雪

千山鸟飞绝，万径人踪灭。
孤舟蓑笠翁，独钓寒江雪。

《江雪》为柳宗元最负盛名的诗篇之一，亦常录以童稚开蒙之用。勾点数句，便有一苇浮波山连雪，孤翁蓑笠钓寒江之深境，将一个可以贯越千古、清冷至绝的场面勾勒得淋漓尽致。“千山万径皆白雪皑皑，既无鸟迹，又无人踪，既纯净无瑕，又死寂凄清。小船上穿戴蓑笠的渔翁，在白雪纷飞的江面上垂下丝纶。天地间除此孤零零的‘蓑笠翁’，再无一个生命体，船是‘孤舟’，人是‘独钓’，甚至连鱼也无，所钓只有‘雪’而已。”① 由此足见柳宗元遣词用句之娴熟，以言语之有限，描摹景致之无穷，更传达无限意蕴。尤其是对语言的掌控力，使他在一定程度上摆脱了“言”对“意”的束缚。所谓“言为心声”，关于言语和表达，或者说对“言”与“意”之间关系的讨论，早在先秦已初现端倪。现在我们从柳宗元的古文创作切入，梳理中华文化中言意关系的源流与发展，分析其文学创作，以及其文章中体现出的言意观，从文化的视角更好地看待这位文学家的历史地位和他对言意矛盾的独特解决方式及对后世的影响。

---

① 周裕锴：《独钓寒江雪》，《古典文学知识》2017 第 2 期。

第一节　“言意之辨”的源流

“言”与“意”是中国古代文学与文论中的重要概念，“言”最初主要指“说话”“言语”“文字”等，“意”则有“意义”“内涵”“心志”等含义。春秋战国时期，诸子开始有了对二者关系的初步认识，他们在著作中连用“言”“意”。经过一段时间的积累，至魏晋六朝时，“言意之辨”已成为一个显学命题，此时主要的观点有“言不尽意”“言尽意论”“得意忘言”。在不断的争论中，刘勰从创作过程角度论及言意关系推动了“言意之辨”的深层次发展，为后世的相关讨论奠定了基础。

一、“言”与“意”的探源与范畴界定

要了解“言”和“意”的关系，需先了解它们各自的含义。

，此为甲骨文中的“言”，其形状是舌头的“舌”字上加一横，所以“言”最初可能就是指说话、言说。其他文献提供的证据也可以确证这一点。

《说文解字注·言部》载：“言：直言曰言，论难曰语。”注释称：“《杂记》曰：‘言，言己事。为人说为语。’”① 从字面上可以看出，“言”与“语”相对应，“言”即为言说自己的事情，而“语”则是为答复他人。

较早出现的与“言”相关的论述，如《尚书·商书·汤誓》“朕不食言”②；《尚书·洪范》“五事：一曰貌，二曰言，三曰视，四曰听，五曰思。貌曰恭，言曰从，视曰明，听曰聪，思曰睿。恭作肃，从作乂，明作哲，聪作谋，睿作圣”③。前者，“言”指言语，后者“言”指言论，二者的含义差别不是很大。又《左传·襄公二十四年》：“‘大上有立德，其次有立功，其次有

---

① （汉）许慎撰，（清）段玉裁注：《说文解字注》，第 89 页，上海古籍出版社 1981 年版。

② （清）孙星衍撰，陈抗、盛冬铃点校：《尚书今古文注疏》，第 219 页，中华书局 1986 年版。

③ （清）孙星衍撰，陈抗、盛冬铃点校：《尚书今古文注疏》，第 297—299 页，中华书局 1986 年版。

立言。’虽久不废，此之谓不朽。”疏“立言”为“言得其要，理足可传”①。此处“言”是指创作者留下的文字及文字中所传达的思想和理念等。由此，“言”最初指说话，即口头语言，后又渐渐包括书面的文字等。

再看“意”字。《说文解字》释为：“志也。从心音，察言而知意也。”段玉裁注曰：“志即识。心所识也。意之训为测度、为记。”② 而《说文》释“志”为：“意也，从心。”③ 在许慎看来，“意”与“志”实为一，但互相释义的方法给我们准确理解这两个字造成了一定困难。从早期字形来看，两者下面都有一个“心”字底，意思是和心相关的。段玉裁注“志”曰：

> 志古文识。识，记也……今之识字、志韵与职韵分二解，而古不分二音，则二解义亦相通，古文作“志”。④

既然“意”指的是“志”，意也应该具有“志”的部分含义。所以，“意”除了我们常说的意思、含义等内涵之外，也可以理解为志向、思虑等。

“言”“意”连用，较早出现在《吕氏春秋·离谓》中：“言者以谕意也，言意相离，凶也。”⑤ 这里提到了言意之间的关系，以言达意，言意相离是凶，指出了言与意的不可分离性，要以言观意。《淫辞》篇说“非辞无以相期”“言不欺心”⑥，即为了交流，人们必须借助言，且言辞需要与思想相符，此观点是在生活实践的基础上提出的。《管子·心术》中提到：

> 凡民之生也，必以正乎！所以失之者，必以喜乐哀怒……意以先言。意然后刑，刑然后思，思然后知。凡心之刑，过知先王，是故内聚以为

① （清）阮元校刻：《十三经注疏·春秋左传正义》，第 1979 页，中华书局 1980 年版。
② （汉）许慎撰，（清）段玉裁注：《说文解字注》，第 502 页，上海古籍出版社 1981 年版。
③ （汉）许慎撰，（清）段玉裁注：《说文解字注》，第 502 页，上海古籍出版社 1981 年版。
④ （汉）许慎撰，（清）段玉裁注：《说文解字注》，第 502 页，上海古籍出版社 1981 年版。
⑤ （汉）高诱注，（清）毕沅校，徐小蛮标点：《吕氏春秋》，第 421 页，上海古籍出版社 2014 年版。
⑥ （汉）高诱注，（清）毕沅校，徐小蛮标点：《吕氏春秋》，第 425 页，上海古籍出版社 2014 年版。

原。泉之不竭，表里遂通；泉之不涸，四支坚固。能令用之，被服四固。是故圣人一言解之，上察于天，下察于地。①

“刑”即“形”，“意以先言”即意感而得言。这段话不仅提到了言和意，还提到了形。“意”“言”“形”三者是有先后顺序的，心中有了想要吐露的“意”，然后通过“言”来呈现，也就是后世所谓的“意在笔先”。因为有了意识然后有具体形象，有了具体形象后据以思考，经过思考后才获得了知识，这个心理过程也点明了“意”须通过“言”来展示。在儒家专著中较早出现“言”“意”连用的是《论衡·问孔》，文曰：“七十子既不问，世之学者亦不知难。使此言意不解而文不分，是谓孔子不能吐辞也；使此言意结文又不解，是孔子相示未形悉也。”② “言”指孔子所说的话，“意”指孔子的话的含义，这与后来我们讲的哲学或美学意义的“言意”是不同的。道家《关尹子·药》云：“关尹子曰：‘昔之论道者，或曰凝寂……天下至理，竟非言意。苟知非言非意，在彼微言妙意之上，乃契吾说。’”③ 关尹子与老子是同时代的人，他认为道非言意也，而以本体为上。这一认知已经具有形而上的哲学意义，而且蕴含了“意在言外”观念的部分元素。

总而言之，诸子各家对“言”和“意”的关系和作用已经有了基本认知，或认为在有限的“言”之外还有非表面的“意”，或认为“言”和“意”相互联系，不可分割。这表明从春秋战国开始，言意矛盾逐渐成为中国哲学领域的重要命题。随着社会的发展和文明的进步，“言”“意”二字的含义和用法也在不断扩展，这也就使得关于二者关系的讨论逐渐形成一个焦点命题。

二、言意之辨

言意关系的论争分为三种。一是“言不尽意”，二是“言可尽意”，这两

---

① （清）黎翔凤撰，梁运华整理：《管子校注》，第 786 页，中华书局 2004 年版。

② 杨宝忠校笺：《论衡校笺》，第 296 页，河北教育出版社 1999 年版。

③ （周）尹喜撰，（宋）陈显微注疏：《关尹子言外经旨》，宛委别藏本，第 124 页，江苏古籍出版社 1988 年版。

者都具有单向的倾向性。三是稍微折中的观点，即“得意忘言”。汤用彤认为，言意之辨起源于汉魏名学，名学源于人物品评，因为品评人物要观其外形而得其神理，“‘存乎其人，不可力为’；可以意会，不能言宣”[①]。关于言意关系的争论于先秦已有肇端，但是言意之辨成为显学，应当是在文学自觉的时期——魏晋南北朝。

“言不尽意”可以追溯到《周易·系辞上》：“子曰：‘书不尽言，言不尽意。’然则圣人之意其不可见乎？子曰：‘圣人立象以尽意，设卦以尽情伪，系辞焉以尽其言。’”[②] 由此说明“言”与“意”的关系还涉及第三个名词——“象”（卦象）。“言”并不能将意表达透彻，要借助于中介“象”，才能蕴含“言不尽意”之意。魏晋时期，荀粲对“言不尽意”做了明确地阐述。他认为理（道）是精深微妙的：“盖理之微者，非物象之所举也。今称立象以尽意，此非通于意外者也。”[③] 立象系辞是无法表达出象外与言外之意的。值得肯定的是，荀粲认识到“言”的局限性，使言意观的发展有所进步，但他本着道家“言不尽意”的思路来诠释儒家经典，认为“象”“言”未达《易》理，《易》理实蕴而不出，是以否认六经的文本作用，进而质疑儒家名教的纲常礼仪，有完全否定“言”的表意功能的倾向。何晏在注解《论语》时写道：“知者，知意之知也。知者言未必尽，今我诚尽。”[④]“知”就是知意，而意未必能够借由言来完全表达。诸如荀粲、何晏等认为“言不尽意”的学者，大多数还是承认言语达意的功能，但是对“意”的追寻偏于强调主观意会，更强调语言的局限性。

“言”是用来达意的，却又常常无法透彻地达“意”。为了解决“言不尽意”的问题，文人想出很多方法，比如炼字、推敲、苦吟等。在抽象的理论意义上，早在先秦就有了“立象以尽意”之举，借由“象”这一媒介完成“意”的塑造与表达。然而，由于中国文学艺术更加注重表现性，更加重视从

---

① 汤用彤撰：《魏晋玄学论稿》，第 20 页，上海古籍出版社 2005 年版。

② （宋）朱熹注：《周易本义》，第 63 页，上海古籍出版社 1987 年版。

③ （晋）陈寿撰，（宋）裴松之注，陈乃乾校点：《三国志》，第 319 页，中华书局 1959 年版。

④ （清）阮元校刻：《十三经注疏·论语注疏》，第 2490 页，中华书局 1980 年版。

心灵深处挖掘，所以有时候“言”也只能从一定程度展示“象”，进而表达的“意”也是有限的。针对这一问题“得意忘言”似乎是较好的解决办法。“得意忘言”出自《庄子·外物》，来自于道家对于道的认知：

荃（筌）者所以在鱼，得鱼而忘荃（筌）；蹄者所以在兔，得兔而忘蹄；言者所以在意，得意而忘言。[①]

竹笼是用来捕鱼的，捕到鱼就遗忘了竹笼；兔网是用来捕兔的，捕到兔就遗忘了兔网；语言是用来表达思想意识的，掌握了思想意识就忘了语言。原意是言词是表达意思的，既然已经知道了意思，就不再需要言词；后比喻彼此心里知道，不用明说。道家认为“道，可道，非常道；名，可名，非常名”[②]“道生之，德畜之，物形之，势成之。是以万物莫不尊道而贵德”[③] 即“道”是万事万物生长发展的规律，是天地存在的本源，是一种混沌的状态。在老子看来，“道”是先天地而存在的，具有混沌性和复杂性，所以是不能被言尽的。老子曰：“信言不美，美言不信。善者不辩，辩者不善”[④]，“道隐无名”[⑤]，“知者不言，言者不知”[⑥]，肯定了语言本身的存在，只不过语言是显性的，而“道”是隐性的，“显”难以明“隐”，“言”便难以明“道”。庄子在此基础上提出“得意忘言”。魏晋时期的王弼继续阐发了“得意忘言”的观点：

夫象者，出意者也；言者，明象者也。尽意莫若象，尽象莫若言。言生于象，故可寻言以观象；象生于意，故可寻象以观意。意以象尽，

---

① （清）王先谦撰，沈啸寰点校：《庄子集解》，第244页，中华书局1987年版。
② 朱谦之撰：《老子校释》，第3页，中华书局2000年版。
③ 朱谦之撰：《老子校释》，第203页，中华书局2000年版。
④ 朱谦之撰：《老子校释》，第310页，中华书局2000年版。
⑤ 朱谦之撰：《老子校释》，第171页，中华书局2000年版。
⑥ 朱谦之撰：《老子校释》，第227页，中华书局2000年版。

象以言著。故言者所以明象，得象而忘言；象者所以存意，得意而忘象；犹蹄者所以在兔，得兔而忘蹄；筌者所以在鱼，得鱼而忘筌者也。然则言者，象之蹄也，象者，意之筌也。是故存言者，非得象者也，存象者，非得意者也。①

在王弼看来，“尽意莫若象，尽象莫若言”。“言”和“象”都是可以用来“得意”的，二者是“得意”的工具，这与庄子所言有异曲同工之妙。

“得意忘言”，讲究的是如何获得“意”（道）的体会，它一方面承认言语的重要作用，另一方面又认为有超越语言的存在。其中有统合儒道的思想，是魏晋士人追求放浪形骸、任性自然的态度在文学理论与哲学上的反映，具有了形而下的人生和文学实践意义及形而上的哲学和美学意味，为后世文人，如柳宗元等，在实践和美学层面把握和处理言意关系奠定了基础。

“言尽意”论的主要代表人物是西晋的欧阳建，他在“言不尽意”论占主要地位的魏晋时代逆流而行。其《言尽意论》阐明了这一观点：“名逐物而迁，言因理而变，此犹声发响应，形存影附，不得相与为二矣。苟其不二，则言无不尽矣。”采用设问的方式引出议论：“世之论者，以为言不尽意，由来尚矣……而先生以为不然，何哉?”随后对“言不尽意”进行驳斥。其中谈到的“形不待名”“名不辩物”② 等即是指魏晋时期流行的名理推求。上文已经提到名学乃为“言不尽意”之源，而欧阳建认为假如“言”不能尽“意”，圣人又如何“不能去言”？正是“言”可以尽“意”，所以圣贤们才会不断地由言及理，求正名，辩名实。

汤用彤说：“盖言不尽意，所贵者在意会；忘象忘言，所贵者在得意，此则两说均轻言重意也。”③ 实际上，“言不尽意”和“得意忘言”中也包含了言尽意之因子。“言不尽意”指出了“言”与“意”之间的矛盾：言不能完整达

① （汉）王弼著，邢涛注：《周易集解略例》，第15—16页，中华书局1991年版。

② （唐）欧阳询撰，汪绍楹校：《艺文类聚》，第348页，上海古籍出版社1962年版。

③ 汤用彤撰：《魏晋玄学论稿》，第22页，上海古籍出版社2005年版。

意，言语的局限性是一个客观存在的事实。“得意忘言”则肯定“言”可以用来阐发“意”，强调借由“言”这一工具获得真正完整的“意”，且为了达到言说或者写作求意的目的，这种工具是可以忽略的，这是一种超越和升华。因此，从“言不尽意”到“得意忘言”实际上是一个承接发展的过程。

此外，刘勰《文心雕龙》中的《神思》《隐秀》等篇也涉及“言意”的关系，他肯定了“言”可以表达“意”，又承认“尽意”有困难，指出“言”尽“意”有着客观（言语的局限、神道的幽微等）和主观（创作者和接受者的能力等）的阻碍。同时指出在作品的连接下，若作者和读者通过一定的努力和训练，便能够真正完成对作品意义的把握与展现。所以，其言意观在整个文学创作的过程中融合，进而解决了言意矛盾，达到统一，在言意之辨的论述上有所进步。经过六朝和隋代的发展，唐代文学进入了一个新的繁荣期，各体文学都有较大发展，创作者和理论家们不再止步于言意关系的争论，而转向探索言意矛盾的处理方式。其中，柳宗元在创作中巧妙化解言意矛盾的言意观兼具独特性和实践性。

第二节　柳宗元的言意观及其古文创作

“言意之辨”经过长期的发展从理论层面逐渐向实践层面转化。柳宗元上承六朝，在“文以明道”观念的引导下，吸收儒、释、道各家思想，形成自己独特的言意观：既认识到“言”在表“意”过程中的不可或缺，又看到“以言达意”的局限和困难，提出“词正理备”“言畅意美”的观点，在写作实践中力图解决“言”“意”间的矛盾。柳宗元古文创作成就颇高，所著的山水游记、杂文、寓言文、传记等都体现出其对语言的掌控力，通过创作实践凸显其言意观的美学特质。

一、柳宗元的文学观

柳宗元的言意观是其文学观的重要组成部分，他主张“文以明道”，主张写作者要谨慎认真并深入实际，反对“因循蹈袭”，认为广义之文有“二道”。

社会存在决定社会意识，文学观念作为思想的重要组成部分，必然受时代背景的影响。柳宗元出生于安史之乱结束的第十年，但动乱造成的负面影响依旧存在。表面上经济恢复、社会安定，实际上社会形势与政治局势却矛盾重重：政治上，虽然叛乱已被镇压，藩镇割据却仍在加剧，中央集权遭到威胁，唐王朝由盛而衰，国力已大大削弱。朝内宦官专权、朋党相争，整个社会有摇摇欲坠之势；经济上，两税法的施行在一定程度上打击了官僚豪强，但是强占与吞并土地的现象仍然严重；思想文化上，儒家仍是官方学说，儒家经典仍是科举考试的必要内容。但许多急功近利的读书人只会死记而不晓其中义理，沦为“腐儒”，故儒学经世致用等实用功能逐渐衰弱。与此同时，佛道的继续发展也对儒家思想造成了一定的冲击。柳宗元的文学观念在内忧外患中与现实政教联系起来，其中最引人注目的便是“文以明道”的主张。

在《答韦中立论师道书》中，柳宗元正式提出“文以明道”观点：

> 始吾幼且少，为文章，以辞为工。及长，乃知文者以明道，是固不苟为炳炳烺烺，务采色、夸声音而以为能也。①

其少时“以辞为工”，入仕为官并参与政治改革之后，逐渐看到了一些社会痼疾和文学道统问题的危机，并领悟到“文者以明道”的重要性。在讲到作文技法及取法之源时，柳宗元列举了一些可供参考的对象：以儒学为主而兼取诸子百家。《佩韦赋》中说：“柳子读古书，睹直道守节者即壮之。”②《惩咎赋》中说：“道有象兮，而无其形。”③ 因此，柳宗元的“道”既坚持儒家的正统地位又吸收诸子思想，是一种融会贯通的大中之道。《答韦中立论师道书》认为文章可以用来建立功名，具有实际功用。由此可见，柳宗元对文章的认

---

① （唐）柳宗元撰，尹占华、韩文奇校注：《柳宗元集校注》，第 2178 页，中华书局 2013 年版。

② （唐）柳宗元撰，尹占华、韩文奇校注：《柳宗元集校注·佩韦赋》，第 105 页，中华书局 2013 年版。

③ （唐）柳宗元撰，尹占华、韩文奇校注：《柳宗元集校注·惩咎赋》，第 138 页，中华书局 2013 年版。

识有一个追求辞采到追求明道的过程，其“文以明道”的实质就是既注重文章的实用功能，又不废文章的传道作用，而不是空谈抽象的道。

创作上，柳宗元主张为文者要态度端正。“吾每为文章，未尝敢以轻心掉之，惧其剽而不留也”①，即写作之时必须保持严肃而认真的态度，不可任意为之。“伏受严命，不敢固让，退自揣度，惕然汗流，累奉游宴，窃观物象，涉旬模拟，不得万一。窃复详忖，进退若坠。”② 他还指出，“而为文之士，亦多渔猎前作，戕贼文史，抉其意，抽其华，置齿牙间，遇事蜂起，金声玉耀，诳聋瞽之人，徼一时之声。虽终沦弃，而其夺朱乱雅，为害已甚”③，强烈谴责因循蹈袭的风气，反对“荣古虐今”，认为“时人之文”是可以“超越古人”之文的，具有可贵的文学发展观。

此外，柳宗元还认识到不同类型作品的区别，如《杨评事文集后序》：

> 作于圣，故曰经；述于才，故曰文。文有二道：辞令褒贬，本乎著述者也；导扬讽谕，本乎比兴者也。著述者流，盖出于《书》之谟、训，《易》之《象》《系》，《春秋》之笔削，其要在于高壮广厚，词正而理备，谓宜藏于简册也。比兴者流，盖出于虞、夏之咏歌，殷、周之风雅，其要在于丽则清越，言畅而意美，谓宜流于谣诵也。④

日本学者户崎哲彦认为：“此亦名文，倡以文诗二道兼要之论。”⑤ 柳宗元指出广义之文有“二道”：“辞令”是来自于《书》《易》等经典的“著述者”，需要言辞端正，表现义理；而另一类是“比兴者”，是为了“导扬讽谕”，创造艺术形象，固应“丽则清越”“言畅意美”。他的创作也是如此，既有明道雅

① （唐）柳宗元撰，尹占华、韩文奇校注：《柳宗元集校注》，第 2178 页，中华书局 2013 年版。

② （唐）柳宗元撰，尹占华、韩文奇校注：《柳宗元集校注》，第 2305 页，中华书局 2013 年版。

③ （唐）柳宗元撰，尹占华、韩文奇校注：《柳宗元集校注》，第 2081 页，中华书局 2013 年版。

④ （唐）柳宗元撰，尹占华、韩文奇校注：《柳宗元集校注》，第 1462 页，中华书局 2013 年版。

⑤ ［日］户崎哲彦：《刘禹锡编〈唐柳先生文集〉三十卷本新探——由南宋永州刊三十三卷本窥探刘禹锡“编次”及其用意》，《文学遗产》2017 年第 5 期。

正的作品，也有清越优美的文章。

总之，柳宗元追求文以明道，文道并重，讲究文章的实际功用；主张作家应深入实际生活，审慎写作；讲究独创同时又取法诸家。这种以“文以明道”为统领，在创作中又重视技巧和情感表达的方法，在其传世的四百余篇文章均有相当体现。

二、柳宗元的佛学观与言意观

谈到柳宗元言意观，还有一个必须谈及的因素——佛教的发展。

佛教作为一个外来宗教，在传入中国后开启了中国化的历程，唐代正是其与各家日渐融合的时代。当时，佛教的推广虽遭到了部分官员儒士如李峤、姚崇、韩愈的强烈反对，但就整个唐代来说，对佛教还是较为推崇和宽容的：玄奘取经、大量诗僧涌现、士人多去寺庙备考……在思想文化领域，佛教中国化与文人及文学创作之间相互影响。文人对佛教的日益接受是其不断中国化的动力和具体表现，而佛教对文人的思维方式和文学创作也产生了很大的影响，在这种双向互动中，隋唐时期形成了一些中国佛教的宗派，诸如天台宗、华严宗、禅宗等，这些派别的思想也在进一步影响文人的创作。

孙昌武认为：“在唐代好佛士大夫一般都忽视深入研讨佛教教理的风气中，柳宗元是少量重视这一方面的人之一，并且是真正对佛教思想有所认识和体会、在理论上有所收获，并能利用佛教教学而有所建树的人之一。”① 柳宗元所著的《送巽上人赴中丞叔父召序》中，“吾自幼好佛，求其道积三十年”②，又在《永州龙兴寺西轩记》中说，“余知释氏之道且久”③。《送僧浩初序》《送元悬师序》也证明柳宗元和僧人来往颇多。诸如此类的经历使得他的思想和文学创作都受到佛教的影响。“柳氏寓言里的动物形象，很多即是印度寓言时常刻画的角色。如《临江之麋》《罴说》《憎王孙文》中的鹿与猴子，

---

① 孙昌武著：《柳宗元评传》，第 324 页，南京大学出版社 1998 年版。

② （唐）柳宗元撰，尹占华、韩文奇校注：《柳宗元集校注》，第 1676 页，中华书局 2013 年版。

③ （唐）柳宗元撰，尹占华、韩文奇校注：《柳宗元集校注》，第 1860 页，中华书局 2013 年版。

即是佛经寓言中最活跃的生灵，凡是对佛经稍有涉猎者，均能联想到《睒子》《鹿母》《九色鹿》《猴王》《虬与猕猴》等佛经故事。”① 柳宗元言意观一方面继承前人，另一方面又因其与佛教、佛教徒的接触而有独到的见解，其中禅宗与天台宗对他产生了较为深刻的影响。

柳宗元在京为官时与灵澈、文畅等禅宗派弟子结交，并写有《送文畅上人登五台遂游河朔序》，其文中书：“天官顾公、夏官韩公、廷尉郑公、吏部郎中杨公，有安石之德，逸少之高，凿齿之才，皆厚于上人，而袭其道风，伫立瞻望，惧往而不返也。”禅宗讲究顿悟，明心见性，其语言观念是“超越相对、不落言筌”②，主张的是利用语言，而又不胶着于此，既“不立文字”，又不废文字，要取“言外言，意外意”。孙昌武说：“佛教的诸法实相是绝对的，因此它也就不能用具体的语言名相来表现。这就是所谓‘言语道断，心行灭处’。”“文字相是一种虚幻的假相，但这个假相却可以利用来表示实相。”“语言不能等同于实相，它只是表达手段而已；但它作为表达手段又是必要的。”③ 真正的教义和佛法是无法用具体语言表达的，禅可意而不可说。但为传播佛法及功用又不得不说，甚至需要借助各种譬喻来解释佛法。尽管柳宗元对禅宗，尤其是南宗只求顿悟而忽视经典和佛律的做法持批判态度，但是他仅仅指出其发展中的一些问题，而并未完全否定禅宗。在批判和交流中，其思想也受到禅宗影响，反映在言意观上便是既认可语言达意的功用，又看到以言表意的局限，且注重在实践中解决言意矛盾。

此外，柳宗元父亲与天台宗湛然大师弟子梁肃的交好，也对他产生了潜移默化的影响。初贬永州时，柳宗元曾寓居龙兴寺，与重巽等和尚交好。在与此派子弟的交往中，他吸收了天台宗“中道”思想中“假”和“空”统一的观点，指出“上人之往也，将统合儒释，宣涤疑滞，然后蔑衣械之赠，委财施之会不顾矣”，主张“统合儒释”。柳宗元通过吸收、借鉴天台宗提供的

---

① 刘金柱著：《唐宋八大家与佛教》，第22页，人民出版社2004年版。
② 吴言生著：《禅宗思想渊源》，第17页，中华书局2001年版。
③ 孙昌武著：《佛教与中国文学》，第271页，上海人民出版社2007年版。

理论资源，针对宇宙观、历史观、人性论诸范畴的课题进行发挥，取得了一系列具有重要理论价值的思想成果。他的诗文创作深受佛教影响，此类观念体现在言意观中表现出“言”“意”不存在非此即彼的对立。重视其表情达意功能，这使得他对于言意关系的展示更加生动。

柳宗元集中并未有关于言意之辨的系统论述，但是从其行文特点及文章观念中可以窥见他的一些看法。

首先，“意”需要由“言”来呈现。《报崔黯秀才书》云：

> 然圣人之言，期以明道，学者务求诸道而遗其辞。辞之传于世者，必由于书。道假辞而明，辞假书而传，要之，之道而已耳。道之及，及乎物而已耳，斯取道之内者也。今世因贵辞而矜书，粉泽以为工，遒密以为能，不亦外乎？吾子之所言道，匪辞而书，其所望于仆，亦匪辞而书，是不亦去及物之道愈以远乎？①

柳宗元不仅指出崔秀才的文章有圣人的遗风，又说到圣人著书立说是为了“明道”，且后辈学者求道的同时也应注意“辞”（言论、文字、文章之类），而“辞”又需通过“书”来传播于世。他还认为“言”可以用来阐明道，“道假辞而明，辞假书而传”，“先生道之存也以书，不及施于政；道之行也以言，不及睹其理”。柳宗元认为形而上的“道”可以用“言”来传达，也表明了其言意观在一定程度上有“言”以明“道”的主张，这与禅宗的日用有相承之处，都是讲究实际功用的观点。

其次，文应随心意文思而发。柳宗元说“贵辞而矜书”，“贵”即崇尚或以……为贵，“书”指书法。他指出世人只重视文辞的工巧和书法的雄健，却与追寻道的途径相远离。他认为，“辞”（言）虽然可以用来阐明道，但是道的阐明并非完全依靠“辞”（言）就能做到。在柳宗元看来，言可以呈现意，但在某些情况下又不能够完全地尽其意。《送从兄偁罢选归江淮诗序》：“言不

① （唐）柳宗元撰，尹占华、韩文奇校注：《柳宗元集校注》，第2214页，中华书局2013年版。

称德，文不尽志，适为累而已矣。”[①] 其中“文不尽志”与言不尽意有相同的含义。“吾虽少为文，不能自雕斫，引笔行墨，快意累累，意尽便止，亦何所师法?”此处的“意尽便止”的“意”不完全等同于上文“言意之辨”的“意”。它既包含作者的内心想法、心志等，也包含对在写作或在做一件事时尽兴的希望，是文应随心意文思而发的最好反映，然而若将这句话看作是绝对的“言尽意论”，那便不够严谨了。言语的运用要有一定的规则，既要讲究言语的形式，又不能过于复杂烦琐。《上门下李夷简相公陈情书》指出：“繁言蔓词，秖益为黩。”[②] 言辞过于繁复琐碎反而无益。

通过上述两点，可知柳宗元承续了魏晋六朝时期的言尽意论中对“言”的肯定，进一步强调了言的作用，认为“道”也可以由“言”来阐明。言意观的发展一方面归功于柳宗元本人的学识和天分，另一方面也是他期望通过古文运动来挽救时弊的反映。他吸收荀粲、郭象等人“言不尽意论”的思想并与创作实践联系起来，指出若要“尽意”需对“言”进行选择，要遵守一定规则。魏晋时期的言意之辨是文学自觉发展过程中的产物，主要是一种认识论的方法，尤其是前期，理论尚不能与实践结合。而柳宗元所处的时代，文学自觉已经成熟，这为他从实际运用中解释言意关系提供了可能。

最后，柳宗元认为在创作实践中处理言意矛盾应达到“词正理备”和“言畅意美”，这也与其文学观相契合。对于著述者流，应该做到高壮广厚，词正而理备；对于比兴者流，应该丽则清越，言畅而意美。这是柳宗元对诗歌和文章的要求，其中包含内容和形式的统一，著述作品既要讲究言语的雅正又应具有一定的深意。柳宗元的言意观已经不单单是围绕言是否可以尽意进行讨论，而是向意境论和美学更进了一步，也体现了言意之辨在唐代的解读有着更深层的理解趋向。殷璠的“兴象论”，王昌龄的物境、情境、意境论，皎然的“但见情性，不睹文字”等都是在言不尽意的基础上，主张丢掉言的束缚和羁绊，重视审美的意象及接受者的能动解读和体认。魏晋时期，

---

① （唐）柳宗元撰，尹占华、韩文奇校注：《柳宗元集校注》，第1584页，中华书局2013年版。

② （唐）柳宗元撰，尹占华、韩文奇校注：《柳宗元集校注》，第2227页，中华书局2013年版。

山水逐渐成为独立的审美对象，柳宗元对此也有所发展。“美不自美，因人而彰”，他认识到了自然山水的客观美，也认识到了接受主体的主观能动性。将主客的互动融入统一审美过程中。在主体与客观对象的观照下，做到主客合一，并且掌握一定的语言运用规则，就能够最大程度地处理好言意的矛盾，做到言有尽而意无穷，加之融合佛教的不立文字亦不废文字的统合思想及文以明道的实用性思想，真正地将言意放入写作中来讨论，形成了自己独特的言意观。

综上，柳宗元从创作实践的角度对言意关系进行讨论，并且“从美学的角度来论述言意的问题”①，其言意观是融会贯通的。他认为“言”可以用来达“意”，甚至可以阐释微妙的、形而上的“道”；但其局限性要求文者需要将自我与客观对象合二为一，并通过一定的语言技巧，文质并重，做到“言畅意美”。他对言意矛盾的合理化解体现在文章创作的各方面，这使得其言意观不仅具有抽象的美学意义和价值，更具有实践的品格和效用。

三、柳宗元古文创作中言意观的体现

柳宗元是唐代文学家、哲学家、散文家和思想家，一生创作了大量的诗文作品，成就斐然。《旧唐书》称柳宗元有“文集四十卷”传世。元和十四年(819)，柳宗元谢世，刘禹锡遵遗嘱编成《新唐书·艺文志四》著录“《柳宗元集》三十卷”。五代以后，散佚。柳宗元存世的六百多篇诗文，虽然不能说每一篇都是千古绝唱，垂传百世的佳作却不在少数。柳宗元于古文颇有造诣，是唐代古文运动的主要参与者和引领者。他用语精确，兼具思想性和艺术性，能在语言运用中最大限度地传达言外之意，无论侧重于陈情，还是侧重于咏物，都感情真挚，内容充实。这里所谓的“古文”是针对六朝骈文而言的，以单行散句为主，但又并非完全摒弃骈句。关于柳宗元古文具体篇目的划分仍有争议，本文将它们分为偏应用型的文章和偏文学性的作品。前者大致包括奏、表、启、墓志等，后者则包括山水游记、杂文、寓言、传记等，由于

① 周楚汉著：《唐宋八大家文化文章学》，第157页，巴蜀书社2004年版。

前者文学更偏重正式化，没有过多的“言意之间”的传达。因此，本文主要对后者进行分析。

（一）山水游记

柳宗元的山水游记最负盛名。他善于发现幽微之美，并且精于以简洁而准确的文字加以描述，在展现一幅幅美丽的风景画的同时，又寓情感于其中，做到情景交融，内寓哲理。山水文在六朝时期开始确立，其时赋体较多，常常铺排篇幅，欲将所有景观皆纳入其中，柳宗元的山水游记对详叙景观有所承续，但却追求峻洁凝练，而自成风格。如《钴鉧潭西小丘记》，此为“永州八记”最长的一篇，全文仅三百三十七字，可见其简约。作者运用了托物言志、融情于景等手法，巧妙地将自己被贬谪永州的愤慨与在小丘的遭遇融为一体。在描绘中蕴含着生命的张力，如对石头的描写：“其石之突怒偃蹇，负土而出争为奇状者，殆不可数。”“其嵚然相累而下者，若牛马之饮于溪；其冲然角列而上者，若熊罴之登于山”① 赋予普通岩石顽强向上、不断抗争的精神气节，看似写景，实为写情，表现出作者内心的抗争和不甘。正是“通篇借物写人，寓意至远”②，在对小丘的“贺”中包含了对自己命运无奈的自嘲和期待自己的才华被发现的凄苦愿望。

再如《至小丘西小石潭记》，仅用二百余字便生动地描写了小石潭环境的幽美和静寂，抒发了作者谪居永州的清寂苦闷、抑郁忧伤的心情，寄托了政治上不得志的悲愤。文章用简练传神、富有情韵的语言，描绘出一幅充满诗情画意的图画，令读者神往。全文情思深隐于中而又畅达于外。文章选材立意，行文运笔，体现了柳宗元在古文运动中所倡导的文道合一、以文明道，字里行间均透露出作者悲愤的心境。全文可分为“三乐三悲”，“乐”游、“乐”景、“乐”物、“悲”物、“悲”景、“悲”己。文章既有游览山水的幽情雅致，又有意外发现美景的欣喜，还渲染了“寂寥无人、凄神寒骨、悄怆幽

---

① （唐）柳宗元撰，尹占华、韩文奇校注：《柳宗元集校注》，第 1904 页，中华书局 2013 年版。

② 宋绪连主编：《唐宋八大家散文广选新注集评·柳宗元卷》，第 151 页，辽宁人民出版社 1997 年版。

邃”的气氛，触发了自己在寂寞偏远处境中抑郁、凄凉的心绪。既抒发了作者怡情美景之“乐”，又暗含身处孤远之“悲”。这正是柳宗元将“意”寓于景中，再通过描写环境的“言”引申出内心的世界。注重借景抒情，将基础言意观上升到自我层次，正是“言为心声”。

《袁家渴记》主要记述了柳宗元游览袁家渴的所见所感。先交代方位，再叙其名称缘由，接着描绘了其间风景，最后再次指出名字缘由，首尾呼应。作者“发潜德之幽光”，以巧夺天工的笔墨描绘这种自然美，表彰这种自然美，“出而传于世”，既表现了他对受压抑、受摧残的美好事物的无限同情爱护，也寄托了他自己无限深沉的身世之感。最后点明取名袁家渴的由来。因为那块土地的主人姓袁，所以才取名为“袁家渴”。袁家渴植物较多，树有枫树、石楠、豫章等，但写到草却只有“兰芷”，在不动声色中婉转地将自己的情思融入。香草意象是屈原所开创的，历代文人也援用香草喻良臣。柳宗元与屈子处异代而同感，除了游览风景外，其内心深处的不得志便更加凸显了。柳宗元用峻洁的“言”来表达自己心中的“意”，将游览山水的见闻所感与自身遭遇结合，与先贤共感，继而展示出了自己的内心世界：他身为获罪之人处偏远的永州，政途失意，与其说纵情山水，不如说是遭贬后的无奈和自我排遣。柳宗元熟练地加工语言、营造意象，促使简单的写景散文蕴含不尽的人生失意。

由此可见，“言”在一定的情况下可以被赋予丰富的情思，更好地传达心中之“意”。同样，“意”也可借力于作者对“言”的巧妙经营，通过营造特定的意境而得以含蓄要眇、意味深长地表达出来。柳宗元的山水游记散文用凝练的言语描绘出令人流连忘返的美景，用常见景物驾轻就熟地构建非常之意境，得其三昧。在有限的文字里，贬谪之臣欲言又止、欲罢无能的凄苦心境，对无限自由美好环境的追求以及对丑恶现实的愤懑之情全都寄寓其中，体现了孤高脱俗人格与清幽超俗美景的统一。

（二）杂文

刘勰以“对问”“七”“连珠”入杂文，刘师培论述杂文的源流说：“刘彦和作《文心雕龙》，叙杂文为一类。吾观杂文之体约有二端。一曰‘箴问’……一曰‘七发’……（柳子厚《晋问》篇亦七类也）。一曰‘连珠’，始于汉魏，盖荀子演《成相》之流亚也。”[1]“七”和“对问”接近辞赋，后世往往归于辞赋。我们今天所谓杂文往往指如鲁迅的杂文一般，取材较广，内容上无所不包，多关注社会和人生各种方面，议论性、战斗性极强的文章。为此，我们将柳宗元毕生所著中涉及社会现状、政治议论与哲学思考的一类作品都归为杂文。其名篇虽形式不固定，但思想内容都具有较强的战斗性与现实性。

柳宗元的杂文取材广博，刻画生动，言之有物，兼具现实性和趣味性。孙昌武称柳宗元的许多杂文题目似乎是信手拈来的，写法也好像是随意点染，但是却能够表现重大主题，如《起废答》《贺进士王参元失火书》等，仅从题目看就很有趣。还如《观八骏图说》，题目看似信手拈来，普遍寻常，但文章却意味深长。作者由观赏图画而引发联想，图画中的马形状怪异“咸若骞若翔，若龙凤麒麟，若螳螂然”，而现实中即使是骏马也只“驾而乘之，或一里而汗，或十里而汗，或千百里而不汗者，视之，毛物尾鬣，四足而蹄，龁草饮水，一也。推是而至于骏，亦类也”。[2] 在对比中得出“世闻其骏也，因以异形求之”的看法，再推及世人往往将圣贤之人也描述成异形，进而指出“慕圣人者”不应该只看其外在，而应该重在求心。文章运用排比，层层递进，篇末说若把“八骏图”之类通通烧掉，“则骏马与圣人出矣”，是全文结穴处，可谓婉而多讽，感慨良深。写法上将骏马与圣人两条线索交织而下，相互生发，层层映衬推展，条理清晰又极富曲折变化，阐发了自己对于圣人的看法和政治上广开言路的主张。《愚溪对》则虚构了与愚溪神的对话，借虚构的愚溪神对自己改溪名的不满展开论述，揭露了当时朝堂权力斗争的险恶，表现了自己的不得志。形式有趣，且寓讥笑怒骂于其中，做到了言意的完美统一。

---

① （南朝梁）刘勰著，詹锳义证：《文心雕龙义证》，第 488 页，上海古籍出版社 1989 年版。

② （唐）柳宗元撰，尹占华、韩文奇校注：《柳宗元集校注》，第 1154—1155 页，中华书局 2013 年版。

同时，柳宗元的杂文生动新颖，用语准确清峻，以小见大，富含深意。《连山郡复乳穴记》讲连州多产质地优良的石钟乳，但“连之人告尽焉者五载矣”①，地方官员为了进贡，只得“则买诸他部”。至崔简甫一上任，石钟乳竟又出现了。时人多以此为祥瑞，并做赞歌来歌颂。由现实生活中的事件生发开去，借由穴人与士人之口揭露社会弊端并表明自己的政治与哲学思考。“且夫乳穴必在深山穷林，冰雪之所储，豺虎之所庐”②，“深山穷林”“冰雪”“豺虎”等词将钟乳的生长环境与开采之艰难叙述得贴切逼真，侧面显示出了部分官吏的贪戾嗜利，通过对比前任和现任刺史的施政方法与效果，形象地凸显了施行仁政和礼治的重要意义，表明了柳宗元的为政理想，很大程度上做到了言尽意。《永州铁炉步志》借永州的铁匠炉名存实亡的事实，引出国家选人制度陈腐和某些豪门子弟不学无术的问题，批判讽刺当时豪门大姓依仗祖宗的门第声望妄自尊大，其实无才缺德的现象。明代茅坤评为：“志步特数言，托讽言外者，无限深情。转处妙。”③ 一语道出柳文于言外的无限深意，柳宗元杂文初于细处着墨，继而晕染全篇，借词句之翩跹，结世间之万象。充分运用比喻、类比、夸张及联想等手法，从平凡琐事中出人意料地引发深刻的主题思想，这样的构思奇趣横生，既能吸引读者，又具有很强的说服力，最大限度地实现其“文以明道”的主张。意生文中，文含意韵，两相承辅，尽善尽美。

（三）寓言文

柳宗元的寓言文往往通过精练的语言，借题发挥，使“言”有了无穷意味。其寓言二十余篇，往往短小精悍，多是用动物来虚构寓言，借此揭露社会的一些弊端，幽默且富蕴哲理。较有代表性的有“三戒”、《谪龙说》《蝜蝂传》等，借用虚构的动物故事，比拟社会现象，揭示一定的人生哲理。如《黔之驴》中的驴子只会啼叫，但无实际本领，最终只能被老虎吃掉。全篇语

---

① （唐）柳宗元撰，尹占华、韩文奇校注：《柳宗元集校注》，第 1829 页，中华书局 2013 年版。

② （唐）柳宗元撰，尹占华、韩文奇校注：《柳宗元集校注》，第 1829 页，中华书局 2013 年版。

③ 高海夫主编：《唐宋八大家文钞校注集评》，第 1248 页，三秦出版社 1998 年版。

言简练，行文流畅，展示了老虎观察驴子的全部心路历程，故事性较强。全文没有其他议论性文字，但是深意自现，展示了柳宗元深厚的语言功底。《罴说》全文仅一百三十字，却将故事描写得完整而生动：

> 鹿畏貙，貙畏虎，虎畏罴。罴之状，被发人立，绝有力，而甚害人焉。楚之南有猎者，能吹竹为百兽之音。昔云持弓矢罂火而即之山，为鹿鸣，以感其类，伺其至，发火而射之。貙闻其鹿也，趋而至，其人恐，因为虎而骇之。貙走而虎至，愈恐，则又为罴，虎亦亡去。罴闻而求其类，至则人也，捽搏挽裂而食之。今夫不善内而恃外者，未有不为罴之食也。①

首句九字，三个动词，六个名词，交代了四种动物的关系；第二句点出罴之凶残；然后引出猎人与此四者的故事，在猎人不断变换竹声的过程中，四种动物轮番登场，整个情节紧张衔密，最后指出猎人被吃掉的必然结果，借此揭示了人需要以真才实学傍身，投机取巧并非长久之计的道理。此文作于柳宗元谪居永州时期，包含了作者对政治和社会的关心。安史之乱后，藩镇割据仍存在，而朝廷的解决办法却是如寓言中猎人以“凶”制“凶”，意欲通过扶植节度牵制强藩，其结果可想而知。在极其有限的文字里融说明、记叙、描写、议论于一体，一气呵成，做到了言有尽而意无穷。“作文求‘洁’与‘尚简’不同。它不是片面地追求删繁从简，而是努力做到准确、清晰地表达内容。这样，文章就不能含混、散缓，而表现出一种清峻的气象。”② 此言恰是对柳文艺术追求的定评。

再如《鞭贾》，开头寥寥几笔：“其贾宜五十，必曰五万。复之以五十，则伏而笑；以五百，则小怒；五千，则大怒；必以五万而后可。”③ 运用白描

① （唐）柳宗元撰，尹占华、韩文奇校注：《柳宗元集校注》，第 1152 页，中华书局 2013 年版。

② 孙昌武著：《柳宗元传论》，第 357 页，人民文学出版社 1982 年版。

③ （唐）柳宗元撰，尹占华、韩文奇校注：《柳宗元集校注》，第 1415 页，中华书局 2013 年版。

的手法使商贩狡诈的丑态毕露。至此，鞭子似乎会卖不出去，但作者安排“富人”仅因“贾者”告诉其“爱其黄而泽”用高价买了此商品，之后鞭子暴露本来的颜色材质，富人虽然不开心，却依旧继续使用。这种反转使文章可读性大大增强。各种不合理在作者的徐徐讲述中一一呈现，最后道出合理的结果：“鞭折而为五六”，富人也因此受伤。文末，作者引出“求贾技于朝者”，揭露了许多官员如鞭子一样，徒有外表而没有真才实学，但朝廷却如富人般自愿上当，予那些无才识之人官位，表现出作者对用人制度的不满和对“金絮其外，败絮其中”之人的讽刺。他将极为严肃的思想内容寓于嬉笑怒骂之中，巧妙地利用幽默的语言将其对社会弊端的痛恨和对政治的担忧不露声色地表现出来，颇有意在言外之效。

（四）传记文

柳宗元能够从下层人物中寻找素材，常常为小人物立传，如《种树郭橐驼传》《梓人传》等。历代文士要么是为具有重要贡献的历史人物作传，如史传文学；要么是为自己的亲人朋友等作传。柳宗元却另辟蹊径，深入到底层社会为小人物作传，如《种树郭橐驼传》：

> 郭橐驼不知始何名，病偻，隆然伏行，有类橐驼者，故乡人号之驼。驼闻之曰：“甚善，名我固当。”因舍其名，亦自谓橐驼云。①

开篇先介绍郭橐驼名字来源，称其“病偻，隆然伏行，有类橐驼者”，仅十一个字将传主最主要的外形特征呈现出来。貌寝与下文种植技术的精巧形成对比，令人印象深刻。他对“郭橐驼”的外号并不厌恶，反舍去本名用此绰号。作者虽一笔带过，却表现出传主与人友善和顺势而为的性格特征，与后文其顺应树之天性而养之形成呼应。“他植者”或过之或不及，无法真正顺性养树，在与其他种树人的比较中，再次表明郭氏之法得当。后由此推及为官之理，指出繁政会给百姓带来困扰，这与柳宗元“吏为民役”的民本思想相通。

① （唐）柳宗元撰，尹占华、韩文奇校注：《柳宗元集校注》，第1172页，中华书局2013年版。

从人物外貌到人物特性，再到为官之理，条理清晰，水到渠成，作者想要表达的意义便尽数寓于其中了。

柳宗元的传记文还具有传奇的特点，能将人物置于激烈的矛盾冲突当中，铺陈典型事件，用细节勾勒人物的形象，翔实生动。如《童区寄传》，写了十一岁的孩童区寄被人贩子拐走后，沉着冷静，机智逃脱且杀死贼人的传奇故事。区寄在被抓之后“伪儿啼恐栗，为儿恒状”①，机智地伪装成普通孩童恐惧的状态，使得“贼易之，对饮酒，醉”，为自己逃脱创造了条件。“乡之行劫缚者侧目，莫敢过其门”，既能表现区寄的少年英勇，也暗示其事迹已经传播开来，概括性较强。“是儿少秦武阳二岁，而讨杀二豪，岂可近耶？”② 在比较中进一步明确其特征，将区寄与古之英勇少年相比，表现乡人对其机智的称赞。全文抓住了人物的主要特点塑造形象，行文能运用正面、侧面结合的手法，人物的智也就表现在了他的语言和行动中了，这是对人物做的正面刻画。同时，在文章的最后，作者又用了侧面烘托的方法显示了区寄的表现在当时的影响之大，展示了语言刻画的功能。《宋清传》则为药商宋清立传，赞扬他乐善好施，这在重农轻商的社会是很难得的。文章最后联系到“吾观今之交乎人者，炎而附，寒而弃，鲜有能类清之为者”③ 的现象，说宋清为“居市不为市之道”，这也是作者的自喻。宋清或许真有其人，而“清”字也含有不与时同流合污，保持自身节操的深意。柳宗元则仅取人物之一时一事、一言一行，就其与社会人生有关之处加以发挥，形成一种短小精悍、内容集中、思想深刻、介乎寓言之间的文学性散文，是传记之变体。该文章于宋清生平，仅记卖药一事，称扬其虽为市井小人，却有超乎市井之道的优良品质，从而达到立传的目的，同时又由此引发出对炎凉世态的抨击，且寄寓自己谪宦以来饱尝人情冷暖的无穷感慨。由此，可以看出他在传记文写作中能够用简洁的语言塑造丰满的人物形象，并且在对传主的赞颂中寄寓自己的政治见解和

① （唐）柳宗元撰，尹占华、韩文奇校注：《柳宗元集校注》，第 1183 页，中华书局 2013 年版。
② （唐）柳宗元撰，尹占华、韩文奇校注：《柳宗元集校注》，第 1184 页，中华书局 2013 年版。
③ （唐）柳宗元撰，尹占华、韩文奇校注：《柳宗元集校注》，第 1162 页，中华书局 2013 年版。

胸怀志向，做到了以言达意。

柳宗元各体散文都能够用精妙的语言展示深刻的哲理或真切的情感，融记叙、描写、议论、抒情、哲理为一体，最大限度地破除语言对于意义表达的阻碍，将深意寓于其中，不愧为大家手笔。

第三节　柳宗元言意观对文章家的影响

柳宗元作为中唐时期重要的文学家、政治家，不仅在唐代具有重要地位，放眼整个中国古代文学发展史，也是一位不容忽视的大家。其言意观对晚唐及后代散文创作产生了一定影响。

一、对唐宋时期的影响

关于柳宗元言意观的影响，一方面要看具体影响的方式或途径，另一方面要品鉴于文章本体，诸如语言风格、篇章特色等方面的具体作用机制。从具体影响途径和方式来看，就涉及时代和文学继承与接受的一些问题。柳宗元对年纪相仿的人和后辈，其影响方式便是直接的交流或指导，如刘禹锡。确切地说这两位文学家是相互影响的，他们是生活上的挚友，也是最得彼此文字三昧之人。刘禹锡认为文章应该“有为而为之”，“文非空言”，这与柳宗元的“文以明道”的实用观是一致的。刘在《董氏武陵集纪》中云：“片言可以明百意，坐驰可以役万里。”① 他认为言是能够表达意的，如果言语可以做到“工”，就能获得“达”的效果，蕴含无穷的意。对于后辈，柳宗元曾多次提到自己不愿意承担为师之名，但愿躬行为师的义务去指导后辈。如他在《答韦中立论师道书》中：“仆自卜固无取，假令有取，亦不敢为人师。为众人师且不敢，况敢为吾子师乎？”推辞了韦中立拜师的请求，却又从少年时的“以辞为工”，到成年后理解的“文者以明道”；从作文的基本技法到其取法之源，再到可供参考的对象，娓娓道来，有条不紊，传授了韦中立写作之法。

① （唐）刘禹锡著，瞿蜕园笺证：《刘禹锡集笺证》，第516页，上海古籍出版社1989年版。

除韦中立外，柳宗元也给一些青年秀才回信或者为其作序。

柳宗元对后世文人的影响，主要是在社会大环境下和个别关键人物对他的发现和推崇，如杜牧、司空图对柳宗元地位和成就的发掘。晚唐五代时期，文人雅士对柳宗元的成就和文章的接受状况略显沉寂。据考证，“关于唐五代人对柳的评述目录，笔者进行了统计，在从柳宗元出生到宋朝建立（773—960）近两百年漫长岁月里，评论者只有区区十六人”①。而同为古文运动领袖的韩愈，其评论者是柳宗元的三倍，或许这与柳宗元参与的永贞革新的褒贬不一及其思想的多元性有关。晚唐时期，杜牧将韩柳并举，认为二人文章成就斐然，这也是后世之人学习柳文的因素之一；司空图主要推崇柳诗之深远，推动了柳宗元诗文为后世更多的文人所接受与学习。一个人所要呈现的作品一定是创作者本人心志和社会环境双重作用的结果，于是他的潜意识里会留存着集体无意识及在长期学习中潜移默化接受的一些观念，这些多少都会体现在创作中。所以，在柳宗元同时代或者之后，受到其影响的作家在作品中一定会透漏出某些端倪来。

宋代王安石领导了熙宁变法，在文学思想上强调“文贯乎道”“且所谓文者，务为有补于世而已矣。所谓辞者，犹器之有刻镂绘画也。诚使巧且华，不必适用；诚使适用，亦不必巧且华。要之以适用为本”等②，这些主张与柳宗元相似，他的文章必然受到了柳氏的影响。《石林诗话》中“然意与言会，言随意遣，浑然天成”③，虽是评论“含风鸭绿鳞鳞起，弄日鹅黄袅袅垂”，但此句用在其文章上亦是贴合。言意关系上，王安石认为“书足以致其言，言足以遂其志”④。又说：“见问进退去就之意，盖道之所存，意有所不能致，而意之所至，言有所不能尽。”⑤ 看似矛盾，而实意为“言”可以表现基本的志向与情感，而对“道”等比较深刻抽象的概念或者更为复杂的思想内涵，

① 杨再喜：《唐宋柳宗元文学接受史》，苏州大学 2007 年博士学位论文。

② 王水照主编：《王安石全集·上人书》，第 7 册第 1369 页，复旦大学出版社 2017 年版。

③ （宋）叶梦得撰：《石林诗话》，第 9 页，中华书局 1991 年版。

④ 王水照主编：《王安石全集·王深父墓志铭》，第 7 册第 1611 页，复旦大学出版社 2017 年版。

⑤ 王水照主编：《王安石全集·答刘读秀才书》，第 6 册第 1301 页，复旦大学出版社 2017 年版。

“言”是难以完全表现出来的。

苏轼对柳宗元的政治生涯与哲学思想虽持否定态度，但他依旧是柳宗元接受史上重要的一环，其“韦柳”“陶柳”之论揭开了柳诗接受史上新的一页，使得柳氏文名掩诗名的情况得以改善。苏轼对柳宗元的评价与其政治生涯的起伏相关：政途顺利时，主要从政治角度评价柳宗元；仕途失意后，他同王安石一样与柳宗元产生了异代的共鸣，于柳诗柳文中品味贬谪心境。评价的具体问题不在本文讨论范围之内，但应该明确的是不管评价如何变化，苏轼在对柳宗元其人其作的关注中定会受到影响。苏轼在《与谢民师推官书》中谈到写作时说：“常行于所当行，常止于所不可不止。”① 讲究为文要顺势而为，依照情思所行，如此做法必然是水到渠成，文从字顺，意义畅达。他也说：“臣闻有意而言，意尽而言止者，天下之至言也。”② 与柳氏“意尽则止”都道出了意是可尽的。苏轼又进一步指出不能尽意者可能是受外力束缚，即“臣常以为晁、董、公孙之流，皆有科举之累，故言有浮于其意，而意有不尽于其言。”但今天看来，苏东坡主张无意不可尽的一个原因或许是其天分学力都非常人所比。苏轼享受作文时的“意之所到，则笔力曲折，无不尽意”③，又讲究“辞达而已”。在他看来意可尽，这与柳宗元之“言畅意美”都点出了行文流畅的要求。苏轼侧重于创作中主体的文思变化，柳宗元则更强调创作时要讲究词语的运用和结构的组合。苏文无论篇幅长短皆是随文思而动，直至将文意、心意完全表达。

二、对明清文章家的影响

明代中后期王学左派兴起，强调知行合一，禅宗也进一步渗透到文人阶层，儒、释等各家思想进一步融会。柳宗元的文以明道、言之有物的思想在此时依旧流行。为了明道写心就要对言进行一定筛选，需要把握好言的文采

---

① 孔凡礼点校：《苏轼文集》，第 1418 页，中华书局 1986 年版。

② 孔凡礼点校：《苏轼文集・策总叙》，第 225 页，中华书局 1986 年版。

③ （宋）何薳著，张明华点校：《春渚纪闻》，第 84 页，中华书局 1983 年版。

和结构等。明代前期的刘基，其寓言散文能够借用有趣的寓言故事揭露现实生活中的弊端，与柳氏的寓言有异曲同工之妙。明代中后期的唐宋派、公安派、竟陵派等文章创作及清代部分文章家也都受其影响。

（一）对唐宋派的影响

明代中期，唐宋派提倡唐宋文风，主张“文以明道”。他们虽未直接受到柳宗元言意观的影响，但是其文章能够在言语和形式的巧妙结合中，做到“言畅意美”。如归有光《见村楼记》，开篇从见村楼所在之处的整体印象入手，由城隍到娄江再推到吴淞江、新洋江，最后收到罗巷村，从大到小，由远及近，如电影镜头般由全景、远景，渐切为近景和局部，最后聚焦于一点。在镜头的不断推进中，我们得知村名是由于亡友感怀先祖而起的，体现出友人对先人及其美德的尊崇，接下来便顺理成章地转入对亡友生前一些行为和美德的追忆。“中丞游宦二十余年。幼子延实，产于江右南昌之官廨。其后每迁官，辄随。历东兖、汴、楚之境，自岱岳、嵩山、匡庐、衡山、潇湘、洞庭之渚，延实无不识也。”① 李宪卿宦游多年，曾去过多地，其子也紧随其后，而现在他们所在的罗村却是延实未曾识的，这不能不引起作者的惋惜遗憾之情。接下来承接前文对城隍、吴淞江一带景色做了描述，而延实将其楼称为“见村楼”，既呼应了题目，又加深了对故人的怀念。在与延实“具饭”过程中，又再次忆起昔日友人的种种，并想到往昔同游的另一亡友，其忧思更添一层。作者情思随着场景转换而变化，由物及人，在多次今昔对比中，将怀念故人之情由浅入深铺展开来。行文简洁平淡，并在字里行间宣泄情思。再如唐顺之的《任光禄竹溪记》写江南人以竹为薪，京师之人以竹为贵，而他们都以海外奇花石为贵，由此自然而然地得出“人去乡则益贱，物去乡则益贵”② 的认识。作者的舅父“遍植以竹，不植他木”，寥寥八字便使其高洁形象跃然纸上。文章布局精巧，层次分明，在自然的文字叙议中点名题意。

---

① （明）归有光著，周本淳校点：《震川先生集》，第 369 页，上海古籍出版社 1981 年版。

② （明）唐顺之著，马美信、黄毅点校：《唐顺之集》，第 552—553 页，浙江古籍出版社 2014 年版。

（二）对公安派的影响

公安派讲究“独抒性灵”“非从自己胸臆流出，不肯下笔”[①]，提倡性灵说，主张任性而发，与柳宗元之“意尽便止”，苏轼“止于所当止，行于所当行”同样都强调言随意发。袁中道说：“天下之文，莫妙于言有尽而意无穷；其次则能言其意之所欲言。《左传》《檀弓》《史记》之文，一唱三叹，言外之旨蔼如也。班孟坚辈，其披露亦渐甚矣。苏长公之才，实胜韩、柳；而不及韩、柳者，发泄大尽故也。”[②] 这里袁中道指出为文的两种层次，最妙的是言有尽而意无穷，传达出无限余韵；稍次一层是能尽可能地表达出自己所想，能运用语言表达清楚最基本的意，也可称妙。他这种观点与柳宗元相似，而且第二层意思其实是折中式的。他认为韩、柳能够到后一层次，即能够将自己的欲达之意大体上表达透彻。袁中道作为公安派的重要人物之一，为文讲究不拘格套，抒写性灵，即他所说的要传达出言外之旨，要“发泄大尽”。如《游石首绣林山记》[③] 写奔腾不息的江水与眼前之石撞击的奇景，用语精确幽默，运用了比喻、拟人等多种修辞，写出了水石相互“搏斗”的场景。“劈之为林，蚀之为窍，锐之为剑戟，转之为虎兕”，观察细腻，比喻生动，寥寥数语便呈现了江水不断击撞石头的不同姿态，画面性极强。“静听水石相搏，大如旱雷，小如哀玉。”有宏观背景衬托，再加以声音点缀，即刻便使读者如同身临其境一般。之后“而细睇之，或形如钟鼎，色如云霞，文如篆籀”，从细小处勾勒石的形状、颜色、文脉，好似与作者“各据一石而坐”，欣赏这奇妙的景象。江水击石之景，于寻常山河相汇处皆可寻觅，无新奇可言。偏此景于作者笔下妙趣横生，着力描写之余，更工于哲理，得出“水石相助”之道。情景交融，相得益彰，更令人心驰神往。后又悟出“士之值坎禀不平，而激为文章以垂后世者，何以异此哉”的人生道理。最后又援引历史典故解释此处名字的由来，更添深意。写景、抒情、怀古完美结合，与柳氏的《袁家渴

---

① （明）袁宏道著，钱伯城笺校：《袁宏道集笺校》，第 187 页，上海古籍出版社 1979 年版。

② 吴文治编：《柳宗元资料汇编》，第 286 页，中华书局 1964 年版。

③ （明）袁中道著，钱伯城点校：《珂雪斋集》，第 597 页，上海古籍出版社 1989 年版。

记》有着共同的妙处。

（三）对竟陵派的影响

晚明文坛，竟陵派异军突起，他们在继承公安派“独抒性灵”的基础上，开辟出了幽深孤峭的艺术风格。主张为文为诗要以古人为归，力求深厚曲折，在精神上复古以达到古人的境界。主要发起人和领袖人物是钟惺、谭元春，其优秀的散文创作往往能突破率直浅俗，不仅描摹客观世界，又注意自我主体，追求主观的精神世界，营造“有我之境”，在文字中寄予玄思之理与个人性情。如钟惺《浣花溪记》：

> 出成都南门，左为万里桥。西折，纤秀长曲，所见如连环，如玦如带，如规如钩，色如鉴，如琅玕，如绿沉瓜，窈然深碧，潆回城下者，皆浣花溪委也。然必至草堂而后浣花有专名，则以少陵浣花居在焉耳。
>
> 行三四里，为青羊宫，溪时远时近。竹柏苍然，隔岸阴森者尽溪，平望如荠，水木清华，神肤洞达。自宫以西，流汇而桥者三，相距各不半里。舁夫云，通灌县，或所云“江从灌口来”是也。①

先写浣花溪的位置及周围景观，柳宗元的“永州八记”也多以此方式开篇。“所见如连环，如玦如带，如规如钩，色如鉴，如琅玕，如绿沉瓜”，浣花溪的形状轮廓与溪水洁净清澈之态在博喻之下栩栩如生。且“环”“玦”“琅玕”皆为精致的天然物品，以此比喻，使浣花溪也有了美玉般美好的特征，而这种特征恰恰暗含的美好品质，与后文赞美杜甫暗自相接，展示了钟惺较强的语言组合能力。“或所云‘江从灌口来’是也”直接引用了杜甫《野望因过常少仙》的诗句，既写出了溪水贯通之势，又暗合下文游览杜甫祠堂的行为。后面描写了杜工部祠的景象，思及杜甫与严武之交好，并发出对杜甫“穷愁奔走，犹能择胜，胸中暇整，可以应世”胸怀的赞叹。全文写景、抒情、议论浑然一体，能于细节处互相勾连，在细腻生动的语言中绘景抒情，做到了

---

① （明）钟惺著，李先耕、崔重庆标校：《隐秀轩集》，第 328 页，上海古籍出版社 1992 年版。

“言畅意美”。再如其《中岩记》中，以交错、对比、映衬的理趣创造了一幅山水奇观图。通过景物间相异相反的因素的配对组合，恰到好处地体现了其“思理”“妙理”的审美观念，用细致的文字展现出幽深而又清异的境界，亦是以言达意之作。

（四）对清代文章家的影响

清代骈文复兴，乾嘉时期形成与桐城派古文对立的局面，但清代许多文章家还是受到了柳宗元的影响。《柳宗元资料汇编》中载录了大量清人对柳宗元诗文的评价，而且多有对柳集中各篇目做批注的，如何焯等，甚至连乾隆皇帝都有大量的评论文字留下，可见柳宗元在清代的影响之大。明末清初，侯方域早期文章浅薄，后学习唐宋八大家，转益多师。他的传记文《马伶传》《李姬传》等往往是以小说为文，为下层人物作传，并且能够在典型事件中传神写貌，正是传承了柳宗元传记文的特点。桐城派以“义理”为基础，讲究文章的“道”“法”“辞”，这凸显了其对于唐宋古文的传承。桐城派代表人物之一姚鼐的游记文，融考证于写景之中，贴切自然、不留痕迹，并能寓情于景、情景交融，颇有柳氏风韵。《登泰山记》《游灵岩记》《泰山道里记序》等文，文辞清丽，虽然具有考据的特点，但是能够在游记描写之外展示言外之意。《游灵岩记》虽是应制而作，却将趋炎附势之人的嘲讽寓于其中。

总之，柳宗元将对言意的认识渗透在他的文章创作中，使得其言意观具有实践的品格。他追求文章言而有物，但又重视一定的形式，最终达到“言畅意美”的效果，显示了统合的思想，对后世文章家产生了重要的影响。

中国文化历史悠久，源远流长，我们的文明在过去的几千年里主要依靠“言”来记录和传承，既包括口头的言，也包括书面的言。然而，因主体水平不足、急功近利等缘故，作为工具和手段的言有时并不能够“达意”。所以，古人便有了对言意关系的种种争论，无论何种观点都是有一定道理的，但又不够全面。针对言意的矛盾，需要通过得意忘言的方式去传达，要借助对言外之意的追求来消解。柳宗元在中唐矛盾尖锐的社会背景下，吸收各家各派的思想精华，对文学创作有自己独到的理解，于言意关系也较初唐时期有了更为深入的探讨。他能够从实践和美学的角度统合言意的矛盾，并且凭借自己的创作给出言意矛盾的解决方案：既主张文以明道和文章语言的实际功用，又不废其清越等艺术特质，在词语、意象的选择和结构的构造中，尽力做到文质并重，言畅意美。柳宗元从古文运动中脱颖而出，于各体文章都有独到的成就，其文章践行了他本人的言意观，推动其言意观在魏晋的基础上走向了更深的层次，对后世文论与文章创作产生了一定的积极影响。

第三章　欧阳修与中华文化中的“风”与“神”

欧阳修，字永叔，号醉翁，晚号六一居士，吉州（今江西吉安）永丰人，是北宋时期的朝廷重臣、文坛领袖及史学巨擘。欧阳修以风节自持，正直磊落、胸怀坦荡，有文人之铮铮傲骨，又宽厚广博、谦和真挚，有士者之敦厚品质。

作为北宋诗文革新运动的倡导者，欧阳修既师承韩愈“文以载道”的观点，所论诗文主张明道、致用，强调文学的社会功用，又取其“文从字顺”之精神，提倡简而有法与平易畅达的文风，反对华丽绮靡与浮艳空疏。欧阳修自身的创作与其理论相辅相成，其散文自然平淡而又蕴藉深厚，散漫不经却又情韵绵邈，感性与理性兼具，阴柔与阳刚相融。欧阳修的人格魅力以及作品所呈现出来的浩邈风韵，世谓“六一风神”。他身上所体现的诸多审美元素，也正是中华文化博大包容与中和敦厚的象征。欧阳修的理论与创作，在为北宋文坛竖起旗帜的同时，也为中华文化摹刻了典章，深刻地影响了后代文人的道德风貌与审美追求。

第一节　“风”“神”概念内涵解析

“风”“神”均是历久弥新的概念，在社会、历史、文化和人的生命发展过程中有着非常重要的地位与作用。其产生，与人们对客观自然的认识和主观生命的体验密切相关。同时，它又对人的知、情、意、行等生命活动具有统摄和主导作用。在中国传统文化和艺术理论中，“风”“神”都属于极富内涵和实践意义的核心范畴，对中国传统文化及美学发展产生了重要影响。

一、“风”之概念阐释

风，本义是自然界中流动的气体。《周易·说卦》有“风以散之”①，以风动自然万物。《汉书·地理志》：“凡民函五常之性，而其刚柔缓急，音声不同，系水土之风气，故谓之风。”② 可见风不仅拥有无所不至的影响力，还具有随季节变化而有强弱、方向改变等功能性特点。随着人们对“天”的了解逐渐深入，自然层面的“风”也就随之下沉到社会道德观念当中，人们便开始用“风”来品评人的行为，“风”的含义从而进入了审美层面，并由此基本定型。

“风”的含义主要有以下四个层面：

其一，指自然界流动之气。如《庄子·齐物论》：“大块噫气，其名为风。”③《庄子·逍遥游》：“风之积也不厚，则其负大翼也无力。故九万里则风斯在下矣，而后乃今培风；背负青天而莫之夭阏者，而后乃今将图南。”④ 宋玉《风赋》：“夫风者，天地之气。”⑤ 王充《论衡·感虚》：“夫风者，气也，论者以为天地之号令也。”⑥ 这些皆指天地间周而复始的气，是我们身体、感官所接触到的自然风。它具有季节性、流动性、方向性等特点，影响着万物的生息规律。

其二，指社会中的风俗、风教、风化。《诗大序》：“风，风也，教也。风以动之，教以化之。……上以风化下，下以风刺上，主文而谲谏，言之者无罪，闻之者足以戒，故曰风。”⑦《荀子·王制》“论礼乐，正身行，广教化，

---

① 陈鼓应、赵建伟注译：《周易今注今译》，第 708 页，商务印书馆 2016 年版。
② （东汉）班固撰，（唐）颜师古注：《汉书》，第 1640 页，中华书局 1962 年版。
③ （清）王先谦撰，沈啸寰点校：《庄子集解》，第 10 页，中华书局 1987 年版。
④ （清）王先谦撰，沈啸寰点校：《庄子集解》，第 2 页，中华书局 1987 年版。
⑤ （楚）宋玉著，吴广平编辑：《宋玉集》，第 44 页，岳麓书社 2001 年版。
⑥ 杨宝忠校笺：《论衡校笺》，第 163 页，河北教育出版社 1999 年版。
⑦ （清）阮元校刻：《十三经注疏·毛诗正义》，第 269—271 页，中华书局 1980 年版。

美风俗，兼覆而调一之，辟公之事也”[①]，“风”指的是“风教”，具有伦理感化、道德教育的功能。《世说新语·任诞》中“阮籍遭母丧，在晋文王坐，进酒肉。司隶何曾亦在坐，曰：‘明公方以孝治天下，而阮籍以重丧，显于公坐饮酒食肉，宜流之海外，以正风教’”[②]，“风”指社会约定俗成的礼仪规范。《颜氏家训·序致》中“吾家风教，素为整密”[③]，指大家族的家规、门风。《颜氏家训·风操》中“夫人，宋广州刺史纂之孙女，故构犹染江南风教”[④]，“风”指地方的风俗人情。可见，“风”既具有教育、感化的功能，又具有时节性、地域性等特征，但无论是用以规范人的行为，还是反映特定地域、民族的特点，均意味着“风”从自然现象演进到了社会层面。

其三，指人的道德品质、精神面貌、胸怀气度等。《毛诗序》：“然则《关雎》《麟趾》之化，王者之风，故系之周公。”[⑤]《说苑·修文》：“凡从外入者，莫深于声音。变人最极。故圣人因而成之以德，曰乐。乐者，德之风。诗曰：‘威仪抑抑，德音秩秩。’”[⑥] 其中的“王者之风”“德之风”均指人内在的道德品行，具有一定的伦理色彩。《世说新语·德行》：“李元礼风格秀整，高自标持，欲以天下名教是非为己任。”[⑦]《世说新语·雅量》：“庾太尉风仪伟长，不轻举止，时人皆以为假。”[⑧] 其中的“风格”“风仪”均指人的精神面貌、风度仪容，是外在的形貌与气质，是魏晋时人物品评的特殊产物。但无论是外在还是内在之“风”，都表现了人对主体的精神风貌的关注，使“风”进入了人格精神的范畴。

其四，指文艺审美的特点及境界，有风格、风骨之义。风格是一个较为笼统的概念，李嗣真《续画品录》：“（郑法士）气韵标举，风格遒俊。（刘乌）

---

① （清）王先谦撰，沈啸寰、王星贤点校：《荀子集解》，第170—171页，中华书局1988年版。
② 周兴陆辑著：《世说新语汇校汇注汇评》，第1232页，凤凰出版社2017年版。
③ 檀作文译注：《颜氏家训》，第4页，中华书局2007年版。
④ 檀作文译注：《颜氏家训》，第71页，中华书局2007年版。
⑤ （清）阮元校刻：《十三经注疏·毛诗正义》，第272页，中华书局1980年版。
⑥ （汉）刘向撰，向宗鲁校证：《说苑校证》，第508页，中华书局1987年版。
⑦ 周兴陆辑著：《世说新语汇校汇注汇评》，第11页，凤凰出版社2017年版。
⑧ 周兴陆辑著：《世说新语汇校汇注汇评》，第613页，凤凰出版社2017年版。

学于郑，不少风格，但未遒耳。”① 其“风格”是指遒劲的特点。《古画品录·第一品·曹不兴》：“不兴之迹，殆莫复传，唯秘阁之内一龙而已，观其风骨，名岂虚成！”② 形容绘画中有龙的筋骨，生动而有力量。《文心雕龙·风骨》：

> 诗总六义，风冠其首，斯乃化感之本源，志气之符契也。是以怊怅述情，必始乎风；沉吟铺辞，莫先于骨。故辞之待骨，如体之树骸；情之含风，犹形之包气。结言端直，则文骨成焉；意气骏爽，则文风清焉。③
>
> 若风骨乏采，则鸷集翰林；采乏风骨，则雉窜文囿。唯藻耀而高翔，固文章之鸣凤也。④

其“风骨”内涵较为复杂，但主要指的是作品呈现出来的生机勃发、充实饱满的外在风貌，而这外在风貌，则是作者的内在情感以作品为外在依托而凸显出来的生命力。读者的情绪受其感染，由此产生了同构性的内在波动，从而使自我精神风貌焕然一新。最终又使审美风貌回归到了社会层面，这也照应了“风”的自然属性——流动性。此外，在文艺审美的范畴中还有“风神”“风韵”“风趣”“风雅”“风致”等。

由此，“风”本义是自然中流动的气，后引申到社会层面，指“风俗”“风教”“风化”等。经社会层面过渡，引入到人格层面，又包含内在的道德品质，最后引入到文艺审美的范畴中，进而达到了四者融合为一、自然流动之境。无形而无不包，有形而形不定，万物为一，森罗万象。风者，上也。

二、“神”之内涵解析

“神”一般指天地万物的创造者和主宰者。许慎解释：“神，天神，引出

① 周积寅编著：《中国画论辑要》，第 277—278 页，江苏美术出版社 2005 年版。

② （南朝齐）谢赫著：《古画品录》，第 7 页，人民美术出版社 1959 年版。

③ （南朝梁）刘勰著，詹锳义证：《文心雕龙义证》，第 1047—1048 页，上海古籍出版社 1989 年版。

④ （南朝梁）刘勰著，詹锳义证：《文心雕龙义证》，第 1064 页，上海古籍出版社 1989 年版。

万物者也。”[①] 刘向又进一步说明：“神灵者，天地之本，而为万物之始也。”[②] 但随着历史演进，人类的主体意识也逐渐觉醒，期盼依靠自己的智慧、力量等趋福避祸，于是泛化的自然神逐渐具有了人性特点，如部族中首领或超出常人的英雄常常被尊为天神。随着文明进一步发展，神与人相交后，其引申义也变得越来越多，越来越玄妙，如鬼神、神道、神理、神思、神游、神韵、神妙等。归纳来说，“神”大致有以下几种含义：

其一，指天地自然与生灵万物的创造者。如《左传》“周人以讳事神”[③]，《诗经》亦有“百神尔主矣”[④] 之句。“神”不再单指天，而是泛化到一切自然造物者。但是，“神”无论是指天，还是指其他金、木、水、火、风等元素神，都具有广大无边的力量，可创造、主宰、操控世间的一切。

其二，指自然万物的奇妙变化及客观规律。《周易·系辞》：“阴阳不测之谓神。”[⑤]《管子》：“一物能化谓之神。”[⑥]《荀子》：“不见其事而见其功，夫是之谓神。”[⑦]“神”即指隐于事物表象后的客观规律，只是人类还难以把握，故谓之“神”，有神奇、神妙、神工之义。这意味着“神”由原始的崇拜形象上升到人的理性意识，具有了更为抽象的内涵。

其三，指人的生命主体，与“形”相对。《庄子·达生》“弃事则形不劳，遗生则精不亏”[⑧]，《庄子·天地》“德全者形全，形全者神全”[⑨] 认为人的生命是由形与神共同建构的。《史记》“凡人所生者神也，所托者形也”[⑩] 以人之形作为人之神的载体，而人之神调控人之形，这种隐形的主宰生命的力量，

---

① （汉）许慎撰，（清）段玉裁注：《说文解字注》，第 5 页，上海古籍出版社 1981 年版。

② （汉）刘向撰，向宗鲁校证：《说苑校证》，第 476 页，中华书局 1987 年版。

③ 杨伯峻编著：《春秋左传注》，第 116 页，中华书局 1990 年版。

④ 程俊英、蒋见元著：《诗经注析》，第 833 页，中华书局 1991 年版。

⑤ 陈鼓应、赵建伟注译：《周易今注今译》，第 598 页，商务印书馆 2016 年版。

⑥ （清）黎翔凤撰，梁运华整理：《管子校注》，第 937 页，中华书局 2004 年版。

⑦ （清）王先谦撰，沈啸寰、王星贤点校：《荀子集解》，第 309 页，中华书局 1988 年版。

⑧ （清）王先谦撰，沈啸寰点校：《庄子集解》，第 156 页，中华书局 1987 年版。

⑨ （清）王先谦撰，沈啸寰点校：《庄子集解》，第 107 页，中华书局 1987 年版。

⑩ （汉）司马迁著，（南朝）裴骃集解，（唐）司马贞索隐，（唐）张守节正义：《史记》，第 3292 页，中华书局 1959 年版。

即谓之“神”，有心灵、精神、灵魂、智慧之义。蔡邕《笔论》：“夫书，先默坐静思，随意所适。言不出口，气不盈息，沉密神彩，如对至尊，则无不善矣”①，其中的“神采”就是指写作者在作文时的精神状态，古人亦常用“神明”“神魂”“凝神”“神采”“神机”“神会”等来表示。在品藻人物时，“神”往往用于人格的最高品质，并且这种主体的“神”需要“养”。《管子·心术上》：“道不远而难极也，与人并处而难得也。虚其欲，神将入舍。扫除不絜，神乃留处。”② 所谓“养”即人需摒除一切尘俗、杂念，才能使“神”入驻其中，进而悟道。

其四，指文化艺术所创造的妙义。刘勰《文心雕龙·神思》：“古人云：‘形在江海之上，心存魏阙之下。’神思之谓也。文之思也，其神远矣。”③《文心雕龙·夸饰》：“神道难摹，精言不能追其极；形器易写，壮辞可得喻其真。”④ 王昌龄云：“为诗在神之于心，处心于境，视境于心，莹然掌上，然后用思，了然境象，故得形似。”⑤ 其中，“神远矣”“神道”“神”均指内在的韵味及深广的境界。而境界必须要经过“神思”阶段，若单纯地描摹，只能是形似，而不能得“真”谛。殷璠《河岳英灵集》之“神来，气来，情来”更是将神、气、情三者作为诗歌创作好坏的标准。在艺术创造中，创作者常将内在的情感情趣、哲理思考等融入其中。人们在对作品进行品鉴时，常常也能感受到其中所蕴含的韵味、意境等奇妙之义，故称之为“神”，有“神妙”“神韵”“传神”等义。

由此，“神”本义是原始先民所认知的创造自然万物者，后引申为自然万物的奇妙变化及客观规律。在与人相交后，又有生命主体的心灵精神之义，后运用于创作中，指作品所具有的难以言说的妙义与境界。

就以上关于“风”“神”的概念及内涵阐释来看，在排除自然、社会层面

---

① （汉）蔡邕著，邓安生编：《蔡邕集编年校注》，第 557 页，河北教育出版社 1999 年版。

② （清）黎翔凤撰，梁运华整理：《管子校注》，第 759 页，中华书局 2004 年版。

③ （南朝梁）刘勰著，詹锳义证：《文心雕龙义证》，第 975 页，上海古籍出版社 1989 年版。

④ （南朝梁）刘勰著，詹锳义证：《文心雕龙义证》，第 1376 页，上海古籍出版社 1989 年版。

⑤ （明）胡震亨著：《唐音癸签》，第 7 页，上海古籍出版社 1981 年版。

的含义外，两个范畴均与人、文艺美学层面有关。就人来说，前者指人的内在道德与外在仪容，而后者重内在精神思致；就文艺美学层面来说，前者侧重于骨力、韵味，后者侧重于哲思、妙义。故而由二者合一的“风神”，兼具两者之义，即既指人的道德品行、格局气度、精神风貌，也指其文学作品的情感哲思、蕴藉韵味、雅致妙趣。

第二节 “六一风神”的文化与审美属性

茅坤在《唐宋八大家文钞·庐陵文钞引》中，以“风神”论司马迁文章云：“以其驰骤跌宕，悲慨呜咽，而风神所注，往往于点缀指次独得妙解。”其后又论：“世之文人学士得太史公之逸者，独欧阳子一人而已。”① 此后，“六一风神”的美名不胫而走。归有光亦评欧阳修《新唐书·兵志论》云：“风神机轴逼真太史公。”②

清代时，桐城派古文家广泛使用“风神”一词评论欧文。方苞《古文约选序例》云：“永叔摹史记之格调，而曲得其风神。”③ 刘大櫆评欧阳修《五代史·伶官传序》云：“跌宕遒逸，风神绝似史迁。”④ 又评其《黄梦升墓志铭》云：“欧公叙事之文，独得史迁风神。”⑤ 另，沈德潜亦评欧阳修《新唐书·艺文志论》：“抑扬顿折，无限风神。”⑥ 家家皆谓欧文“得史迁之髓”“传史迁之神”。

到了近代，“六一风神”之称谓完整地出现且被普遍地使用。林纾《春觉

---

① （明）茅坤编：《唐宋八大家文钞》，第1383册第324页，景印文渊阁四库全书，台湾商务印书馆1986年版。

② 高海夫著：《唐宋八大家文钞校注集评》，第2006页，三秦出版社1998年版。

③ （清）方苞著，刘季高校点：《方苞集》，第615页，上海古籍出版社1983年版。

④ 吴孟复、蒋立甫主编：《古文辞类纂评注》，第286页，安徽教育出版社2004年版。

⑤ 吴孟复、蒋立甫主编：《古文辞类纂评注》，第1466页，安徽教育出版社2004年版。

⑥ （清）沈德潜选评，［日］赖山阳增评，闵泽平点校：《增评唐宋八家文读本》，第342页，崇文书局2010年版。

斋论文》中说：“世之论文者恒以风神推六一。”① 以“六一”代称欧阳修，以“风神”冠之。陈衍《石遗室论文》云：“世称欧阳公文，为六一风神。而莫详其所自出。”② 虽旨在追问，但亦可知在当时这一称谓已经甚为流行了。吕思勉《宋代文学》：

> 今观欧公全集，其议论之文：如《朋党论》《为君难论》《本论》，考证之文，如《辨易系辞》；皆委婉曲折，意无不达，而尤长于言情。序跋如《苏文氏集序》《释秘演诗集序》，碑志如《泷冈阡表》《石曼卿墓表》《徂徕先生墓志铭》，杂记如《丰乐亭记》《岘山亭记》等，皆感慨系之，所谓六一风神也。③

论及其诸文委婉曲折，长于言情，乃“六一风神”也。

以上诸位文学家所及“六一风神”，既指人格境界，也指文章境界。欧阳修被冠以“六一风神”是因为他的人格为古代文士之范式，其文学创作与理论倡导开创了新的文学与审美取向。

一、“以风节自持”——“六一居士”之人格

欧阳修的政治、文学、史学成就及风范引领了宋朝的士风、学风、文风，为当世之士人及后代确立了“人格范式”。这范式包含着学识、眼界、才性、道德、胸怀、格局、言行、气质等诸多方面，全面而深刻地影响了北宋士人的品格，对宋朝乃至中华文化产生了重要的影响。《宋史·忠义传》论云：“厥后西北疆埸之臣，勇于死敌，往往无惧。真、仁之世，田锡、王禹偁、范仲淹、欧阳修、唐介诸贤，以直言谠论倡于朝，于是中外缙绅知以名节相高，廉耻相尚，尽去五季之陋矣。”④ 苏轼《六一居士集序》亦云：“自欧阳子出，

---

① 林纾著，范先渊校点：《春觉斋论文》，第 85 页，人民文学出版社 1959 年版。

② 陈衍撰，陈步编：《陈石遗集》，第 1623 页，福建人民出版社 2001 年版。

③ 吕思勉著：《宋代文学》，第 14 页，商务印书馆 1939 年版。

④ （元）脱脱等撰：《宋史》，第 13149 页，中华书局 1977 年版。

天下争自濯磨，以通经学古为高，以救时行道为贤，以犯颜纳说为忠。”① 皆指出了其范式意义。

（一）骨鲠刚健，志气自若

欧阳修正直磊落、刚健公正，在波诡云谲的政治风云中历经磨难、饱受苦楚，却能始终保持开阔的胸襟，《宋史·欧阳修传》载：“天资刚劲，见义勇为，虽机阱在前，触发之不顾。放逐流离，至于再三，志气自若也。”② 可以看出其正身特立，“以风节自持”，为天下士人之表率。

本传载：

> 范仲淹以言事贬，在廷多论救，司谏高若讷独以为当黜。修贻书责之，谓其不复知人间有羞耻事。若讷上其书，坐贬夷陵令……方贬夷陵时，无以自遣，因取旧案反覆观之，见其枉直乖错不可胜数，于是仰天叹曰：“以荒远小邑，且如此，天下固可知。”自尔，遇事不敢忽也。③

范仲淹以言事被贬，欧阳修秉公直言，切责高若讷，以致被贬于荒远的夷陵。荣宠不再，处境艰难，然而他非但不怨天尤人、消沉意志，反而提取旧案，反复察审，还百姓公道，造福一方。召还朝廷后，范仲淹等因党论被罢朝职时，欧阳修又以朝廷安危出发再次直言谏诤：

> 杜衍、韩琦、范仲淹、富弼，天下皆知其有可用之贤，而不闻其有可罢之罪。自古小人谗害忠贤，其说不远。欲广陷良善，不过指为朋党，欲动摇大臣，必须诬以颛权，其故何也？④

欧阳修大义凛然，愤慨辩护，以致遭守旧派诬陷而再贬滁州。欧阳修不曾计

---

① （宋）欧阳修著，李逸安点校：《欧阳修全集》，第2756页，中华书局2001年版。

② （元）脱脱等撰：《宋史》，第10380页，中华书局1977年版。

③ （元）脱脱等撰：《宋史》，第10376—10381页，中华书局1977年版。

④ （元）脱脱等撰：《宋史》，第10377页，中华书局1977年版。

较个人利害得失，只以正义、责任、使命为出发点来行事，因而在身陷困顿时，既能不改初衷，亦能振起向上。

欧阳发等述《先公事迹》云：

> 先公为人天性刚劲，而气度恢廓宏大，中心坦然，未尝有所屑屑于事。事不轻发，而义有可为，则虽祸患在前，直往不顾。以此或至困逐，及复振起，终莫能掩。而公亦正身特立，不少屈夺。四五十年之间，气象伟然盖天下，而以文章道德为一世学者宗师。①

赞其骨鲠刚健之人格及历经风霜后仍能保持意气自若之精神。

（二）宽厚广博，谦和真挚

欧阳修虽然“性至刚”，但他为政却宽简生民。本传载：“凡历数郡，不见治迹，不求声誉，宽简而不扰，故所至民便之。或问：‘为政宽简，而事不弛废，何也?’曰：‘以纵为宽，以略为简，则政事弛废，而民受其弊。吾所谓宽者，不为苛急；简者，不为繁碎耳。’”② 苏辙《神道碑》亦云：“公前后历七郡守，其政察而不苛，宽而不弛，吏民安之，滁扬之人至为立生祠。”③ 其“不为苛急”“不为繁碎”“不宽而不弛”，所做、所行，无不是从百姓立场出发，重百姓之利益，急百姓之所需，故而“民便之”，为之立祠。

欧阳修对待师友，亦博爱深挚。于朋友甚为笃厚，“生则振掖之，死则调护其家”。《先公事迹》云：“先公笃于交友，恤人之孤。梅圣俞家素贫，既卒，公醵于诸公，得钱数百千，置义田以恤其家，且乞录其子增。尹龙图洙已卒，公乞录其子构。孙先生复有《尊王发微》十五卷，有旨进内，未毕而卒。公乞令其家录进，而推恩其子大年。尹构、孙大年、梅增，皆蒙录用以官。”④ 于后辈，延引奖励，唯恐不及。如“（王）钦臣，字仲至，清亮有志

① （宋）欧阳修著，李逸安点校：《欧阳修全集》，第 2626 页，中华书局 2001 年版。

② （元）脱脱等撰：《宋史》，第 10381 页，中华书局 1977 年版。

③ （宋）苏辙著，曾枣庄、马德富校点：《栾城集》，第 1432 页，上海古籍出版社 2009 年版。

④ （宋）欧阳修著，李逸安点校：《欧阳修全集》，第 2629—2630 页，中华书局 2001 年版。

操，以文贽欧阳修，修器重之”；“（王）安石，少好读书，一过目终身不忘。友生曾巩携以示欧阳修，修为之延誉。擢进士上第，签书淮南判官”；“李清臣，应材识兼茂科，欧阳修壮其文，以比苏轼”；“苏轼，欧阳修以才识兼茂，荐之秘阁”；“王存，修洁自重，为欧阳修、吕公著、赵概所知”；“张守约，诣阙，陈南方利害，皆见纳用，欧阳修荐其有智略、知边事，擢知融州”；“崔公度，字伯易，高邮人。欧阳修得其所作《感山赋》，以示韩琦，琦上之英宗，即付史馆”。

（三）“未尝挟私以为喜怒”

欧阳修生性坦荡，以直报怨。《先公事迹》云：“先公尝言：平生为学所得，唯平心无怨恶为难。故于事未尝挟私喜怒以为意，虽仇雠之人，尝出死力挤陷公者，他日遇之，中心荡然，无纤芥不足之意。尝曰：‘孔子言以直报怨。夫直者，是之为是，非之为非。是非付之至公，则是亦不报也。’先公初贬滁州，盖钱明逸辈为之。自外还朝，遇明逸于京师，屡同饮宴，不以为嫌。其后公在中书，明逸罢秦州归，复用为翰林学士。近日小人蒋之奇妄兴大谤，及公移青州，其兄之仪知临淄县，为二司所不喜，力欲坏之，亦以讬公。公察其实无他，力保全之。”①

韩琦《欧阳公墓志铭》云：“虽阴被谗逐，公以道自处，怡怡如也。”“襟怀洞然，无有城府，常以平心为难，故未尝挟私以为喜怒。”② 欧阳修以道自处，泰然自若，气度恢廓宏大，中心坦然，“未尝有所屑屑于事”，不曾挟私以为喜怒。

总而言之，欧阳修至性刚劲，意气自若，同时又宽和仁恕，谦和诚挚，中心坦荡，平心无怨恶，既具有文人之“风流”与“骨力”，又具有士者之“温柔敦厚”，实现了刚与柔的兼融，情与理的统一，进与退的调和。正如其在《送王陶序》中所云：

---

① （宋）欧阳修著，李逸安点校：《欧阳修全集》，第 2629 页，中华书局 2001 年版。

② （宋）欧阳修著，李逸安点校：《欧阳修全集》，第 2704 页，中华书局 2001 年版。

> 夫君子之用其刚也，有渐而不失其时，又不独任，必以正、以礼、以说、以和而济之，则功可成，此君子动以进而用事之方也。[①]

这种大气象、大格局、和谐统一的人格精神，极具包容性与张力性，使得欧阳修在内与外、穷与达之间舒展自如，这无疑为后世文人树立了典范。

二、萧然自远——“六一风神”之审美境界

乾隆帝评《醉翁亭记》云：“前人每叹此记为欧阳绝作。间尝熟玩其辞，要亦无关理道，而通篇以‘也’字断句，更何足奇！乃前人推重如此者，盖天机畅则律吕自调，文中亦具有琴焉，故非他作之所可并也。况修之在滁，乃蒙被垢污而遭谪贬，常人之所不能堪，而君子亦不能无动心者，乃其于文萧然自远如此。是其深造自得之功发于心声，而不可强者也。”[②] 论欧阳修文风畅达、潇洒飘逸，多用“也”字等虚词，亦谓其虽贬滁州，不仅“未动心”，反而“萧然自远如此”。乾隆帝之言，概括来说大致有三：其一，欧阳修之于生活，潇洒自适；其二，之于文章，好用虚字，文笔飘逸空灵；其三，文章之味，悠长自远。

（一）“诗意地栖居”——生活之潇洒

“六一居士”中心荡然，乐观豁达，其生活亦是极富有情致，简约而潇洒。《六一居士传》云：

> 六一居士初谪滁山，自号醉翁。既老而衰且病，将退休于颍水之上，则又更号六一居士。
>
> 客有问曰：“六一，何谓也？”居士曰：“吾家藏书一万卷，集录三代以来金石遗文一千卷，有琴一张，有棋一局，而常置酒一壶。”客曰：“是为五一尔，奈何？”居士曰：“以吾一翁，老于此五物之间，是岂不为

---

① （宋）欧阳修著，李逸安点校：《欧阳修全集》，第633页，中华书局2001年版。

② 洪本健编：《欧阳修资料汇编》，第946页，中华书局1995年版。

六一乎?”①

这个忧天下之民、抨不良之臣、延有才之士的政治家，在“老而衰且病”时便要“退休于颍水之上”。藏书一万卷、金石遗文一千卷、琴一张、棋一局、酒一壶，再加上他这个老翁，便是生活的全部。在苍颜白发之年，离开尘世喧哗，“与此五物偕返于田庐”，无欢、无怒、无争、无虑，一人飘飘然，可谓是自得其乐。

其览金石碑文之情景：

> 余尝集录前世遗文数千篇，因得悉览诸贤笔迹。比不识书，遂稍通其学。然则人之于学，其可不勉哉！今老矣，目昏手颤，虽不能挥翰，而开卷临几，便别精粗。若范君所书，在余《集录》，实为难得也。窃幸览之，为之忘倦。嘉祐七年夏五月二十八日，庐陵欧阳修书。②

虽然已是“目昏手颤”“不能挥翰”，然仍“开卷临几”并“窃幸览之，为之忘倦”，乐在其中矣！再如，“‘李伯药’字仅存，其下摩灭，而‘书’字犹可辨。疑此碑伯药自书，字画老劲可喜。秋暑郁然，览之可以忘倦。治平丙午孟飨摄事斋宫书，南谯醉翁六一居士”③，在“秋暑郁然”的环境下，他以字画“老劲可喜”，竟然“忘倦”。虽已是老翁，然其童心、童趣始终未泯。“贪过分之荣禄”，是违其素志，淡然、潇洒、自适才是其追求。

（二）“文必虚字备”——笔致之轻灵

刘大櫆《论文偶记》云“文必虚字备而后神态出”④，欧阳修文风自然，畅达平易，轻灵飘逸，与其善用虚字有密切关系。刘淇《助字辨略》云：“构

---

① （宋）欧阳修著，李逸安点校：《欧阳修全集》，第634—635页，中华书局2001年版。

② （宋）欧阳修著，李逸安点校：《欧阳修全集》，第2163页，中华书局2001年版。

③ （宋）欧阳修著，李逸安点校：《欧阳修全集》，第2185页，中华书局2001年版。

④ 刘大櫆著：《论文偶记》，第9页，人民文学出版社1959年。

文之道，不过实字虚字两端，实字其体骨，而虚字其性情也。”① 虚词的大量运用，既是欧阳修洒脱、坦荡人格之表现，亦是文章气脉之所在。

据洪本健统计，在《古文辞类纂》所收欧阳修的七篇文章里，用虚词总数有二百三十个，而所收韩愈的七篇文章，用虚词总数为一百二十一个，欧是韩的两倍。除了乾隆帝所提及的《醉翁亭记》，其他亦如此。如《石曼卿墓表》：

> 呜呼曼卿！宁自混以为高，不少屈以合世，可谓自重之士矣。士之所负者愈大，则其自顾也愈重；自顾愈重，则其合愈难。然欲与共大事，立奇功，非得难合自重之士不可为也。古之魁雄之人，未始不负高世之志，故宁或毁身污迹，卒困于无闻，或老且死而幸一遇，犹克少施于世。若曼卿者，非徒与世难合，而不克所施，亦其不幸不得至乎中寿，其命也夫！其可哀也夫！②

所用虚词如“宁”“矣”“则”“然”“非得”“未始”“故”“宁或”“卒”“而”“犹”“若”“非”“亦”“其”“也夫”，可谓是句句有虚词。吴汝纶评此文云：“叹文章之难，第一用虚字。”③ 运用如此之多的虚词，无疑打破了文章的板滞感，而令其有灵动活跃之势。

再如《王彦章画像记》云：

> 一枪之勇，同时岂无？而公独不朽者，岂其忠义之节使然欤？画已百余年矣，完之复可百年，然公之不泯者，不系乎画之存不存也。而予尤区区如此者，盖其希慕之至焉耳。读其书，尚想乎其人，况得拜其像，识其面目，不忍见其坏也。④

---

① （清）刘淇著，章锡琛校注：《助字辨略》，第 1 页，中华书局 1954 年版。

② （宋）欧阳修著，李逸安点校：《欧阳修全集》，第 374—375 页，中华书局 2001 年版。

③ （清）姚永朴著，许结讲评：《文学研究法》，第 159 页，凤凰出版社 2009 年版。

④ （宋）欧阳修著，李逸安点校：《欧阳修全集》，第 571 页，中华书局 2001 年版。

文章中“岂无”“欤”“矣”“然”“而”“盖”“焉耳”“其”“乎”“况”“也”等虚词的使用，形成了叙述、抒情方式的停顿与节奏，有一波三折之曲态美，可谓精彩神妙。

钱基博云：“韩愈雄其辞，沛其气，举重若轻，修则舒其气，暇其神，以重驭轻。韩愈风力高赛，修则风神骀荡。”① 欧阳修对于“虚”词的运用，无疑增加了其文章的畅达、飘逸、轻灵感，使其有“风神骀荡”之状。

（三）“其味悠然以长”——意韵之深远

欧阳修的文章轻灵飘逸，极富韵味。曾巩《祭欧阳少师文》云：“文章逸发，醇深炳蔚……垂光简编，焯若星日。绝去刀尺，浑然天质。辞穷卷尽，含意未卒。读者心醒，开蒙愈疾。”② 刘埙评“欧公文体”云，“于人情物理，深婉至到，其味悠然以长，则非他人所及也”③，盛赞其诗韵味深远。

《丰乐亭记》云：

> 滁于五代干戈之际，用武之地也。……修尝考其山川，按其图记，升高以望清流之关，欲求晖、凤就擒之所，而故老皆无在者。盖天下之平久矣。……及宋受天命，圣人出而四海一。向之凭恃险阻，刬削消磨，百年之间，漠然徒见山高而水清。欲问其事，而遗老尽矣。今滁介于江、淮之间，舟车商贾、四方宾客之所不至，民生不见外事，而安于畎亩衣食，以乐生送死。而孰知上之功德，休养生息，涵煦百年之深也。④

滁州在五代时乃是“用武之地也”，而今“天下之平久矣”；唐时“海内分裂，豪杰并起而争”，而今“民生不见外事，而安于畎亩衣食，以乐生送死”。作

---

① 钱基博著：《中国文学史》，第 504 页，中华书局 1993 年版。

② （宋）曾巩撰，陈杏珍、晁继周点校：《曾巩集》，第 526 页，中华书局 1984 年版。

③ （元）刘埙撰：《隐居通议》，第 866 册第 124 页，景印文渊阁四库全书，台湾商务印书馆 1986 年版。

④ （宋）欧阳修著，李逸安点校：《欧阳修全集》，第 575 页，中华书局 2001 年版。

者俯仰古今，分层对比，以示民生安乐之不易，言语之间流露着对古今兴亡的感慨，亦暗含居安思危、关心民瘼之意，可谓是韵味悠长，令人有咀嚼不尽之意。

苏洵评欧文，钦佩道：“纡余委备，往复百折。”① 方东树亦云：“欧公情韵幽折，往反咏唱，令人低徊欲绝，一唱三叹，而有遗音，如啖橄榄，时有余味。”② 皆谓其文味悠长，有一唱三叹之妙。

三、以情动人——“六一风神”之旨归

罗泌在《欧阳文忠公集·近体乐府跋》云“（欧）公性至刚而与物有情”，③ 朱自清《经典常谈》亦云欧文“最以言情见长”，④ 二者都指出了“情”乃是“六一风神”之旨归。

（一）“淋漓之色，怅惋之致，悲咽之情，种种逼人”

刘埙评“欧公文体”云：“此书非特曲尽事情，而当时朋友真切之意，尚可想见。”⑤ 欧阳修对待师友、学生极为深情诚挚，其书、碑、志、墓、铭等类文体最能体现。归有光评曰：“淋漓之色，怅惋之致，悲咽之情，种种逼人。”⑥

欧阳修与张子野为平生之故交。《张子野墓志铭》：

> 吾友张子野既亡之二年，其弟充以书来请曰：“吾兄之丧，将以今年三月某日葬于开封，不可以不铭，铭之莫如子宜。”呜呼！予虽不能铭，然乐道天下之善以传焉，况若吾子野者，非独其善可铭，又有平生之旧、朋友之恩与其可哀者，皆宜见于予文，宜其来请于予也。

---

① （宋）苏洵著，曾枣庄、金成礼笺注：《嘉祐集笺注》，第 328 页，上海古籍出版社 1993 年版。

② （清）方东树著，汪绍楹校点：《昭昧詹言》，第 276 页，人民文学出版社 1961 年版。

③ 黄畬笺注：《欧阳修词笺注》，第 210 页，中华书局 1986 年版。

④ 朱自清著：《经典常谈》，第 119 页，中华书局 2009 年版。

⑤ （元）刘埙撰：《隐居通议》，第 866 册第 124 页，景印文渊阁四库全书，台湾商务印书馆 1986 年版。

⑥ 高海夫主编：《唐宋八大家文钞校注集评》，第 2604 页，三秦出版社 1998 年版。

> 子野为人，外虽愉怡，中自刻苦，遇人浑浑不见圭角，而志守端直，临事敢决。平居洒半，脱冠垂头，童然秃且白矣。予固已悲其早衰，而遂止于此，岂其中亦有不自得者邪？

又铭曰：

> 嗟夫子野，质厚材良。孰屯其亨？孰短其长？岂其中有不自得，而外物有以戕？开封之原，新里之乡，三世于此，其归其藏。①

作为平生之旧，欧阳修于张子野之情不可谓不深。连用多个“呜呼”、多个反问句，将对张子野逝世的悲痛淋漓尽致地抒发出来。归有光评其云：“工于写情，略于序事，极淋漓骚郁之致。”②

欧阳修与尹洙交好，感情甚笃。《与尹师鲁第五书》：“今春子渐兄云亡，修在镇阳，半月后方知，时又卧病，草率走介，托赵秉致奠，云已之洛中矣，苦事苦事。……比还，马坠伤足，至今行履未得。以故久不及拜书为慰，一写朋友号呼之痛。”③ 以尹源（尹洙之弟，字子渐）不幸去世，而自己卧病在床，后又“马坠伤足”，未能“拜书为慰”，“写朋友号呼之痛”为憾，并承诺“纵不作墓志，则行状或他文字须作一篇也”。④ 后果然作《太常博士尹君墓志铭》。其文曰：

> 呜呼！师鲁常劳其智于事物，而卒蹈忧患以穷死。若子渐者，旷然不有累其心，而无所屈其志，然其寿考亦以不长。岂其所谓短长得失者，皆非此之谓欤？其所以然者，不可得而知欤？铭曰：有韫于中不以施，

---

① （宋）欧阳修著，李逸安点校：《欧阳修全集》，第 410—412 页，中华书局 2001 年版。
② 高海夫主编：《唐宋八大家文钞校注集评》，第 2642—2643 页，三秦出版社 1998 年版。
③ （宋）欧阳修著，李逸安点校：《欧阳修全集》，第 1002 页，中华书局 2001 年版。
④ （宋）欧阳修著，李逸安点校：《欧阳修全集》，第 1002 页，中华书局 2001 年版。

一愤乐死其如归。岂其志之将衰？不然，世果可嫉其如斯！①

欧阳修一连三问：“皆非此之谓欤?”“不可得而知欤?”“岂其志之将衰?”亦是一连三叹，悲痛之情以呼号的方式喷薄而出，极具感染力。

欧阳修与苏舜钦志同道合。苏君弃世后，其妻杜氏提孤子，“敛其平生文章，走南京，号泣于其父曰：‘吾夫屈于生，犹可伸于死。’”欧公闻之于杜氏父，故而整理苏君之遗文，并为之作序，“以著君之大节与其所以屈伸得失，以深诮世之君子当为国家乐育贤材者，且悲君之不幸”②。

《苏氏文集序》云：

其状貌奇伟，望之昂然，而即之温温，久而愈可爱慕。其材虽高，而人亦不甚嫉忌，其击而去之者，意不在子美也。赖天子聪明仁圣，凡当时所指名而排斥，二三大臣而下，欲以子美为根而累之者，皆蒙保全，今并列于荣宠。虽与子美同时饮酒得罪之人，多一时之豪俊，亦被收采，进显于朝廷。而子美独不幸死矣，岂非其命也？悲夫！③

对亡友的不幸遭际，欧阳修既深感痛惜，又为之愤慨。刘大櫆谓之“沉著痛快，足为子美舒其愤懑”④。欧阳修借集文作序的机会，以饱满之情感发议论之词，情真意切，感人肺腑。

欧阳修于师友最是笃厚诚挚，在对方陷入困境或遭遇不幸时，其悲思之情、愤懑之意、怅惘之恨，常如汹涌的洪水一般激荡澎湃。在表达时，亦常用“嗟夫”“呜呼”“愁人愁人”“悲夫”等不加修饰的言辞，将不可遏制的情感毫无保留地展现出来。可谓痛哉！快哉！

① （宋）欧阳修著，李逸安点校：《欧阳修全集》，第 452 页，中华书局 2001 年版。
② （宋）欧阳修著，李逸安点校：《欧阳修全集》，第 454—455 页，中华书局 2001 年版。
③ （宋）欧阳修著，李逸安点校：《欧阳修全集》，第 614 页，中华书局 2001 年版。
④ 高海夫主编：《唐宋八大家文钞校注集评》，第 2118 页，三秦出版社 1998 年版。

（二）“遇感慨处便精神”

欧阳修的一些论文，虽然措辞较为平实，但注重以严密的逻辑进行说理，且常常包含着浓厚的情感，有振聋发聩之效。《新五代史》赞文大都以“呜呼”二字为起首，发诚挚之感慨。李涂《文章精义》评云：“固是世变可叹，亦是此老文字，遇感慨处便精神。”①

《新五代史·伶官传序》云：“呜呼，盛衰之理，虽曰天命，岂非人事哉！原庄宗之所以得天下，与其所以失之者，可以知之矣。”② 在总结后唐庄宗得天下后失天下的历史教训时，作者直呼：“盛衰之理，虽曰天命，岂非人事哉！”以反诘的方式论证人事主导着政治的盛衰，饱含痛惜之情。再如：

> 方其系燕父子以组，函梁君臣之首，入于太庙，还矢先王而告以成功，其意气之盛，可谓壮哉！及仇雠已灭，天下已定，一夫夜呼，乱者四应，苍皇东出，未及见贼而士卒离散，君臣相顾，不知所归，至于誓天断发，泣下沾襟，何其衰也！岂得之难而失之易欤？抑本其成败之迹而皆自于人欤？③

作者连用“可谓壮哉”“何其衰也”“岂得之难而失之易欤”“皆自于人欤”等感叹句、反问句，笔调荡漾，情感饱满，意绪激涨，颇像一位痛心疾首的老师，以求众人醒悟，并警戒后来者。作者最后论述：

> 书曰：“满招损，谦得益。”忧劳可以兴国，逸豫可以亡身，自然之理也。故方其盛也，举天下之豪杰莫能与之争；及其衰也，数十伶人困之，而身死国灭，为天下笑。夫祸患常积于忽微，而智勇多困于所溺，岂独伶人也哉！④

---

① 李涂著，刘明晖校点：《文章精义》，第 70 页，人民文学出版社 1960 年版。

② （宋）欧阳修撰，（宋）徐无党注：《新五代史》，第 397 页，中华书局 1974 年版。

③ （宋）欧阳修撰，（宋）徐无党注：《新五代史》，第 397 页，中华书局 1974 年版。

④ （宋）欧阳修撰，（宋）徐无党注：《新五代史》，第 397 页，中华书局 1974 年版。

直指庄宗“身死国灭”乃是宠任伶官，荒淫享乐而致。而“忧劳可以兴国，逸豫可以亡身”“祸患常积于忽微，而智勇多困于所溺”，更是作者在总结历史经验后得出的重要结论。告诫统治者需居安思危，切勿耽于安乐。气盛而情长，意密而理壮。沈德潜评云：“抑扬顿挫，得《史记》神髓。《五代史》中第一篇文字。”① 实如其言！

《新五代史·唐六臣传论》起首云：“甚哉，白马之祸，悲夫，可为流涕者矣！然士之生死，岂其一身之事哉？”② 作者开篇就运用“甚哉”“悲夫”“岂其一身之事哉”的感叹词及反问句，来抒发自己的感慨，引人思考。若非情之所至，恐不能如此直呼也。其中间部分作者分别写了张文蔚、杨涉、张策、赵光逢、薛贻矩、苏循六人在朱温篡唐时，叛唐降梁，卖主求荣，谄媚新主等苟且行为。文末再发感慨：

> 呜呼，始为朋党之论者谁欤？甚乎作俑者也，真可谓不仁之人哉！……故曰：欲孤人主之势而蔽其耳目者，必用朋党之说也。一君子存，群小人虽众，必有所忌，而有所不敢为，唯空国而无君子，然后小人得肆志于无所不为，则汉魏、唐梁之际是也。故曰：可夺国而予人者，由其国无君子，空国而无君子，由以朋党而去之也。呜呼，朋党之说，人主可不察哉！传曰“一言可以丧邦”者，其是之谓与！可不鉴哉！可不戒哉！③

作者用“呜呼”“真可谓不仁之人哉”等词句，既鞭挞那些卖身求贵、谄媚阿谀的奸佞小人，令其无地自容，又大声召唤那些威武不屈、贫贱不移的正直君子，秉忠直谏、勠力王室。最后抛出“可不鉴哉！可不戒哉！”呼吁后世之

---

① （清）沈德潜选评，[日] 赖山阳增评，闵泽平点校：《增评唐宋八家文读本》，第 343 页，崇文书局 2010 年版。

② （宋）欧阳修撰，（宋）徐无党注：《新五代史》，第 375 页，中华书局 1974 年版。

③ （宋）欧阳修撰，（宋）徐无党注：《新五代史》，第 381—383 页，中华书局 1974 年版。

人要吸取教训并引以为戒。作者无情的嘲讽、大声的呼号，都是由澎湃的情感所引发的，而这情感却是源于忠义、正直的人生价值观。

欧阳修的论文，特别是史论，虽然旨在服务当时政治，服务现实生活，然却非一味地说理，而是将情感寓居于其中，这样既打破了论文的枯燥与教条，又令其具有形象性、鲜活感，呈现出婉曲多姿、情深意长的特点。

（三）“凭吊最有深情”

记叙文是欧阳修散文的一个重要部分。其以“记”名篇的作品，既有风月山水，亦有亭园堂院。吴讷《文章辨体序说》云：“大抵记者，盖所以备不忘。如记营建，当记月日之久近，工费之多少，主佐之姓名，叙事之后，略作议论以结之，此为正体。”① 然欧阳修却打破了记体文的常规范式，虽有记叙，但重在抒情和议论，通过情感、哲理的抒发与表达来升华记叙之境界。

以《丰乐亭记》为例：

> 修之来此，乐其地僻而事简，又爱其俗之安闲。既得斯泉于山谷之间，乃日与滁人仰而望山，俯而听泉，掇幽芳而荫乔木，风霜冰雪，刻露清秀，四时之景，无不可爱。又幸其民乐其岁物之丰成，而喜与予游也。因为本其山川，道其风俗之美，使民知所以安此丰年之乐者，幸生无事之时也。②

作者用“乐”“爱”“幸”“喜”将对丰乐亭、滁州风物、自然山川的热爱之意和彼时旷达开阔的心境，以及“幸生无事之时”“丰年之乐”的欣慰之情表达了出来。储欣评之云：“以五代之滁与今日之滁相形凭吊，最有深情。”③

其《真州东园记》在写“物象意趣、登临之乐”之余，“又曰：‘真，天下之冲也。四方之宾客往来者，吾与之共乐于此，岂独私吾三人者哉？然而

---

① （明）吴讷著，于北山校点：《文章辨体序说》，第 42 页，人民文学出版社 1998 年版。

② （宋）欧阳修著，李逸安点校：《欧阳修全集》，第 575 页，中华书局 2001 年版。

③ 高海夫主编：《唐宋八大家文钞校注集评》，第 2306 页，三秦出版社 1998 年版。

池台日益以新，草树日益以茂，四方之士无日而不来，而吾三人者有时而皆去也，岂不眷眷于是哉。不为之记，则后孰知其自吾三人者始也?’”“予以谓三君子之材贤足以相济，而又协于其职，知所后先，使上下给足，而东南六路之人无辛苦愁怨之声。然后休其余闲，又与四方之贤士大夫共乐于此。是皆可嘉也，乃为之书。”① 写三位当权人物（施昌言、许元、马遵，在真州主持漕运）兴建东园，与四方之宾客共乐，又令东南六路之人无辛苦愁怨之声。字里行间充满着对三位当权人物的称颂与赞许，又暗含着对宽简政治的推崇之心。

今学者洪本健对欧阳修的营建记有着准确的判断：“其营建记继承了韩愈之文从字顺、生动形象的传统，又效法王禹偁之‘易道易晓’的特点，刻意淡化和简略文中的建筑元素，强化并细化营建物环境或景色描写，将议论与叙事、写景、抒情融为一体，展现出一唱三叹、摇曳多姿、韵味无穷的风神。”② 可见，欧阳修以“记”名篇的作品，非单纯地描写自然名胜、亭堂名院之美，而是在其中寄托着自己宽简治民的思想及与民同乐的情趣，使得我们在享受其笔下绮丽风光的同时，亦能感受到作者心系百姓的一片深情。

第三节　自然和平淡——从欧文管窥有宋以来士大夫文化心态

北宋建国时，文坛仍承袭五代余风。统治者为了加强中央集权，力求建立与之相适宜的文化环境及思想理论。而当时浮华靡丽之文风兴盛，仅鼓吹儒家思想与宣扬“道统”“文统”合一的复古思潮，显然不能满足需要。于是重构文化氛围、革新不实文风，成为统治者急需解决之事。宋仁宗天圣七年（1029）两次下诏。《诫进士作文无陷浮华诏》曰：

---

① （宋）欧阳修著，李逸安点校：《欧阳修全集》，第582页，中华书局2001年版。

② 洪本健：《欧阳修承前启后引领营建记演变的贡献》，《福州大学学报（哲学社会科学版）》2019年第6期。

设科取士，务求时俊，以助化源。而褒博之流，习尚为弊，观其著撰，多涉浮华。或磔裂陈言，或会粹小说，好奇者遂成于谲怪，矜巧者专事于雕镌。流宕若兹，雅正何在？……当念文章所宗，必以理实为要。①

明确指出当时文风有“浮华”之弊，为文需“以理实为要”。后又下《令礼部申饬学者毋为浮夸靡曼之文诏》云：“朕试天下之士，以言观其趣向。而比来流风之敝，至于会萃小说，磔裂前言，竞为浮夸靡曼之文，无益治道，非所以望于诸生也。”② 为革新文风，宋仁宗从科考入手，力求摒弃“浮夸靡曼”“无益治道”之文。

北宋诗文革新运动，约始于宋太祖开宝年间（968—976），终于宋哲宗元符年间（1098—1100），大致可分为三个阶段：第一阶段在宋初，以柳开、王禹偁为代表，重在扫荡“五代弊习”；第二阶段在北宋中期，以欧阳修为代表，主要反对西昆体与太学体；第三阶段在北宋后期，以苏轼为代表，主张文以致用，为文言之有物。无疑，在北宋的诗文革新运动中，欧阳修所代表的第二阶段起着承上启下的纽带作用，具有推动文化、文学转关意义。

一、欲扫“五代弊习”，然未扭转局面——柳开、王禹偁首开风气

宋初，文坛仍延续五代时的创作风气，以四六骈文为主，浮华艳冶，气短意弱，既无韵味，亦少情感。彼时柳开和王禹偁开复古风气之先，力矫“五代体”。

柳开以韩、柳为宗，欲恢复儒家道统。他在《应责》一文中说道：“吾之道，孔子、孟轲、扬雄、韩愈之道。吾之文，孔子、孟轲、扬雄、韩愈之文

---

① （清）徐松辑：《宋会要辑稿》，第 4269 页，中华书局 1957 年版。

② （宋）李焘撰，上海师范大学古籍整理研究所、华东师范大学古籍研究所点校：《续资治通鉴长编》，第 2512 页，中华书局 1995 年版。

也。”① 力图将道统与文统合而为一。《上王学士第三书》曰：“文章为道之筌也，筌可妄作乎？筌之不良，获斯失矣。女恶容之厚于德，不恶德之厚于容也。文恶辞之华于理，不恶理之华于辞也。”② 他将文章之辞比作女子之容，将文章之道比作女子之德，女子轻容颜而重道德，文章亦应轻华辞而重道统，将文看作是道的载体。同时他也指责时文：“代言文章者，华而不实，取其刻削为工，声律为能。刻削伤于朴，声律薄于德。无朴无德，于仁义礼智信也何？”③ 只重雕琢字句，以声律为能，而无朴无德，更无仁义礼智信可言。

毫无疑问，柳开是扭转宋初文风的先驱者，但是他太过强调“古道”，进而轻视文辞，使得文章显得执拗迂腐。以《楚南伟观楼》为例：

> 洗尽蛮烟几案空，登临直见楚山雄。
> 坐当鸿鹄高飞处，身在乾坤灏气中。
> 木落有情瞻北阙，霜轻无梦入西风。
> 凭阑自是蓬瀛客，独对潇湘兴未穷。④

喜用险怪之语，颇显奇崛，有“词涩言苦”之弊病，并不利于复古文风的推进。

王禹偁与柳开一并推尊韩愈，反对时文，提倡复兴古道。然与柳开不同，他强调“夫文，传道而明心也”，又推崇白居易的诗歌，提倡以风骚为本的诗道。他注重文采，不像柳开那般只是空言圣道，认为文须“句易道，义易晓”。以《黄州新建小竹楼记》为例：

---

① （宋）柳开撰：《河东集》，第1085册第244页，景印文渊阁四库全书，台湾商务印书馆1986年版。

② （宋）柳开撰：《河东集》，第1085册第269页，景印文渊阁四库全书，台湾商务印书馆1986年版。

③ （宋）柳开撰：《河东集》，第1085册第268页，景印文渊阁四库全书，台湾商务印书馆1986年版。

④ 傅璇宗、倪其心、孙钦善、陈新、许逸民主编：《全宋诗》，第1册第576页，北京大学出版社1991年版。

> 黄冈之地多竹，大者如椽。竹工破之，刳去其节，用代陶瓦。比屋皆然，以其价廉而工省也。子城西北隅，雉堞圮毁，榛莽荒秽。因作小楼二间，与月波楼通，远吞山光，平挹江濑。幽阒辽夐，不可具状。夏宜急雨，有瀑布声；冬宜密雪，有碎玉声。宜鼓琴，琴调和畅；宜咏诗，诗韵清绝；宜围棋，子声丁丁然；宜投壶，矢声铮铮然：皆竹楼之所助也。①

明显继承了白居易新乐府运动的精神，文风明白晓畅，古雅简淡，与五代诗文的浮靡纤丽迥然有别。可惜的是，王禹偁并不具有唐宋大家的雄健笔力和吞吐气势，再加之其官位较低，名声不显，文坛影响较弱，在面临强大的守旧势力时，显得势单力薄。故而他虽欲力矫文坛颓风，然心有余而力不足，未能扭转风气。

宋真宗咸平年间（998—1003），柳开、王禹偁等相继去世。大中祥符初年（1008），杨亿、刘筠、钱惟演等人的《西昆酬唱集》问世，辞藻华丽绮靡，四六句式对仗工整，时人称之为“西昆体”，一时风靡文坛。“西昆体”与“五代体”，虽同属华丽雕琢之作，然亦不相同——五代体“气格摧弱，沦于鄙俚”②，乃乱世悲哀之作，而西昆体则雍容华贵，典型丰赡，是太平盛世的雅颂之音。“西昆体”的出现，于扫除“五代弊习”是有一定意义的，诚如田况《儒林公议》所云：“杨亿在两禁变文章之体，刘筠、钱惟演辈皆从而学之……当时佻薄者谓之西昆体。其他赋颂章奏虽颇伤于雕摘，然五代以来芜鄙之气，由兹尽矣。”③ 然其弊端亦十分明显，《西昆酬唱集》中主要收集了馆

---

① （宋）王禹偁撰：《小畜集》，第 1086 册第 166 页，景印文渊阁四库全书，台湾商务印书馆 1986 年版。

② （宋）苏颂撰，（宋）苏携编：《苏魏公文集》，第 1092 册第 707 页，景印文渊阁四库全书，台湾商务印书馆 1986 年版。

③ （宋）田况撰：《儒林公议》，第 1036 册第 277 页，景印文渊阁四库全书，台湾商务印书馆 1986 年版。

阁之臣歌颂太平、诗酒唱和之作，题材单一，内容贫瘠，以才学为诗，以华美辞章、晦僻典故取胜。因杨刘等地位较高，影响较大，故导致青年士子竞相仿效。由此，引得古文家起而攻之，拉开了以欧阳修为代表的北宋诗文革新运动第二阶段的帷幕。

二、“取其自然”，“宋文日趋于古矣”——欧阳修革新文风

在北宋诗文运动的第二阶段中，最早站出来反对“西昆体”的文人是石介，著《怪说》三篇斥责西昆诗人。中篇云：“今杨亿穷研极态，缀风月，弄花草，淫巧侈丽，浮华纂组。刓锼圣人之经，破碎圣人之言，离析圣人之意。”下篇云：“杨亿以淫巧浮伪之言，破碎之吾，以攻乎坏乱，破碎我圣人之道者，吾非攻佛老与杨亿也。”① 指责杨亿为文淫巧侈丽、浮薄绮靡，又将其与佛、老并提，斥之为三“怪”。承续了柳开重道轻文的主张，立论偏激，不合实际，再加之其“自许太高，诋时太过”②，故不仅未能给“西昆体”以致命打击，反引发“太学体”的新流弊。

从柳开到石介，他们虽然进行了积极的摸索与开拓，在某种程度上打击了气弱浮艳的文风，但由于其理论、创作以及影响等方面的不足，未能在文坛确立古文的统治地位，亦没有成为领袖人物。故指导这场运动取得胜利、担当运动领袖的责任，便历史性地落到了欧阳修身上。

（一）“待自然之至”，骈散相融——竖起理论旗帜

欧阳修倡导古文革新，反对“穿蠹经传，移此俪彼”③ 的时文，明确提出：“今世人所谓四六者，非修所好。”④ 然又云：“先朝杨、刘，风采耸动天

---

① （宋）石介撰：《徂徕集》，第1090册第216—217页，景印文渊阁四库全书，台湾商务印书馆1986年版。

② （宋）欧阳修著，李逸安点校：《欧阳修全集》，第991页，中华书局2001年版。

③ （宋）欧阳修著，李逸安点校：《欧阳修全集·与荆南乐秀才书》，第660页，中华书局2001年版。

④ （宋）欧阳修著，李逸安点校：《欧阳修全集·答陕西安抚使范龙图辞辟命书》，第662页，中华书局2001年版。

下，至今使人倾想。”① 乍一看来他对待“西昆体”的态度似乎是矛盾的，既明确表示不喜四六文，而又倾想杨、刘等西昆诗人。再看他对待古文的态度，评古文家元结云：“当开元、天宝时，独作古文，其笔力雄健，意气超拔，不减韩之徒也，可谓特立之士哉！”② 盛赞元结创作古文，开一代风气之先。同时，他又说：“余尝患文士不能有所发明以警未悟，而好为新奇以自异，欲以怪而取名，如元结之徒是也。至于樊宗师，遂不胜其弊矣。”③ 批评元结、樊宗师“好为新奇”。这看来似乎也是矛盾的，既称赞元结是特立之士，独作古文，何又谓其欲以怪奇，“不胜其弊”矣？

《六一诗话》云：

杨大年与钱、刘数公唱和。自西昆集出，时人争效之，诗体一变；而先生老辈，患其多用故事，至于语僻难晓。殊不知自是学者之弊。④

欧阳修认为杨大年、钱惟演、刘筠等所创作的骈俪之文着实浮靡，同时又以“老辈”多用典故、语僻难晓，而为“学者之弊”。

曾巩《与王介甫第一书》曰：“欧公更欲足下少开廓其文，勿用造语及模拟前人，请相度示及。欧云：孟韩文虽高，不必似之也，取其自然耳。”⑤ 欧阳修《与渑池徐宰》云：

所寄近著尤佳，论议正宜如此。然著撰苟多，他日更自精择，少去其繁，则峻洁矣。然不必勉强，勉强简节之，则不流畅，须待自然之至，其如常宜在心也。所寄文字，大佳。然作文之体，初欲奔驰，久当收节，

① （宋）刘克庄撰，王秀梅点校：《后村诗话》，第 22 页，中华书局 1983 年版。
② （宋）欧阳修著，李逸安点校：《欧阳修全集·唐元次山铭》，第 2262 页，中华书局 2001 年版。
③ （宋）欧阳修著，李逸安点校：《欧阳修全集·唐韦维善政论》，第 2210 页，中华书局 2001 年版。
④ （宋）欧阳修，郑文校点：《六一诗话》，第 13 页，人民文学出版社 1962 年版。
⑤ （宋）曾巩撰，陈杏珍、晁继周点校：《曾巩集》，第 255 页，中华书局 1984 年版。

使简重严正，或时肆放以自舒，勿为一体，则尽善矣。①

教导友人及弟子之言，最能体现其文学主张。“勿用造语”“取其自然”“待自然之至”“如常宜在心”“勿为一体”，皆体现了他不一味地倡导简古险怪，也不决绝地反对四六体，而是采取了一种各取所长、兼容并蓄——以骈俪之文的长处来改造散句单行的文体，寓骈于散，骈散相融——的态度。自然平淡、条达流畅、不拘一格才是他所追求的文学境界。

（二）“妙丽古雅”，“委曲平和”——以创作实践来示范

欧阳修的创作实践与其理论主张是一致的，即其文亦呈现出平易自然的风格。其遣词造句皆喜用平常语，如名垂千古的《醉翁亭记》，篇首云：

环滁皆山也。其西南诸峰，林壑尤美，望之蔚然而深秀者，琅琊也。山行六七里，渐闻水声潺潺，而泻出于两峰之间者，酿泉也。峰回路转，有亭翼然临于泉上者，醉翁亭也。②

除了“也”“于”“之”“其”等虚词、代词、连词外，其他字词如“皆”“六七”“里”“潺潺”“出”“之间”“有”等动词、副词、数词、量词、拟声词，无不是以寻常语出之，读来平易近人，鲜活形象。就句式来看，杂融三言、四言、五言、八言、九言，单行散句，流畅自然，读来有一波三折之美。就句群来看，除第一句，其他句如“琅琊也”“酿泉也”“醉翁亭也”，形成了一个排比段，不仅读来朗朗上口，一气呵成，而且增强了文势，气盛而格高。至于后文写景，如“日出而林霏开，云归而岩穴暝，晦明变化者，山间之朝暮也。野芳发而幽香，佳木秀而繁阴，风霜高洁，水清而石出者，山间之四时也”③ 则是整齐的五五对、六六对句，且上文之句群与下文之句群又成对，

① （宋）欧阳修著，李逸安点校：《欧阳修全集》，第2474—2475页，中华书局2001年版。
② （宋）欧阳修著，李逸安点校：《欧阳修全集》，第576页，中华书局2001年版。
③ （宋）欧阳修著，李逸安点校：《欧阳修全集》，第576页，中华书局2001年版。

整饬而富有流动性。朱熹评："欧公文章及三苏文好处，只是平易说道理，初不曾使差异底字换却那寻常底字。"[①] 读欧文，鲜少感到艰难隐奥。在朱熹看来，表达越深刻的思想，越应用易懂的言语，而艰涩之句下也很可能只是浅薄的思想。

欧阳修之文虽平易却不平常，平易而并非容易。其平易、自然是经过无数次打磨、加工而成的，与粗糙原始的俚言俗语截然不同，是"豪华落尽见真淳"[②] 之境界。王应奎云："昌黎之文，字句皆古，人悉知为锤炼而成矣，而不知欧公之平易，亦是锤炼而成者。"[③] 林纾《春觉斋论文》亦云：

> 欧文语语平易，正其严洁，不可猝及。昔人见欧公醉翁亭记草，起手本有数行，后乃一笔抹却，只以"环滁皆山也"五字了之，何等斩截！然但观此五字，亦有何奇？似尽人皆能。不知洗伐到精粹处，转归平淡；浅人以平易为平淡，便不是矣。[④]

无疑，欧文的平易是千锤百炼后而达到的炉火纯青的境界。

欧阳修之文虽平易，但不平实、不寡味。平易自然中包含着幽深的匠心，有曲折、有松弛、有变化。欧文的自然是在"度"的范围内的自然，作者拿捏着恰到好处的分寸，虽然有波折、有收放、有变化，但却又不露痕迹。苏辙云："公之于文，天材有余，丰约中度，雍容俯仰，不大声色而义理自胜。"[⑤] 金赵秉文云："亡宋百余年间，唯欧阳公之文不为尖新艰险之语，而有从容闲雅之态，丰而不余一言，约而不失一辞，使人读之者，亹亹不厌。盖

① （宋）朱熹撰，朱杰人、严佐之、刘永翔主编：《朱子全书》，第 4302 页，上海古籍出版社，安徽教育出版社 2002 年版。

② 郭绍虞笺释：《元好问论诗三十首小笺》，第 60 页，人民文学出版社 1978 年版。

③ （清）王应奎撰，王彬、严英俊点校：《柳南随笔、续笔》，第 112 页，中华书局 1983 年版。

④ 林纾著，范先渊校点：《春觉斋论文》，第 117 页，人民文学出版社 1959 年版。

⑤ （宋）苏辙著，曾枣庄、马德富校点：《栾城集》，第 1432 页，上海古籍出版社 2009 年版。

非务奇之为尚，而其势不得不然之为尚也。”[①] 清林云铭评欧阳修《释惟俨文集序》云：“起落衔接，极其变化，又皆出于自然，毫不费力。”[②] 皆谓之也。正因欧文平易自然间隐含着波折变化，才越是平易越幽深，越是自然越有味，越有风韵、风神。朱熹称曰：“虽平淡，其中却自美丽，有好处，有不可及处。”[③] 罗大经评欧阳修和苏轼作文“唯用平常轻虚字”，却觉“妙丽古雅，自不可及”。[④] 明方孝孺亦云：“永叔厚重渊洁，故其文委曲平和，不为斩绝诡怪之状，而穆穆有余韵。”[⑤] 确乎如此！

（三）痛抑“太学体”——深化诗文革新运动

欧阳修作为文坛领袖，不仅通过明确的理论主张及躬亲实践来竖起旗帜、形成示范，还以行政手段痛抑“太学体”，使得古文占据统治地位，推进革新运动向纵深方向发展。

宋仁宗庆历四年（1044）到嘉祐二年（1057），文坛上“余风未殄，新弊复作”[⑥]，即西昆之旧弊尚未肃清，又引发“太学体”之新弊。欧阳修在此期间任知贡举，他清楚地意识到，能否克服“太学体”的弊端，关系着诗文革新的走向与发展。《议学状》云：

> 夫人之材行，若不因临事而见，则守常循理，无异众人。苟欲异众，则必为迂僻奇怪以取德行之名，而高谈虚论以求材识之誉。前日庆历之学，其弊是也。[⑦]

---

① （金）赵秉文撰：《滏水集》，第1190册第236页，景印文渊阁四库全书，台湾商务印书馆1986年版。

② 吴孟复、蒋立甫主编：《古文辞类纂评注》，第299页，安徽教育出版社2004年版。

③ （宋）朱熹撰，朱杰人、严佐之、刘永翔主编：《朱子全书》，第18册第4306页，上海古籍出版社，安徽教育出版社2002年版。

④ （宋）罗大经撰，王瑞来点校：《鹤林玉露》，第93页，中华书局1983年版。

⑤ （明）方孝孺撰：《逊志斋集》，第1235册第372页，景印文渊阁四库全书，台湾商务印书馆1986年版。

⑥ 孔凡礼点校：《苏轼文集》，第1423页，中华书局1986年版。

⑦ （明）唐顺之编：《文编》，第1377册第444—445页，景印文渊阁四库全书，台湾商务印书馆1986年版。

明确指斥彼时太学生以“迂僻奇怪”取“德行之名”，以“高谈虚论”求“材识之誉”，无济于时事的行为。在嘉祐二年（1057），欧阳修利用知贡举的身份，不顾社会压力，采取果断措施，将“前以怪僻在高第者，黜之几尽”。又大力举荐为文“精于物理”“善识变权”“辞藻宏伟”的三苏父子。同年，以陈烈“其学行高古，然非矫激之士”，两次上书请召为太学先生，并请求“悉取九经之疏，删去谶纬之文，使学者不为怪异之言惑乱”。①

如此，欧阳修排斥“太学体”的斗争，对于保证诗文革新运动的彻底胜利，起到了关键作用。此外，他提拔了三苏、王安石、曾巩等一批“博古而宜于今”的古文家，使诗文革新运动不仅后继有人，而且更加发扬光大。

三、“文理自然，姿态横生”——苏轼等承续之

欧阳修去世后，北宋诗文革新进入第三阶段。《宋史·文苑》载：“庐陵欧阳修出，以古文倡，临川王安石、眉山苏轼、南丰曾巩起而和之，宋文日趋于古矣。”经过欧阳修等的不懈努力，彼时文坛逆流已根本扭转，需要后继者巩固并发展其胜利成果。

苏轼继承欧阳修的衣钵，成为文坛新的领袖。苏轼乃少年才子，二十余岁时因其文笔卓绝，在科考中为欧阳修所发掘，后备受器重。苏轼一生，均致力于欧阳修领导的诗文革新运动。欧阳修去世后，他自然地接替欧阳修成为文坛领袖。他进一步发展了欧阳修的理论，主张文章须言之有物：“有意而言，意尽而言止者，天下之至言也。”② 又强调“文贵自然”，反对“勉强所为之文”③，更主张文以致用。他在《凫绎先生诗集叙》中追述父亲以凫绎诗文训导自己云：

---

① （宋）欧阳修著，李逸安点校：《欧阳修全集》，第1707页，中华书局2001年版。

② 孔凡礼点校：《苏轼文集》，第225页，中华书局1986年版。

③ 孔凡礼点校：《苏轼文集》，第323页，中华书局1986年版。

先生之诗文，皆有为而作，精悍确苦，言必中当世之过，凿凿乎如五谷必可以疗饥；断断乎如药石必可以伐病。其游谈以为高，枝词以为观美者，先生无一言焉。①

在领导文坛时，他在理论与实践上弥补了欧阳修关于“道胜文至”的理论局限，还纠正了王安石以文学为“治教政令”服务的倾向，保证诗文革新沿着健康的方向发展。

苏轼的诗文创作与欧阳修平易自然的主张一致。如苏轼的《记承天寺夜游》，词简情真，思之所致，笔之所致，挥洒自如。《与谢民师推官书》亦云：作文“大略如行云流水，初无定质，但常行于所当行，常止于所不可不止，文理自然，姿态横生”。又云：“辞至于能达，则文不可胜用矣。”②

欧阳修的其他弟子，如曾巩，在《寄欧阳舍人》一文中云：“抑又思若巩之浅薄滞拙，而先生进之；先祖之屯蹶否塞以死，而先生显之。则世之魁闳豪杰不世出之士，其谁不愿进于门？……此数美者，一归于先生。既拜赐之辱，且敢进其所以然。所谕世族之次，敢不承教而加详焉。”③ 无论是理论还是实践，他都沿着老师的方向发展。其文古雅中和、平易流畅，如《道山亭记》：“闽故隶周者也，至秦开其地列于中国，始并为闽中郡。自粤之太末，与吴之豫章，为其通路。其路在闽者，陆出则厄于两山之间，山相属无间断，累数驿乃一得平地，小为县，大为州，然其四顾亦山也。”④ 单行散句，古雅简洁，锋芒内敛，雍容平和，有儒家温柔敦厚之旨。刘大櫆称其“敷陈畅足而蔼然温厚”。其他如王安石、司马光、苏辙、焦干之等均为欧阳修奖掖擢拔者，承其流而扬其波，他们以自身的理论与实践，使诗文革新运动立于不败之地，夺取了这场运动的全面胜利。

就北宋诗文革新运动的进程来看，它是对唐韩柳古文运动、元白新乐府

---

① 孔凡礼点校：《苏轼文集》，第 313 页，中华书局 1986 年版。

② 孔凡礼点校：《苏轼文集》，第 1418 页，中华书局 1986 年版。

③ （宋）曾巩撰，陈杏珍、晁继周点校：《曾巩集》，第 254 页，中华书局 1984 年版。

④ （宋）曾巩撰，陈杏珍、晁继周点校：《曾巩集》，第 315 页，中华书局 1984 年版。

运动的继承和发展，其在充分借鉴、吸收前人经验的基础上，又呈现出不同的特质。唐之诗文运动是分开进行的，而北宋则是同时进行的。唐之古文运动主要反对四六骈文之绮靡华丽，而北宋同时排斥浮华绮艳与艰涩险怪之文风。唐古文运动在取得胜利后，并没有培养接班人，无后继力量来巩固并发展成果。北宋诗文革新运动吸取这一教训，采取相应措施，使得运动胜利的果实得以流传，对北宋文风、文学、文化的变化产生了重要的转关意义。而这一切，几乎都与欧阳修紧密关联。

北宋诗文革新运动能在欧阳修手上取得胜利，使其成为文坛领袖，是由诸多因素决定的。就历史发展进程来看，诗文革新运动经过北宋前期柳开、王禹偁等人的努力，到了欧阳修所处的北宋中期正是转折时期，是成形和定位的时期。就欧阳修自身来看，主要有以下三方面因素。其一，欧阳修提出了正确的理论主张。其将文统与道统结合起来，既重视道，主张"知古明道"，反对浮华，又重视文采，"事信言文"。倡导平易自然、寓骈于散的文风与创作方式，有效地解决了诗文革新的重大理论问题。其二，欧阳修以自身的创作实践为士人提供了典范。其"文备众体"，有"文章百世之称"。其文条达流畅，委婉曲折，以情动人，韵味绵渺，摒弃了"西昆体""太学体"之弊，为推动诗文革新奠定了扎实的基础。其三，欧阳修利用自己的政治地位及影响力，采用行政手段来罢斥太学生，引荐有才之士，培养后起之秀，将当时文坛名流大都纳于门下。在其去世后，苏轼、王安石、曾巩等依然在文坛大放异彩。

总之，欧阳修是北宋诗文革新运动的主导者，在矫正北宋文坛的文风上有着不可替代的作用。其文学主张继承韩、柳之"文以载道""文从字顺"，在躬身实践中发展并形成属于自己独一无二的"风""神"特点。《宋史·欧阳修传》"为文天才自然，丰约中度。其言简而明，信而通，引物连类，折之于至理，以服人心。超然独骛，众莫能及，故天下翕然师尊之"① 对其"文章为一代宗师"之名做了较好的诠释。苏轼在《谢欧阳内翰书》中以历史的宏

① （元）脱脱等撰：《宋史·欧阳修传》，第10381页，中华书局1977年版。

观视角展现了自五代后“文教衰落，风俗靡靡，日以涂地”的现实，指出欧阳修“亲执文柄”,[①] 废西昆、太学，提拔爱惜人才及虽“群嘲而聚骂者，动满千百”，亦使“天下之奇士以塞明诏”的举措。又在《六一居士集叙》中总结：“宋兴七十余年……斯文终有愧于古。士亦因陋守旧，论卑气弱。自欧阳子出，天下争自濯磨，以通经学古为高，以救时行道为贤，以犯颜纳说为忠。长育成就，至嘉祐末，号称多士。欧阳子之功为多。”[②] 在回顾北宋诗文革新的曲折历程中，他对欧阳修所做的卓越贡献给予了公允的评价。

---

① 孔凡礼点校：《苏轼文集》，第 1423—1424 页，中华书局 1986 年版。

② 孔凡礼点校：《苏轼文集》，第 316 页，中华书局 1986 年版。

第四章　苏洵“得乎吾心”和“理”与“气”之关系

宋代统治者为了巩固自己的政权，采取“重文抑武”的治国方略。竭力利用和依靠知识分子为其效力，宋仁宗时期形成了君王与士大夫共治天下的局面。在此背景下，士大夫拥有了较高的政治地位，知识分子主体意识逐渐增强。横渠先生张载“为天地立心，为生民立命，为往圣继绝学，为万世开太平”的宽广胸襟和宏远的精神理想追求，最能体现宋代文人的人生理想追求和社会责任意识。苏洵便生活在这样的时代。

第一节　苏洵其人与“得乎吾心”

一、苏洵其人

苏洵，字明允，号老泉，眉州眉山人。《宋史·苏洵传》载：“年二十七始发愤为学，岁余举进士，又举茂才异等，皆不中。悉焚常所为文，闭户益读书，遂通六经、百家之说，下笔顷刻数千言。至和、嘉祐间，与其二子轼、辙皆至京师，翰林学士欧阳修上其所著书二十二篇，既出，士大夫争传之，一时学者竞效苏氏为文章。”① 苏洵与二子苏轼、苏辙并称“三苏”，明代藏书

---

① （元）脱脱等撰：《宋史》，第13093页，中华书局1977年版。

家茅坤选辑《唐宋八大家文钞》，三苏父子均被列入“唐宋八大家”。苏洵擅长散文写作，尤其擅长政论，有《嘉祐集》二十卷留世。

苏洵是“唐宋八大家”中唯一一个没有取得进士功名的人，虽然不能通过科举进入仕途，一展自己的政治抱负，但如范仲淹《岳阳楼记》所言，“处江湖之远，则忧其君”，他“位卑未敢忘忧国”，希望于时有补，于世有用，《上皇帝十事书》直陈自己的治国安邦之见。苏洵《权书》《衡论》《六经论》《洪范论》《太玄论》等著述中，可见他以“穷理尽性以至于命”的精神在探索政治改革和兵法之道。苏洵《太玄论》认为：“言无有善恶也，苟有得乎吾心而言也，则其辞不索而获。”① 苏辙《藏书室记》中对于乃父是语有评价云：“读是，内以治身，外以治人，足矣。此孔氏之遗法也。”② “得乎吾心”，“内以治身”，如孟子“我善养吾浩然之气”，既可滋养坦荡之胸怀，又能提升自己的内在素养。

二、“得乎吾心”的养成

苏洵的“得乎吾心”，既有对世事的“理”的探求，又有对人生“气”的追求。但苏洵谈理，不囿于陈见，不落窠臼，往往能以人情为据，独抒己见。“得乎吾心”所映射出的是一种沉沦于世而不沮丧，自得于心的气质，是“从心所欲，而不逾矩”的豪迈之气。

苏洵的父亲苏序是一位心胸开阔、性格达观、慷慨大方的人。据苏洵《苏氏族谱》言：先君“表里洞达，豁然伟人也。性简易，无威仪，薄于为己而厚于为人，与人交，无贵贱皆得其欢心”③。这种性格影响着他的后人。苏洵兄弟三人，两个哥哥全部进士及第，身边还有一些考中进士的亲友。苏洵十八岁时也曾参加过一次科举考试，但是并没有考中，此后便回乡，终日流连于名山大川之间。尽管乡人亲族常常劝苏序管教这个儿子，但是苏序却笑

① （宋）苏洵著，曾枣庄、金成礼笺注：《嘉祐集笺注》，第 169 页，上海古籍出版社 1993 年版。

② （宋）苏辙著，曾枣庄、马德富校点：《栾城集》，第 1565 页，上海古籍出版社 2009 年版。

③ （宋）苏洵著，曾枣庄、金成礼笺注：《嘉祐集笺注》，第 386 页，上海古籍出版社 1993 年版。

而不答，“纵而不问”。苏洵后来说真正了解他的人，只有他的父亲和欧阳修。知子莫若父，苏序知道他这个豪放不羁的儿子胸中自有一番天地，故而不去指责儿子。苏洵的父亲有对人生世事的洞见，对人生的妙赏，虽生于乡野之间，却是一派名士风度。在苏洵二十七岁始发奋读书之前的那些年，他曾多年游荡于山水之间。后作《忆山送人》：“少年喜奇迹，落拓鞍马间。纵目视天下，爱此宇宙宽。山川看不厌，浩然遂忘还。”① 诗中透露出了开阔的胸襟和豪迈的气概。儒家讲“仁者乐山，智者乐水”，在自然山水美的陶冶下，自然生出一种浩然之气。在父兄、妻子的影响下，苏洵在二十七岁始发奋为学。

经过约十年的发奋苦读之后，苏洵又两次赴京赶考，但是两次皆不中，这让他十分失望。三十七岁后，苏洵痛定思痛，而后毅然决然地把过去所作文章悉数焚烧。此后五六年间饱览群书，再不落笔，直到文思不断溢出才有所作，此之谓“江河之行，顺下而已”。所以文章是他思想的表现，这思想必是“得乎吾心”。

张方平在益州做长官时，遍访当地人才，有人推荐了苏洵。《宋史》说张方平其人“颖悟绝伦”②，他看书，一览不忘，写文章顷刻千言，这个极富天才的人非常赏识苏洵，说苏洵之文兼具左丘明、司马迁、贾谊之所长。张方平虽政见与欧阳修不同，却向欧阳修大力推荐苏洵。后雅州知州雷简夫一观苏洵之文，极力推崇，向当朝宰相韩琦和文坛盟主欧阳修推荐。苏洵虽已无意再参加科举考试，但是因为两个儿子苏轼和苏辙要进京科考，他便再次赴京，由此结识了欧阳修。欧阳修评价苏洵文风似荀子。虽然这些地位很高的政治家、文坛领袖都推重苏洵，但是并没有引起当朝的足够重视，几经曲折、推辞，苏洵赴任秘书省试校书郎。

苏洵擅长散文写作，尤其擅长政论文，议论明畅，说理清晰透彻，笔势雄健，纵横捭阖，以逻辑严密、思想深刻见长。欧阳修在上书朝廷的《荐布衣苏洵状》中给予苏洵文章高度评价，“其论议精于物理而善识变权，文章不

---

① （宋）苏洵著，曾枣庄、金成礼笺注：《嘉祐集笺注》，第 452 页，上海古籍出版社 1993 年版。

② （元）脱脱等撰：《宋史》，第 10353 页，中华书局 1977 年版。

为空言而期于有用。……辞辩闳伟，博于古而宜于今，实有用之言，非特能文之士也”①，使苏洵名动京师。苏洵散文创作，文气雄浑，“得乎吾心”而兼含“理”与“气”。他的散文创作，期望于有用于当世，以古讽今，切中时弊，这是他作为知识分子对国家的责任意识与自己人生抱负的展现。

苏洵《太玄论》：“苏子曰：言无有善恶也，苟有得乎吾心而言也，则其辞不索而获。”② 苏洵强调文章要“得乎吾心”，这就要求作家为文要有自己的真知灼见，强调文贵自然，反对为文而文。正如金代文学批评家王若虚在《滹南遗老集·文辩》中所言：“文以意为主。”文章写作时，不必殚心竭力地苦思冥想，要服从肝肺中自然流露的感情和思想，做文章应如“江河之行，顺下而已”。更不必堆砌文藻，文章之本应该是“典实过于浮华，平易多于奇险”③。文贵自得，为文之道，在于真实地反映思想。苏洵强调为文贵于有用，欧阳修《荐布衣苏洵状》评价他的散文“不为空言而期于有用”。

苏洵所穷之“理”，是“得乎吾心”的，既然是“得乎吾心”，那它也是符合人情常理的；既然是“得乎吾心”，结合苏洵本人的气质性格，那它也是辞气激扬，落笔绝尘。苏洵散文文辞苍劲透彻，气韵涌动，机变纵横，多为于世有补而致。

第二节　“得乎吾心”与“理”

一、“得乎吾心”与“理”的关系

汉代扬雄所撰《太玄经》，以老子哲学思想中道之“玄”为最高范畴，继承和发展汉朝的道家思想，主张探索事物发展规律，以“玄”为中心。苏洵《太玄论》：“后之不得乎其心而为言，不得乎其言而为书，吾于扬雄见之

---

① （宋）欧阳修著，李逸安点校：《欧阳修全集》，第1698页，中华书局2001年版。

② （宋）苏洵著，曾枣庄、金成礼笺注：《嘉祐集笺注》，第169页，上海古籍出版社1993年版。

③ （金）王若虚著，胡传志、李定乾校注：《滹南遗老集校注》，第427页，辽海出版社2005年版。

矣。”① 苏洵以为杨雄没有真正地了解圣人的哲学思想，尤其没有从根本上认识到老子的哲学之道中所蕴含的“理”。苏洵以儒为主，兼采佛道，他以权变入经，以人情为据，提出“得乎吾心”。他的“得乎吾心”与“理”之关系即在于此。

苏洵作《辨奸论》：

> 事有必至，理有固然，唯天下之静者乃能见微而知著。月晕而风，础润而雨，人人知之。人事之推移，理势之相因，其疏阔而难知，变化而不可测者，孰与天地阴阳之事，而贤者有不知，其故何也？好恶乱其中而利害夺其外也。②

苏洵认为“理”即是事物的发展基本规律。万事万物的发展有其必然性和必须遵循的规律。阴晴雪雨这类自然规律可为大部分人掌握，但是社会的发展有其独特的规律，受主观能动性和客观条件的限制，非常人所能掌握。澄心静虑的有修养之贤能之士，虽然贤能者可察秋毫之末，但是也会因为“好恶”“利害”干扰蒙蔽了视野。在此论述中，苏洵的“理”，一方面是事物本身发展的规律，一方面是伦理道德的基本准则。伦理道德的基本准则之为理，就要关注“人情”，不近人情者，其言行举止必不合“理”。“得乎吾心”之于“理”，既关照到了“理”，也有出于“人情”的方面。

《辨奸论》：“凡事之不近人情者，鲜不为大奸慝。”“理”之于伦理道德的基本准则，要“揆人情以中度”。《辨奸论》中之“奸”人，所指何人，有以为“奸”是指王安石，也有以为指“二程”（即程颢、程颐）。钱锺书《谈艺录》论及《辨奸论》说道：“余按《辨奸》一论，虽出蜀党，而其意则洛党亦有之。”③ 王安石面垢而不洗，衣垢而不浣，甚至经月不洗澡，这种邋遢的形

① （宋）苏洵著，曾枣庄、金成礼笺注：《嘉祐集笺注》，第169页，上海古籍出版社1993年版。
② （宋）苏洵著，曾枣庄、金成礼笺注：《嘉祐集笺注》，第271页，上海古籍出版社1993年版。
③ 钱锺书著：《谈艺录》，第248页，三联书店2001年版。

象不合人情常理。“二程”是洛学的代表人物，宋代著名理学家。二程说：“人心私欲，故危殆。道心天理，故精微。灭私欲则天理明矣。”这里所谓“灭私欲则天理明”，就是要“存天理、灭人欲”。发展至南宋朱熹时，“存天理，灭人欲”成为他理学思想的重要观点。《礼记·乐记》说道：“人化物也者，灭天理而穷人欲者也。于是有悖逆诈伪之心，有淫泆作乱之事。”这里所谓“灭天理而穷人欲者”是指泯灭天理而为所欲为者，并不是要“灭人欲”。虽然二程也关注到了人情属于天理，但是有一些举着程朱理学旗帜的道学家，对程朱理学过度解读，在一定程度上不可否认地过度压抑，甚至扼杀了人作为独立的生命体所具有的情感思想，并且要极尽一切办法压制人的思想，这是非常不近人情的。总之，不近人情的“伦理道德”之“理”，都不是苏洵主张的“理”。

从北宋到南宋，从二程到朱熹，发展形成的“存天理，灭人欲”这种忽视人性、人情的理，不是苏洵倡导的“理”。苏洵“得乎吾心”与“理”的关系是：“理”要切实地关照到人的心灵、思想、情感。苏洵的“得乎吾心”是他写作散文时的创作态度，也是他实现人生抱负的理论指引。

苏洵的散文苍劲有力、说理透彻，他的政论文、杂文，期于于时有用，于世有补。苏洵之文规讽得失，往往能够做到因事立题，表现了他作为知识分子的强烈的国家社会责任感。他的散文议论畅达，不落窠臼，不囿于陈见。如此明畅通达的议论，源于苏洵“得乎吾心”的创作观。

白居易的《与元九书》提出“文章合为时而著，诗歌合为事而作”，强调了诗文创作要贴近客观现实中的实际问题，把握时代发展的脉搏，反映社会现实。韩愈《送孟东野序》：“大凡物不得其平则鸣。草木之无声，风挠之鸣；……人之为言也，亦然有不得已者而后言，其歌也有思，其哭也有怀，凡出乎口而为声音，其皆有弗平者乎！”① 他以草木、风等自然万物遭受外界激荡而发出声音做比喻，说明文学创作也同样要“不平则鸣”。韩愈“不平则

---

① （唐）韩愈撰，（宋）魏仲举集注，郝润华、王东峰整理：《五百家注韩昌黎集》，第957—958页，中华书局2019年版。

鸣”是对社会现实的抗争和反映。欧阳修继承了韩愈的不平则鸣说，在《梅圣俞诗集序》提出“非诗之能穷人，殆穷者而后工”的观点，后发展形成“诗穷而后工”的理论。这些论点，主张写文章要与社会现实相结合，如良药，医治当世之弊病，并以此找出济世之良方，探寻社会发展进步、走向文明之良策。

二、苏洵的“文以明道”观

苏洵的文章创作，也体现了唐宋以来的“文以明道”观。苏洵年少时参加科举考试，没能成功。二十七岁后发奋读书，至三十七岁又两次参加科举考试，皆铩羽而归。通过入仕之路实现人生理想的愿望没有达成，继而转向通过著述作文来实现。在《权书》《衡论》等论著中表达自己对政治改革、用兵之道的见解，这种意见表达，体现了他“文以明道”的思想。

“文以明道”思想，在《荀子》中初露端倪，指的是荀子对道的认识，“道”是客观事物的发展规律。“文以明道”是指儒生们所作文章应该效法圣人，做客观规律的体现者，自然就要明“道”。刘勰《文心雕龙·原道》：“道沿圣以垂文，圣因文而明道”，强调“文”是用来阐明“道”的。周敦颐《通书·文辞》“文所以载道也。轮辕饰而人弗庸，徒饰也；况虚车乎”正式提出“文以载道”。苏洵注重治世之“道”，从当时的社会需要出发，重在经世致用，他的“道”具有现实意义，其现实意义首先在于苏洵对国家前途的担忧。这种担忧是发自肺腑的，也是十分深切的。苏洵的伯乐张方平和雷简夫对苏洵评价很高。张方平认为苏洵博闻强识，以为他兼具了左丘明、贾谊、司马迁三人之长，甚至还在家中为苏洵设置专座；雷简夫更认为苏洵是“王佐才”“帝王师”。苏洵本人也有志于仕途以实现自己对国家的贡献。受到当朝重臣的推荐，苏洵名重一时，同时得以有机会向上表达自己的政治主张。苏洵的《上皇帝十事书》，没有粉饰太平、歌功颂德，而是直指当时宋朝在内政、外交中暴露出的各种问题。然而这至诚的忧国之心，并没有引起当权者的足够重视。

《上皇帝十事书》所言政事还比较含蓄，而《上韩舍人书》则更明确地表

达了苏洵对国家时政的担忧。苏洵《上韩舍人书》:

> 舍人执事：方今天下虽号无事，而政化未清，狱讼未衰息，赋敛日重，府库空竭，而大者又有二虏之不臣。天子震怒，大臣忧恐。自两制以上宜皆苦心焦思，日夜思念，求所以解吾君之忧者。洵自惟闲人，于国家无丝毫之责，得以优游终岁，咏歌先王之道以自乐，时或作为文章，亦不求人知。以为天下方事事，而王公大人岂暇见我哉?①

苏洵认为当时的社会在政治、经济、国防等方面存在重大问题，如果不予以足够的重视，及时解决，国家前途堪忧。但是统治阶层却沉浸在被粉饰过的太平盛世中。唐朝后期，石敬瑭反唐自立，建立后晋并称帝。他向契丹求援，契丹出兵扶植石敬瑭建立晋国，要求石敬瑭割让燕云十六州，使得辽国的疆域扩展到长城沿线，使得中原的北宋政权受到了辽朝长达二百年的威胁，中原对北方游牧民族的防线南移。苏洵出生之前几年，宋辽订立澶渊之盟，宋朝每年向辽输银十万两，绢二十万匹。辽、西夏对北宋造成了极大威胁，而金的崛起也同样为北宋政权带来危险。苏洵已经看到外敌对当朝的威胁，他有志于国，但是报国无门。尽管受到了张方平、雷简夫的推荐，受到了宰相韩琦和文坛盟主欧阳修的重视，但是朝廷始终不能诚意十足地委任苏洵，而是一再地让他失望。最后，苏洵终于被任命为秘书省试校书郎，但是他的政治理想已经无法实现了。五年之后，苏洵去世。

苏洵《上韩枢密书》:

> 洵著书无他长，及言兵事，论古今形势，至自比贾谊。所献权书，虽古人已往成败之迹，苟深晓其义，施之于今，无所不可。②

---

① (宋)苏洵著，曾枣庄、金成礼笺注:《嘉祐集笺注》，第349页，上海古籍出版社1993年版。

② (宋)苏洵著，曾枣庄、金成礼笺注:《嘉祐集笺注》，第301页，上海古籍出版社1993年版。

苏洵自比贾谊，贾谊的政论文，评论时政，议论酣畅，风格朴实峻拔。苏洵《权书》之《心术》《法治》《攻守》《用间》，《衡论》之《远虑》《御将》《任相》《重远》等篇，在为君之道、治国方略、人才任用、用兵之法等多个治国安邦的重要方面都有自己独到的见解，这是苏洵立足于北宋当时日渐积贫积弱的国情做出的深刻思考。

《权书》十篇是苏洵系统地研究军事战略战术问题的专著，其中《心术》一篇，逐节论述用兵之道，分治心、“上义”“战之道”“将欲智而严、士欲愚”“兵之动”“主将之道”“长短之术”“兵以形固”八个方面，以治心为核心，层次分明，条理清晰，又有内在联系，逻辑严密。杨升庵评：“篇中凡七段，各不相属。然先后不紊，由治心而养士……段落鲜明，井井有序。交之善变化者。”① 《心术》涉及战争中诸多重要问题：宋辽订立澶渊之盟，约为兄弟之国，以白沟河为界，宋每年送给辽大量岁币，契丹不断趁机要挟，岁币不断上涨；北宋对西夏的战争也多失利，后双方订立和约，宋每年给西夏大量银两、绢、茶叶。宋朝在对西北的辽金、西夏的关系上一直软弱无能，后来在与辽、金、元的结盟中又摇摆不定，不断地丧格辱国。苏洵生活的时期国力尚可支撑，但是危险正在“积蓄”，他以深邃的思想、深远的眼光洞察到这一切，在《权书》十篇中系统地论述用兵之道，从历史的经验中总结用兵之“理”，放眼于现实中。苏洵从敌我双方着眼去思索，以寻求制敌之策。

在《权书》《衡论》中他构建了理想的君臣之道、治国之道、御敌用兵之道。苏洵《项籍论》：

> 吾尝论项籍有取天下之才，而无取天下之虑；曹操有取天下之虑，而无取天下之量；玄德有取天下之量，而无取天下之才。故三人者，终其身无成焉。②

---

① （宋）苏洵著，曾枣庄、金成礼笺注：《嘉祐集笺注》，第 33 页，上海古籍出版社 1993 年版。

② （宋）苏洵著，曾枣庄、金成礼笺注：《嘉祐集笺注》，第 66 页，上海古籍出版社 1993 年版。

项羽、曹操、刘备三人，在苏洵看来，虽各有所长，但是终不能成就一番统一伟业，因为这三人皆有所不足。苏洵认为“虑之不长、量之不大”之才，必然是要走向灭亡，不可能成就王霸之业，成为人君。现实总是残酷的，纵观北宋王朝，几乎没有一个皇帝有项羽、刘备、曹操三人中一人之德才、远虑或气量。苏洵之前，范仲淹主持“庆历新政”，以期改善北宋政治腐败的情况；苏洵之后有“王安石变法”，希望通过变法立制，富国强兵，来改变积贫积弱的现状。不论是“庆历新政”，还是“王安石变法”，均告失败，北宋王朝深入骨髓的顽疾并不能通过改革来根除。苏洵的政治和军事的改良、改革意见也并没有得到当朝的重视。苏洵对治国理政的看法和见解虽然并不能从根本上革除弊政，改变宋朝的政治格局和政治风貌，但是他革故鼎新的政治改良理想，如果真的被朝廷采纳，也许至少有实现政治清明的可能，君主若是有气节、有骨气，有如苏洵所言的圣人般的“心机”，北宋王朝至少不会在内忧外患的侵扰中那么快地丧失北方领土，丧失国格，留下令人悲愤的奇耻大辱，以至于灭亡，最后只能偏安于东南一隅。沦落至此仍不能有所作为，甚至“直把杭州作汴州”。

三、求“理”

苏洵的散文，说理清晰，逻辑严密，言而有理，言而有据。他于史中求“理”，能独辟蹊径，视角独特，发前人所不及。其《史论》有《管仲论》一篇，对历史上赫赫有名的贤相提出质疑。“管仲相桓公，霸诸侯，攘戎狄，终其身齐国富强，诸侯不叛。”① 管仲是春秋战国时期著名的政治家、军事家、经济学家和哲学家。在管仲主政的过程中，齐国与民生息，涵养国力，齐国国力不断加强。国力强大后，齐桓公曾就此召集各路诸侯会盟，管仲提出“尊王攘夷”之方略，确立了齐国的霸主地位。后人以管仲为千古一相。“苏洵看到了管仲辅佐所进行的政治、经济、军事改革取得的巨大成功，没有管

① （宋）苏洵著，曾枣庄、金成礼笺注：《嘉祐集笺注》，第 261 页，上海古籍出版社 1993 年版。

仲的谋略，齐国是不能走向民富国强、称霸诸侯、一匡天下的。”[①] 但是苏洵也明确指出了管仲为相的缺项。“管仲死，竖刁、易牙、开方用，桓公薨于乱，五公子争立，其祸蔓延，讫简公，齐无宁岁。”[②] 苏洵以为，齐国成败皆在管仲。管仲刚刚拜相时，向齐桓公举荐了直言敢谏的鲍叔牙，和在刑律、军事、外交、农事上各有所长的宁戚等贤士组成的辅政团队，共同成就了齐国霸业；齐国失去霸主地位，陷入混乱，苏洵认为原因是管仲去世之前，没有向齐桓公推荐贤能的人作为继任者。“仲之疾也，公问之相。”管仲并没有明确表态。苏洵以为没有贤能的人辅佐齐桓公，纵然没有竖刁、易牙、开方这三个为乱者，也会有其他奸佞小人，这不能从根本上解决齐国的发展问题，所以他发出“举天下之贤者以自代，则仲虽死，而齐国未为无仲也，夫何患”和“夫国以一人兴，以一人亡，贤者不悲其身之死，而忧其国之衰，故必复有贤者而后可以死。彼管仲者，何以死哉”的慨叹。《管仲论》中说：

> 夫功之成，非成于成之日，盖必有所由起；祸之作，不作于作之日，亦必有所由兆。[③]

苏洵以为祸患的发生是长期积累的结果。欧阳修《五代史·伶官传序》中说：“夫祸患常积于忽微，而智勇多困于所溺。”这两种说法有异曲同工之妙，都揭示了事物发展中量变引起质变的规律。苏洵也关注到了必然性和偶然性在客观事物发展过程中的不同地位，以及它们起到的不同作用。苏洵自比贾谊，张方平也以为苏洵之才可比贾谊。贾谊、苏洵都有治国安邦之理想，李商隐《贾生》诗云：“宣室求贤访逐臣，贾生才调更无伦。可怜夜半虚前席，不问苍生问鬼神。”苏洵的境遇和贾谊有很多相似之处，他有济世之才，仿佛也有可以一展抱负的机会，也有重要人物的大力推荐，仿佛他即将步入士大夫的

---

① 管成学、管恕、荀长春：《三苏论管仲之评析》，《长春师范大学学报（人文社会科学版）》，2019 年第 3 期。

② （宋）苏洵著，曾枣庄、金成礼笺注：《嘉祐集笺注》，第 261 页，上海古籍出版社 1993 年版。

③ （宋）苏洵著，曾枣庄、金成礼笺注：《嘉祐集笺注》，第 261 页，上海古籍出版社 1993 年版。

行列，实现自己的政治理想和人生理想。但是在这个充满希望的氛围中，苏洵“振鞭入京师，累岁不得官”。苏洵和贾谊同样郁郁不得志。这是时代的遗憾，也是文人自身的悲哀。苏洵真挚、深切的忧国之情发乎内心，他对治国之道的求索源自内心对国家前途命运的忧虑、对过往历史的思考。他穷“理”的方法在于于历史之中寻找人事发展的规律，认真仔细地观察现实生活，最后“得乎吾心”，行之于语言，发而为文。

第三节　“得乎吾心”与“气”

一、“气”——独特的人文风格

《易经·系辞》云：“仰以观于天文，俯以察于地理，是故知幽明之故。原始反终，故知死生之说。精气为物，游魂为变，是故知鬼神之情状。与天地相似，故不违。”① 自然万物的运行发展皆有理，理即是规律，规律而上是“道”。能够驱使万物按照理来运行的就是气，“道”驾驭着“气”按照规律运行。王充《论衡·自然》：“天地合气，万物自生。”“不合自然，故其义疑，未可从也。”此处之气可称为“元气”。这是古人有关物质与意识的朴素辩证思想。“气”之于人生修养，之于文学创作，又引申出无限内涵和意义。孟子“我善养吾浩然之气”，“浩然之气”就是一种浩大刚正之气。一个具有“浩然之气”的人，能够主动提高自己的道德修养和内在气质，注重修身养性、养心；慨然大气，率性而为，言行彰显出豪迈雄壮之气。曹丕《典论·论文》云：“文以气为主，气之清浊有体，不可力强而致。”“气”即是气，个性。曹丕将“气”大致分为清浊两种，清是向上的阳刚之气，浊是低沉的阴郁之气，曹丕所谓的“文气”，表现的是作家因自己的才气、个性，创作出的作品也形成相应的气质特点。苏洵“得乎吾心”，此“心”就是他自己的独特人格修养和文学创作的风格。苏洵为人有“推倒一世之智勇，开拓万古之心胸”的豪

---

① 陈鼓应、赵建伟注译：《周易今注今译》，第 593 页，商务印书馆 2016 年版。

迈，为文则颇有“摛文必在纬军国，负重必在任栋梁，穷则独善以垂文，达则奉时以骋绩”的壮大。并不能因为苏洵二十七岁发奋读书，而以为他少壮不努力，优游卒岁。苏洵少壮之间“落拓鞍马间”，游历名山大川，也是治心养性的一种行为，“仁者乐山，智者乐水”，壮阔的山水可以陶冶人旷达的心胸。苏洵后发奋读书，让他的内心变得更为富有。他的散文，说理透彻，内容深刻，充满力量，文章有雄奇之气。他为人为文的旷达豪壮皆出之于他的内心真实的思想，苏洵真正做到了知行合一，“得乎吾心”。

二、苏洵的“气”

韩愈《答李翊书》：“气，水也；言，浮物也，水大而物之浮者大小毕浮。气之与言犹是也，气盛则言之短长与声之高下者皆宜。虽如是，其敢自谓几于成乎？”① 韩愈提出“气盛则言”，内心的情感和想法如奔涌的江河，不可阻挡时就要抒发出来。以此“垂诸文而为后世法”。苏洵散文亦如韩愈“气盛言宜”，他的“气”立足于社会现实，以及内在情感的抒发表达，流露出的是“得乎吾心”的雄奇豪壮之气。

苏洵《权书·心术》篇：

> 为将之道，当先治心，泰山崩于前而色不变，麋鹿兴于左而目不瞬，然后可以制利害，可以待敌。②

真正的强大是内心的强大。泰山崩于前我自岿然不动的镇定，“不管风吹浪打，胜似闲庭信步”的超然，都是因为内心的强大。苏洵以为为将之道，修养心性才是首要，只有培养出将士的军事胆识、坚定的意志和顽强的精神，才能锻造一支强大的军队。北方的辽不断侵扰，给北宋朝廷带来了极大的麻

① （唐）韩愈撰，（宋）魏仲举集注，郝润华、王东峰整理：《五百家注韩昌黎集》，第 877 页，中华书局 2019 年版。

② （宋）苏洵著，曾枣庄、金成礼笺注：《嘉祐集笺注》，第 29 页，上海古籍出版社 1993 年版。

烦和威胁，宋真宗景德元年，萧太后与辽圣宗亲率大军南下深入宋境。有的大臣主张南迁避敌，而宋真宗作为一国之君竟然也想弃都南逃，在宰相寇准的极力劝说下，宋真宗才至澶州督战。宋真宗的御驾亲临，让守城将士有了极大的勇气和信心，这才扭转了战争局势。若是真宗南逃，辽兵就会长驱直入，直捣中原，北宋的灭亡恐怕会提前。若是皇帝、君主、将士朝臣没有坚定的意志，国将不存。苏洵之文，得之于心，应之于气，而后发之于文，对当时的宋朝有实用意义。不论是国君、将士、大臣还是国民，都应该有坚定的意志，有壮大的气量，泰山崩于前，我自岿然不动。敌国来犯，应有御敌的勇气，必胜的信念。这种信念是由上而下形成而又互相影响的，全国一心，精诚团结，才可铸成牢不可破的防线。其最善者，便是不会让敌人有侵犯之心。

苏洵《六国论》虽写六国破亡，其立意却在于借古喻今，全文论理逻辑严谨、论点清晰、论据充分，语言表达质朴、感情充沛。苏洵以为"六国破灭，非兵不利，战不善，弊在赂秦。赂秦而力亏，破灭之道也"。从历史的角度看，六国破亡有多方面的原因，苏洵的观点显然是片面的，并没有揭示出六国破灭的本质原因。因为这是有感于宋朝对外政策的客观现实而发出的警告。"思厥先祖父暴霜露、斩荆棘以有尺寸之地。子孙视之不甚惜，举以予人，如弃草芥，今日割五城，明日割十城，然后得一夕安寝。起视四境，而秦兵又至矣。"春秋战国时期，国力强大的诸侯国通过变法，筚路蓝缕，披荆斩棘以发展社会生产、富国强兵。但是他们的后继之君不断地割地求和，苟且偷安，最终走向覆亡之路。"澶渊之盟"后，宋朝每年要向辽输送大量岁币，这无异于"六国破灭，弊在赂秦"。苏洵以赤子般的忧国之心沉痛地告诫宋朝的当政当权者：危险在不断地积蓄，宋朝很有可能重蹈六国的覆辙。"燕、赵之君，始有远略，能守其土，义不赂秦。是故燕虽小国而后亡，斯用兵之效也。"燕赵两国，在大势已去之际仍能拼尽全力和秦国决死，虽然赵国内政腐化、选将失误、军事战略失误，但至少不坐以待毙。燕国在国力上和秦国不可同日而语，但是尚思尽力一搏。而北宋当局，在国力、智力、财力、地利等方面的条件都强于六国，但是却不懂得居安思危，对国家的前途命运缺乏长远的考虑。虽然宋朝有李纲、狄青、岳飞、文天祥这样堪称民族脊梁的文臣武将，还有像苏洵、辛弃疾、陆游这样“位卑未敢忘忧国”的爱国志士，遗憾的是，苏洵的担忧终究还是发生了，北宋、南宋相继走向亡国之路，靖康之耻、崖山之悲，时过千年，仍让人悲愤不已。

苏洵、苏轼、苏辙父子三人都作有《六国论》：苏洵以为六国破灭是因为“赂秦”，指出向秦贿赂的危害；苏轼认为“养士”对国家存亡有重大作用；苏辙以为是其他各国没有充分认识到韩魏两国的战略地位。父子三人的不同论点虽然都不全面，但是从不同的角度，结合自身的才识、见识和经历做出了自己的思考，这些思考对现实有一定的参考意义。三苏的论点，论及秦与六国，未能充分地从历史进程的大局中进行思考。清代李桢《六国论》云：“六国者皆欲为秦所为，未可专以罪秦也。”“彼六国相图以攻取，相尚以诈力，非有昆弟骨肉之亲，其事又非特财用之细也。”① 李桢的说法更为透彻。秦与六国，并无二致，六国自相攻伐，自取灭亡。历史的车轮不断向前，统一才是大势所趋。秦的统一，结束了春秋战国长达五百年诸侯分裂割据的局面，有利于社会经济文化的发展；北宋结束了五代十国的分裂局面，统一之后，在经济、文化、文学、科技、艺术、航海等方面不断发展进步。宋的灭亡，损失何其惨重？杜牧《阿房宫赋》说：“灭六国者，六国也，非秦也。族秦者，秦也，非天下也。嗟乎！使六国各爱其人，则足以拒秦。使秦复爱六国之人，则递三世可至万世而为君，谁得而族灭也？秦人不暇自哀，而后人哀之；后人哀之而不鉴之，亦使后人而复哀后人也。”② 告诫后人，谨记前车之鉴才能避免走上相似的灭亡之路。苏洵作《六国论》也是如此，他不能在仕途上有所作为，但是以史为鉴，从历史的广度上审视宋朝的前途命运，说理透彻，情感真挚。以他知识分子的强烈责任感和内心的坚守，对国家的未来做出深刻的思考，气贯古今。

---

① （清）李桢著：《畹兰斋文集·卷一·六国论》，见《清代诗文集汇编》，第748册第292—293页，上海古籍出版社2010年版。

② （唐）杜牧著，陈允吉校点：《樊川文集》，第2页，上海古籍出版社1978年版。

苏洵虽没有考中进士，没有在仕途上一展抱负，但是他以深刻的思想，雄奇的文风和对国家民族的深沉忧虑，以及独特的人格精神在后世留下深远影响。他的散文“得乎吾心”，他的论理“得乎吾心”。他的为人为文，都是得之于内心的真实所感所想，他倔强耿直、旷达疏阔的性格和文以济世的创作实践，真正地实现了文道合一、知行合一。韩愈讲“气盛言宜”，苏洵满腔忧国忧民的浩然之气，郁积心中，作文“理直气壮”，他的散文创作，论理逻辑严谨、有理有据，切中时弊，是对社会现实的深刻思考和内在情感的抒发表达。

第五章　苏轼古文对理的体认和诠释

> 苏东坡是个秉性难改的乐天派，是悲天悯人的道德家，是黎民百姓的好朋友，是散文作家，是新派的画家，是伟大的书法家，是酿酒的实验者，是工程师，是假道学的反对派，是瑜伽术的修练者，是佛教徒，是士大夫，是皇帝的秘书，是饮酒成癖者，是心肠慈悲的法官，是政治上的坚持己见者，是月下的漫步者，是诗人，是生性诙谐爱开玩笑的人。①

这是林语堂对北宋大文豪苏轼的一段评论。这样的评论也许并不能将苏东坡其人全部囊括，但是据以前遗留下的史料文献来看，真实的苏东坡与林语堂所描写的他相距不远。《论语·述而》云："子谓颜渊曰：'用之则行，舍之则藏。'"苏轼不仅仅是"用之则行"的践行者，同样也能在人生不如意之时，韬光养晦，不忘却自己心中济世的大道和理想。更有甚者，他还在不断贬谪的过程中做到了思想由外省向自省的转换，以旷达的人生态度和适真任情的处世原则来消解自己内心的苦闷，真正做到了"善利万物而不争"。

第一节　苏轼思想中理的养成

苏轼，字子瞻，于宋仁宗景祐三年（1036）旧历十二月十九日卯时（公

---

① 林语堂著，张振玉译：《苏东坡传》，第5—6页，时代文艺出版社1988年版。

历 1037 年 1 月 8 日，所以史籍上记载的苏东坡年龄比实际要大一岁多）出生于四川眉山城。眉山，宋代属眉州，位于四川西南部，属平原地形，岷江和青衣江贯穿其中，群山环绕，绿水沓来，这样的景色正是家安国《通义志》中提到的“吾邦之胜，似乎洛阳。眉之通衢平直广衍，夹以槐柳，绿荫蓊然”。人们提到成都常常会想到天府之国这一称号，而眉州只在成都西南方二百多里，同时它离四川的一座名山——峨眉山很近。峨眉山也是眉州名称的来源。祝穆《方舆胜览》第五十三卷中提到：“《建置沿革》禹贡梁州之域。觜觿、参，主益州。秦地，井、鬼分野。秦属蜀郡之武阳县……齐分置齐通郡。梁立青州，取汉青衣县为名。西魏改青州为眉州，因峨眉山为名。后周复曰青州，改为嘉州。隋又改为眉州，又为眉山郡。唐复曰嘉州，又别置眉州，寻移令治所，改为通义郡，复为眉州。”① 可见眉州在秦汉时期原为武阳县，到了后汉时才因峨眉山而更名为眉州。

这个地方不仅风景好，文化气氛也非常浓厚。苏轼在《眉州远景楼记》中提到：

> 吾州之俗，有近古者三。其士大夫贵经术而重氏族，其民尊吏而畏法，其农夫合耦以相助。盖有三代、汉、唐之遗风，而他郡之所莫及也。②

这一描述也被引用于上文提到的《方舆胜览》中：“《风俗》俗近古者三。学者独盛。以诗书为业。以名节相尚。”可见眉州对于文化的传承是非常成功的。除了魏晋时因蜀地私学的盛行而积累下来的文化底蕴，还有汉景帝蜀郡太守文翁派人京师受学、建立学校为其开拓的儒风文化，又有唐太宗避祸蜀地而留下的“副产品”，即大家族入蜀，为其带来了新的中原文化养分。同时蜀地自身的地方文化也是不遑多让的。蜀地多道观，耳熟能详的如青城山天

---

① （宋）祝穆撰，祝洙增订，施和金点校：《方舆胜览》，第 946 页，中华书局 2003 年版。

② 孔凡礼点校：《苏轼文集》，第 352 页，中华书局 1986 年版。

师洞、峨眉山飞来殿、绵州云台观，这些道观在宋时发展已经较为成熟了。人们熟知的诗仙李白就是在四川江油（古属绵州）度过了他的童年，后来他的作品体现出了很强烈的道家思想，也是因为自小便受到蜀地道家文化的熏陶。

古人常说一方山水养一方人，钟灵毓秀这一词并不是没有道理的，四川这一方天地自古以来就出人才。就仅仅是眉山这一个小地方就出过像三苏这样的人物，在之前，除了苏轼的二伯父苏涣是天圣二年（1024）的进士，还有田锡、朱台符、石待问等六十八人成为进士，更不用提及宋前像司马相如、扬雄这样的蜀地大文学家了。蜀地的人其实在一开始就受到了儒、释、道三方文化的浸染，这也给苏轼思维的养成打下了蜀地基因的烙印。

苏轼还有个小自己两岁多的弟弟——苏辙，其父苏洵在他们小时候就前往京师求学。庆历七年（1047）苏轼的祖父苏序去世，苏洵奔丧回到家中，从此苏家两兄弟就跟着苏洵读书了。起初他们是由母亲教导，稍大一点入了当地的私塾。这时的苏洵因为求取功名的失败，对于应试之文产生怀疑，而开始专研《孔》《孟》等经典，十几岁的苏轼便跟着他的父亲读这样的经典之作。刘勰《文心雕龙·宗经》篇中提到的“于是《易》张《十翼》，《书》标七观，《诗》列四始，《礼》正五经，《春秋》五例。义既挻乎性情，辞亦匠于文理，故能开学养正，昭明有融。……若禀经以制式，酌《雅》以富言，是即山而铸铜，煮海而为盐也”① 便是告诉我们，四书五经这样的经典对于我们读书和作文的重要作用。这样的读书经历对于苏轼培养大局思维、做行云流水之文是有很大帮助的，同时儒家学说也经由这些作品灌输到他的脑中。同时期，范仲淹、欧阳修、韩琦等人的大名也传到了苏东坡的耳中，当然这得益于仁宗庆历年间（1041—1048）进行的改革，史称“庆历新政”。宋史专家邓广铭就曾经说过：“宋代是我国封建社会发展的最高阶段。两宋期内的物质文明和精神文明所达到的高度，在中国整个封建社会历史时期之内，可以说

① （南北朝）刘勰著，詹锳义证：《文心雕龙义证》，第58—82页，上海古籍出版社1989年版。

是空前绝后的。”[①] 苏轼成长的年代是仁宗当政的时代，仁宗是一位开明的皇帝，科举考试为寒门提供了入世的可能，扩大录取的人数更是鼓励了天下读书人励精图治，营造了良好的求学氛围。

嘉祐元年（1056），二十一岁的苏轼与其弟苏辙随父入京以求取功名，从此之后便开启了他人生的新阶段，他的做官经历可以简单地概括为：在京—贬谪—返京的两次大循环。嘉祐二年，苏轼、苏辙一同进士及第，获得欧阳修、梅尧臣等人的赏识。欧阳修是古文运动的倡导者之一，作为苏轼的老师之一，在文与道的关系上对苏轼有一定的影响。从苏轼的文学实践中我们可以看到，他是文道并重的，这与比起文学更重道学的程颐的洛党和王安石的新党不同，王安石的道学倾向在他的《三经新义》中有所体现。同年，母亲程氏卒，苏轼一家回家奔丧。守丧结束，有政治雄心的热血青年苏轼一直在京都及其附近（如河南府福昌县、凤翔、开封）做官。其后，宋神宗继位，有治国热忱的他扶持了推行新政的王安石，这给苏轼的为官生涯带来了第一次大的转折。显然，苏轼是反对新政的，于是遵循不在主位的宋代官员要被外放的原则，苏东坡开始了他的第一次贬谪生涯，接连在杭州、密州、徐州、湖州四地任地方官。当然，这时的贬谪相较于苏轼之后的经历其实是不值一提的，因为这些地方大多是富饶之地，不管是物质方面还是精神方面都是富裕的。但是在这段时期里，苏轼的理在其《超然台记》中，已然有所参透和表达：“《超然台记》便以记台为名，写自己无往而不乐的超然襟抱。……台之名超然，意其心在超然。所以苏轼在此并不着意于景，只是借此一写心中之超脱达观罢了。”[②] 苏轼已然有了超然物外的倾向。

然而，当权的朔党并没有就此放过离开京都的苏东坡，借“乌台诗案”，将其贬到更加偏远的黄州。黄州并不富饶，苏轼在《答秦太虚书》上写道：“初到黄，廪入既绝，人口不少，私甚忧之。但痛自节俭，日用不得过百五十，每月朔便取四千五百钱，断为二十块，挂屋梁上，平日用画叉挑取一块，

① 邓广铭：《谈谈宋史研究中的几个问题》，《社会科学战线》1986 年第 2 期。

② 毛胜德：《三苏古文立意简论》，《华中学术》2017 年第 4 期。

即藏去叉，仍以大竹筒别贮用不尽者，以待宾客，此贾耘老法也。”苏轼被迫开始了他的农民生活，成为后人熟知的“东坡居士”。但是他的精神生活并不贫瘠，他在信中提到：

> 吾侪渐衰，不可复作少年调度，当速用道书方士之言，厚自养炼。谪居无事，颇窥其一二。已借得本州天庆观道堂三间，冬至后，当入此室，四十九日乃出，自非废放，安得就此。太虚他日一为仕宦所縻，欲求四十九日闲，岂可复得耶……太虚未免求禄仕，方应举求之，应举不可必。窃为君谋，宜多著书，如所示《论兵》及《盗贼》等数篇，但似此得数十首，皆卓然有可用之实者，不须及时事也。但旋作此书，亦不可废应举。此书若成，聊复相示，当有知君者，想喻此意也。①

在贬谪的日子里，苏轼并没有自怨自艾，而是静下心来修身养性。这一时间苏轼也著了大量的书，如他在信中提到的《论兵》《盗贼》。这次被贬使苏轼的心理加速成熟，他对养气修道、研习经典产生了更加浓厚的兴趣，《易传》《论语说》就是在此期间完成的。当然，说到黄州，就一定避免不了提到苏轼二游赤壁的事情，他在这里留下了充满人生哲思的前、后《赤壁赋》，这个在后文中会有详细论述，这里不再赘述。之后哲宗即位，太皇太后垂帘听政，起用了一大批正直的元老大臣和蜀党，苏轼的政治地位也达到他从政以来的最高峰，一度做到了端明殿学士、翰林侍读学士、礼部尚书。

苏轼于京之时，在学术上，以程氏兄弟为首的洛党和以二苏为首的蜀党争论不休，这极大地促使苏轼完善自己的学术理念，而在政治势头极盛的时候请求外任也是苏轼对于自己道路的选择以及对理的践行。之后的苏轼便真正地被流放到海角天涯了。元祐党人碑就像是一个标志，雕刻下了哲宗前期当权的蜀党的悲惨命运，先是五改谪命，最后被贬到惠州，在苏轼已经准备在那里安居的时候，朔党更是“赶尽杀绝”，把他贬到了中国的最南端——海

---

① 孔凡礼点校：《苏轼文集·答秦太虚书》，第1535—1536页，中华书局1986年版。

南。虽然生活上是前所未有的艰辛，但苏轼却能用旷达的人生态度和适真任情的处事原则来消解自己内心的苦闷。在他被再次召回的途中，苏轼写下了“九死南荒吾不恨，兹游奇绝冠平生”这样的千古名句。

第二节　苏轼古文对理的体认

随着时间的推移，苏轼人生阅历逐渐丰富，伴随其成熟的，还有苏轼心中的理。东坡先生笔下的理是儒、释、道合一之理，是性与情合一之理。“人生到处知何似，应似飞鸿踏雪泥”，苏轼对于生命的独特体悟，使之能够在济世救人的儒家，逍遥自在的道家和养身修禅的佛家之间自由地穿梭。他既能于山水显处看到生命的密码，又更进一步，用笔墨表达出他对生命的洒脱态度。性与情在苏轼的生命中不断交织，进而融合。对待生命，他是适真任情的“真”，是放旷达观的“无”。正是这样的理，才能让经历了大起大落的苏轼于自省之后，对于人生的苦难进行由内而外地消解，从此，无惧风雨，潇洒前行。

一、儒、释、道三者合一之理

在文章的上一章节，就曾提到过蜀地人的文化基因里本身就包涵了“儒、释、道”三方文化，儒家的入世之学和佛家禅学以及道家超然物外的境界一起构成了苏轼笔下的理。

《汉书》曾记载：“道者，所繇适于治之路也，仁义礼乐皆其具也。故圣王已没，而子孙长久安宁数百岁，此皆礼乐教化之功也。王者未作乐之时，乃用先王之乐宜于世者，而以深入教化于民。教化之情不得，雅颂之乐不成，故王者功成作乐，乐其德也。乐者，所以变民风，化民俗也；其变民也易，其化人也著……自武帝初立，魏其、武安侯为相而隆儒矣。及仲舒对册，推明孔氏，抑黜百家。”① 从汉武帝罢黜百家、独尊儒术起，中央集权的封建社

① （东汉）班固撰，（唐）颜师古注：《汉书》，第2499、2525页，中华书局1962年版。

会选择了儒家思想作为支撑其运行的主导意识形态，之后的历朝历代一直将儒家思想作为维护阶级统治的正统思想。在隋代之前，汉代选官采用的是察举、征辟的制度，而察举的内容与儒家思想紧密相连，如对个人孝、义进行考察。魏晋后，便实行九品中正制，这实际上也是两汉察举制度的延续和发展，同时它在一定程度上采纳了地方群众舆论和公共意见。后来科举制度确立，其考察的内容大多是对于儒家经典的阐释与相关习作的延伸。

中央的文化政策影响了天下学士的读书心态，儒家思想流淌在了古代中国学者血脉之中，苏轼也不可避免地受到了影响。像上文提到的，苏母程氏负责苏轼的学前教育，之后苏洵回到家中，带二子研读经典，做官后加上其师欧阳修对古文的推崇，这些经历都让苏轼的思想中离不开以天下苍生为己任的仁世之儒学。苏辙在《亡兄子瞻端明墓志铭》上有提到："梅圣俞时与其事，得公《论刑赏》以示文忠。文忠惊喜，以为异人，欲以冠多士。疑曾子固所为。子固，文忠门下士也，乃置公第二。复以《春秋》对义居第一，殿试中乙科，以书谢诸公。"① 在这一场考试中，能看出苏轼对于儒学经典是了然于心的。这时的苏轼还是一个充满雄心壮志的年轻人，他对入世有着很强烈的期待及信心。

历史一路向前，苏轼对儒学思想开始有了自己的理解，在洛学与蜀学的交锋中，我们能够看到苏轼式的儒家思想。对于反映二者矛盾的事件在《二程集·外书》卷十一中有所提及："温公薨，朝廷命伊川先生主其丧事。是日也，祀明堂礼成，而二苏往哭温公，道遇朱公掞，问之。公掞曰：'往哭温公，而程先生以为庆吊不同日。'二苏怅然而反，曰：'鏖糟陂里叔孙通也(言其山野)。'自是时时谑伊川。他日国忌，祷于相国寺，伊川令供素馔。子瞻诘之曰：'正叔不好佛，胡为食素?'正叔曰：'礼，居丧不饮酒食肉。忌日，丧之余也。'子瞻令具肉食，曰：'为刘氏者左袒。'于是范淳夫辈食素，秦、黄辈食肉。吕申公为相，凡事有疑，必质于伊川。进退人才，二苏疑伊

① （宋）苏辙著，曾枣庄、马德富校点：《栾城集》，第1411页，上海古籍出版社2009年版。

川有力，故极口诋之云。”[①]“鏖糟陂”在后代学者的研究中有两种解释，一是鏖糟陂为宋代汴京附近地名，是一个荒野的小山丘。《茶香室丛钞·四钞》卷二引宋代吕希哲《吕氏杂记》载有：“都城西南十五里，有地名鏖糟陂，土人恶之，易为好草陂。至今四乡之人犹袭旧号，问彼方之民，佥曰好草陂也。”[②]这一论点在苏轼《与王定国四十一首·十三》中也能看出：

> 自到此，唯以书史为乐，比从仕废学，少免荒唐也。近于侧左得荒地数十亩，买牛一具，躬耕其中。今岁旱，米贵甚。近日方得雨，日夜垦辟，欲种麦，虽劳苦却亦有味。邻曲相逢欣欣，欲自号鏖糟陂里陶靖节，如何？[③]

在这里苏轼自称“鏖糟陂里陶靖节”。第二种解释则是认为程颐不讲道理，不知变通。清胡文英《吴下方言考》卷五《二萧》云：“苏东坡与程伊川议事不合，讥之曰：‘颐可谓鏖糟鄙俚叔通矣。’案鏖糟，执拗而使人心孙不适也。吴中谓执拗生气曰鏖糟。”[④]则又增加“执拗、固执”一义，且把“鏖糟陂里”更换为“鏖糟鄙俚”，可能觉得“陂里”两字不易通解之故。除了不知变通这一说法，更有说其带有贬义色彩，有肮脏不洁的意思。其实苏东坡的意思应是两者都有，既点明地点在京都又暗讽了程颐的不知变通。从这件小事就能看出以程颐为主的洛学与以苏东坡为首的蜀学对于儒学理解上的差异。苏轼更加看重的是大儒的精神而不是儒家的繁文缛节，这大概与其之前在杭、密、徐、湖的做官经历有关，这个时候的苏轼不再是那么“锐利”的青年，经过七八年的外放，他的心态逐渐平和下来，在其儒家思想中多了道家释然的成分，比起礼，他更加重情。在对于性与情的关系上，苏轼认为应当“性情合一”，这一点也很好地在苏轼生活与写作实践里体现出来。

---

① （宋）程颢、程颐著，王孝鱼点校：《二程集》，第415—416页，中华书局1981年版。

② （清）俞樾撰，贞凡、顾馨、徐敏霞点校：《茶香室丛钞》，第1943页，中华书局1995年版。

③ 孔凡礼点校：《苏轼文集》，第1520—1521页，中华书局1986年版。

④ 张智主编：《中国风土志丛刊·吴下方言考》，第175页，江苏古籍出版社2003年版。

乌台诗案是苏轼人生的一大转折点，一向以诗词挥毫描画人生的他却因其最喜爱的文字而在狱中度过了一百零三天，最后经过多方斡旋，苏轼结束了牢狱之苦，被贬黄州。这次政治上的打击并没有使他一蹶不振，而是打开了其人生的新征程。首先，他在给好朋友李常的回信中表达了他的态度：

> 示及新诗，皆有远别惘然之意，虽兄之爱我厚，然仆本以铁心石肠待公，何乃尔耶？吾侪虽老且穷，而道理贯心肝，忠义填骨髓，直须谈笑于死生之际，若见仆困穷便相于邑，则与不学道者大不相远矣。兄造道深，中必不尔，出于相好之笃而已。然朋友之义，专务规谏，辄以狂言广兄之意尔。……遇事有可尊主泽民者，便忘躯为之，祸福得丧，付与造物。非兄，仆岂发此！看讫，便火之，不知者以为诟病也。①

这段话其一说明苏轼还是那个耿介之士，如果遇到自己看不下去的有辱道义之事，他同样会“如蝇在食，吐之方快”；其二说明苏轼并没有因此放弃自己的文学追求，哪怕知道文字可能给自己带来祸患。苏轼的人生是有韧性的，想必正是他思想中儒、道文化的融合才使得他很快地接受现状，并享受生活，追求精神的愉悦。其次，在黄州时期，苏轼任检校水部员外郎副官黄州团练副使，这个官职并没有多大的实权，于是苏轼便将自己更多的精力放在修身论道上了。这一时期，苏轼的佛家思想逐渐浮出水面，与之前的儒、道文化融合。

在苏轼与其朋友的许多书信中，我们都能看到苏轼对于佛道之学的向往，如《答范蜀公十一首（之二）》：“李成伯长官至，辱书，承起居佳胜，甚慰驰仰。新居已成，池圃胜绝，朋旧子舍皆在，人间之乐，复有过此者乎？某凡百粗遣，春夏间，多患疮及赤目，杜门谢客，而传者遂云物故，以为左右忧。闻李长官说，以为一笑，平生所得毁誉，殆皆此类也。何时获奉几杖，

① 孔凡礼点校：《苏轼文集》，第1500页，中华书局1986年版。

临书惘惘。”[①] 又如《答通禅师》：“谪居穷僻，懒且无便，书问旷绝，故人不遗。两辱手教，具审比来法体甚轻安，感慰深至。仆晚闻道，照物不明，陷于吏议，愧我道友。所幸圣恩宽大，不即诛殛，想亦大善知识法力冥助也。自绝禄廪，因而布衣蔬食，于穷苦寂淡之中，却粗有所得，未必不是晚节微福。两书开谕周至，常置坐右也。未缘展谒，万万以时自重。”[②] 这一时期的苏轼在受尽打压的政治生活和躬身于田亩的农村生活中找到了一个平衡，那就是向宗教求取内心的平静。在黄州期间，苏轼曾居住过定慧寺、临皋亭，之后筑东坡雪堂。苏轼对于居住地的选择不难显示出他此时追求的是内心的平静，把对人生的省视从外部荣辱的考查内化到了对其内心的自查，如《黄州安国寺记》：

> 元丰二年十二月，余自吴兴守得罪，上不忍诛，以为黄州团练副使，使思过而自新焉。其明年二月，至黄。舍馆粗定，衣食稍给，闭门却扫，收召魂魄，退伏思念，求所以自新之方，反观从来举意动作，皆不中道，非独今之所以得罪者也。欲新其一，恐失其二。触类而求之，有不可胜悔者。于是，喟然叹曰：“道不足以御气，性不足以胜习。不锄其本，而耘其末，今虽改之，后必复作。盍归诚佛僧，求一洗之？”得城南精舍曰安国寺，有茂林修竹，陂池亭榭。间一二日辄往，焚香默坐，深自省察，则物我相忘，身心皆空，求罪垢所从生而不可得。一念清净，染汙自落，表里翛然，无所附丽。私窃乐之。旦往而暮还者，五年于此矣。[③]

苏轼于黄州安国寺焚香诵经，怡然自得。佛家讲究生死，讲究轮回，所有的一切都是虚妄，是幻境，人可以于物我合一中体悟人生的真谛。佛家这种物我合一的修禅思想对苏轼应对眼前的政治低谷有很大帮助，他开始尝试抽离

---

① 孔凡礼点校：《苏轼文集》，第 1446 页，中华书局 1986 年版。
② 孔凡礼点校：《苏轼文集》，第 1886 页，中华书局 1986 年版。
③ 孔凡礼点校：《苏轼文集》，第 391—392 页，中华书局 1986 年版。

于物质，思考人生的真谛。以今人陆雪卉的《从“饭后钟”的故事看苏轼诗文中的佛理阐释》一文以苏轼《代黄檗答子由颂》为例，也指出苏轼对佛教的深层理解：“子由向黄檗长老寻问四大①与疾病之间的关系，他认为四大皆空，所以不仅由五蕴构成的身心是空的，河水山川也是依缘存在而无自性。既然这样，那么疾病也是无处可住，但是病来了，人还是免不了吃药治疗。……苏轼认为，既然病根是居无定处的，那么药石也是空无自性。他不仅看到了疾病与药物的对立矛盾面，同时也看到了二者在空性上的统一面。”②可见苏轼对于佛教，对于“空”是有自己独特体悟的。“长恨此身非我有，何时忘却营营。夜阑风静縠纹平。小舟从此逝，江海寄余生。”（《临江仙》）黄州时期的苏轼已经开始思考儒、释、道的思想中的矛盾和融合问题。到惠州、儋州时期，这三者逐渐完成融合。其中佛家的渡己追求，与庄子的“逍遥”之意境有很大的共通性，都使人超脱于外物而纯享精神的愉悦，在物质之外倡导人追求心中的“大义”。

这两种思想共同促进了苏轼达观思想的养成，当然儒家思想并没有退出苏轼的思维舞台，“造福黎民”的思想依旧存在于苏轼的心中，这从苏轼后期在其位谋其事的实践当中能体现出来。在海南时期，这三者完成了最终的交融，这时的苏轼已是一位白发苍苍的老人，他的心境如一汪深潭，他既能够偏安一隅，也能够“走马上任”。济世的理想并没有被其“江海寄余生”的逍遥游所吞噬，整日的修禅也没有让苏轼变成一个不问世间事的圣者。

儒、释、道三家的思想在方方面面影响着苏轼，不可避免地也影响到了苏轼对于中国古代哲学绕不开的命题——“性情”关系论的看法。

二、性情合一之理

上文提到过苏轼之理是儒、释、道三家合一之理，但这仅仅是个人层面

---

① 四大，佛教指地、水、火、风四种元素，认为人的身体由四大构成，而四大由空而生，所以称“四大皆空”。

② 陆雪卉：《从“饭后钟”的故事看苏轼诗文中的佛理阐释》，《法音》2018 年第 9 期。

的。如果将苏轼之理放于大的宋学环境之下来考察，我们就能发现宋学之蜀学代表苏轼的理是很独特的。“‘宋学’是一个相当宽泛的概念，从横的方面说，它是包括理学、宗教、经学、史学及教育等在内的具有划时代意义的赵宋一朝学术文化之总汇。早在 1937 年，夏君虞撰《宋学概要》（商务印书馆出版）即认义理学、象数学、功利学、历史学、文献学、杂学为宋学之主要关目。从纵的视角看，宋学是儒家传统文化吸纳隋唐以来多元文化精华而在新时期经过创造性整合转化出来的一个新的学术思想派别。”① 它在宋朝经历了从疑传到疑经，从拟古到拟圣，从义理之学到性理之学的发展转变。苏轼的理，不但在传统儒学的基础上有所突破（吸收融合了儒释道三家的文化），更是于性理之学之“性情”关系的辨析上，提出了不同于当代理学家的独特看法。对于“性情”关系的看法，苏轼认为应当是性情合一，“性情”关系的讨论实际上体现了宋学由实用性的议论转向思辨性的内省。从宏观的角度，我们要讨论苏轼之理，这应当是一个无法避免的命题。

“性”字在孔子的言论中很少提及，在孟子的“性善论”中，“性”作为一个哲学概念，第一次被提及。关于“性”的探讨，从孟子提出“性”的概念后，“性”便成了儒家传统文化中一个占显著地位的问题。同样，这个问题也是其理性思维触及中国古代哲学本质问题的一个显见之处。关于“性”的看法，苏轼的《扬雄论》有所论及：

> 而至于言性，则未尝断其善恶，曰“性相近也，习相远也”而已。韩愈之说，则又有甚者，离性以为情，而合才以为性。是故其论终莫能通。彼以为性者，果泊然而无为耶，则不当复有善恶之说。苟性而有善恶也，则夫所谓情者，乃吾所谓性也。人生而莫不有饥寒之患，牝牡之欲，今告乎人曰：饥而食，渴而饮，男女之欲，不出于人之性也，可乎？……虽然，扬雄之论，则固已近之。曰：“人之性善恶混。修其善则

① 范立舟：《“宋学”风貌的全新展示——评朱汉民等著〈中国学术史·宋元卷〉》，《博览群书》2002 年第 9 期。

为善人，修其恶则为恶人。”此其所以为异者，唯其不知性之不能以有夫善恶，而以为善恶之皆出乎性也而已。①

该文从对“阴阳之道”的解释切入，得出人之本性“不可以善恶命之”的观点。这与孟子的“性善说”、荀子的“性恶说”截然不同，他以更为客观的态度来阐释这个“性”。“苏轼从本体论的高度论证了人之自然欲求的普遍性与必然性。另外，既然‘性’是人之所以为人的根本，无‘性’则‘道’无从体现，正所谓‘人能弘道，非道弘人’，因此‘性’成为沟通天人的纽带，天道、人道也由此得到了合一。”② 他对于“性”的观点，受到道家“自然”学说的影响，在一定程度上也承袭了张载“一物而两体”的观念，认为“性”是天地之性，是气质之性。

苏轼《韩愈论》批评《原性》以五常为情的看法，说：“儒者之患，患在于论性，以为喜怒哀乐皆出于情，而非性之所有。”③ 这实际上体现了他性与情合一的主张，认为人之情是性的外在体现形式。在这里，我们可援引《苏氏易传》中的一段话来注解苏轼的性、情观：“情者，性之动也。溯而上，至于命；沿而下，至于情，无非性者。性之与情，非有善恶之别也。方其散而有为，则谓之情耳。”④ 这里，苏轼的“性情”早已脱离了先儒对于“善恶”讨论的框架，而是将问题升华为内心的自省及人生的思辨。与之相对的是，北宋以来周敦颐、张载、二程等人莫不是从阴阳天地切入，来比附人性之善恶，认为“立天之道，曰阴与阳。立地之道，曰柔与刚。立人之道，曰仁与义”。这是借用自然世界的规则来比附人的心理世界之规则，进而明确“仁即理也”，得出“存天理，灭人欲”的结论。其中，所要灭之人欲无非是一个“情”。可以看出周敦颐、张载、二程等理学家，认为“性”与“情”无法妥

① 孔凡礼点校：《苏轼文集》，第110—111页，中华书局1986年版。

② 张培高、张华英：《“性无善恶”与“穷理尽性”——苏轼的〈中庸〉诠释解析》，《哲学动态》2017年第4期。

③ 孔凡礼点校：《苏轼文集》，第114页，中华书局1986年版。

④ （宋）苏轼著：《苏氏易传》，第15册第225页，丛书集成新编，新文丰出版社2008年版。

协共存，一个的存在与发展必将阻碍另一个的存在与发展。

由于苏轼受儒、释、道三家合一之思想的影响，苏轼的性情观是在其“道易”关系的基础上延展开来的。苏轼的“性情”关系之论其实是道论在人性论上的体现，在苏轼的哲学思想体系中，“道”是通过“易”来体现的，只有通过生生之易才能体现出隐藏在事物之下的“道”，而“道”与“易”的关系，在人性论上对应下来就是“性”与“情”的关系。① 苏轼在《广成子解》中提到：

> 得道者不问，问道者未得也。得道者无物无我，未得者固将先我而后物。夫苟得道，则我有余而物自足，岂固先之耶。今乃舍己而问物，恶其不情也。②

苏轼认为“道”的最高境界便是无我，所以道是不容易被体现出来的，然而“生生之易”却可以体现“道”。这一点可用苏轼《苏氏易传》中提到的“相因而有，谓之生生，夫苟不生，则无得无丧，无吉无凶。方是之时，易存乎其中而人莫见，故谓之道，而不谓之易。有生有物，物转相生，而吉凶得丧之变备矣。方是之时，道行乎其间而人不知，故谓之易，而不谓之道”③，进行佐证。就像上文提到的那样，苏轼认为“易”是体现“道”的，在人性论上，则表现为“情”体现“性”，“情”的存在就是为了彰显“性”。苏轼在《书李简夫诗集后》一文中说：“孔子不取微生高，孟子不取于陵仲子，恶其不情也。陶渊明欲仕则仕，不以求之为嫌，欲隐则隐，不以去之为高，饥则扣门而乞食，饱则鸡黍以延客，古今贤之，贵其真也。”④ “真”便是苏轼从“性情合一”的观点中提炼出来的一大主题，这一点在苏轼与二程的矛盾中也能看出来，他痛恨二程的言行不一，他认为古人依人情设理，而不是以礼来

① 孔涛：《论苏轼与程颐在道论和性情论上的差别》，《齐鲁学刊》2008 年第 6 期。

② （宋）苏轼解：《广成子解》，第 20 册第 332 页，丛书集成新编，新文丰出版社 2008 年版。

③ （宋）苏轼著：《苏氏易传》，第 15 册第 225 页，丛书集成新编，新文丰出版社 2008 年版。

④ 孔凡礼点校：《苏轼文集》，第 2148 页，中华书局 1986 年版。

束缚人情。不懂礼会随时代而变，而把繁文缛节标榜成我们应该遵守的规则是非常可笑的。嘴里说着尊孔，但是并没有体会到儒家之“礼”的真谛是极其不合理的，二程等理学家所推崇的“存天理，灭人欲”正是这样行径下凝练出的思想。

除了“真”的主题，苏轼在“性情合一”的基础之上更是提出了“无”的主题。

“无”是苏轼基于“性情”关系上对于“本体之性”的认识。其实苏轼对于“性”的体悟也是分为两个阶段的。早期，苏轼的“性”是男女饮食的“自然之性”，这个概念和弗洛伊德的“本我”概念有异曲同工之妙，《扬雄论》：“苟性而有善恶也，则夫所谓情者，乃吾所谓性也。人生而莫不有饥寒之患，牝牡之欲，今告乎人曰：饥而食，渴而饮，男女之欲，不出于人之性也，可乎?”这篇文章写于嘉祐六年（1061），这时的苏轼刚二十六岁，他对于“性”的认识还是比较简单的，他认为“性”便是“自然之性”，是人类人格中最原始的部分，它是生物性冲动和欲望的贮存库，是按“唯乐原则”活动的，它不顾一切地要寻求满足和快感，这种快乐特别指性、生理和情感快乐。这时的人类对于快乐的需求完全处于无意识水平中。后期，苏轼完成了《苏氏易传》，他对“性”的认识有所升华，这时苏轼眼中的“性”，不单单是人们生活中的快乐欲求和对于善恶表现的辨析。因为上文我们提到苏轼的“性情”关系其实是“道易”关系在人性论上的体现，所以他对于人的“本体之性”的阐释其实就是道的最高境界“无”，苏轼于这一命题下思考人生的真谛。

“性情合一”中的“情”就应该体现出这种“本体之性”的“无”的特征，故而苏轼的“情”表现为自然而然，不虚伪做作，旷达潇洒。还由于苏轼认为人生真谛的最高奥义是“无”，所以在用“情”表现“性”的过程中，不应该让任何私念和成见来影响“情”的表达，从而误导别人对“无”之“性”的体悟。苏轼《思堂记》：“隐者之言，有会于余心，余行之。且夫不思之乐，不可名也。虚而明，一而通，安而不懈，不处而静，不饮酒而醉，不闭目而睡……以质夫之贤，其所谓思者，岂世俗之营营于思虑者乎？《易》曰无思也，无为也。我愿学焉。《诗》曰思无邪。质夫以之。”① 可见苏轼对于“无”的“本体之性”的追求。“思无邪”表达了苏轼对人生的旷达态度和顺其自然的人生道路选择。

第三节　理在苏轼古文中的成熟

通过上文的诠释，我们可以得出苏轼“性情合一”之理是其“理”体系中最重要的阐释，是苏轼思想中不同于同时代理学家的闪光之点，而关于“性情合一”之理，我们拟从“真”和“无”两个概念来谈，“真”是主张尽情表达自己的感情。《东坡书传》：“饮酒，人情所不免。禁而绝之，虽圣人而不能。”这就表达了苏轼对于“真”的要求，不要压抑天性，明明白白地表现自己的真性情。现存苏轼一百二十四首和陶诗不也正是体现了诗人对于靖节先生任真适情的处世原则的敬仰和推崇吗？“无”则是主张人应保持旷达的人生态度和顺其自然的人生道路选择，不以物喜，不以己悲。这一观点，在苏轼黄州接触到佛道思想之后尤为强烈。他主张“入”则“知命者必尽人事，然后理足而无憾”，“出”则“君子可以寄意于物，而不可以留意于物”。在本章节中，拟分阶段性选取苏轼具有代表性的作品，对其“性情合一”之理来进行说明。

一、凤翔时《凌虚台记》——“真”但未禅悟“无”

先看《凌虚台记》：

轼复于公曰：“物之废兴成毁，不可得而知也。昔者荒草野田，霜露之所蒙翳，狐虺之所窜伏，方是时，岂知有凌虚台耶？废兴成毁相寻于无穷，则台之复为荒草野田，皆不可知也。尝试与公登台而望，其东则秦穆之祈年、橐泉也，其南则汉武之长杨、五柞，而其北则隋之仁寿、

① 孔凡礼点校：《苏轼文集》，第363页，中华书局1986年版。

唐之九成也。计其一时之盛，宏杰诡丽，坚固而不可动者，岂特百倍于台而已哉！然而数世之后，欲求其仿佛，而破瓦颓垣无复存者，既已化为禾黍荆棘丘墟陇亩矣，而况于此台欤？夫台犹不足恃以长久，而况于人事之得丧，忽往而忽来者欤？而或者欲以夸世而自足，则过矣。盖世有足恃者，而不在乎台之存亡也。”既已言于公，退而为之记。①

《凌虚台记》作于嘉祐八年（1063），凤翔太守陈希亮在后圃筑台，名为“凌虚”，请苏轼作记。作此文时，苏轼方踏上仕途两年，胸间怀着固国安民的宏大政治抱负，被儒家以造福天下苍生为己任的思想滋养着，主张为政应有补于民，积极进取。凌虚台的修筑在他看来无补于民，这与他积极的政治主张相违背，因而字里行间时时暗含着讥讽。且苏轼与这位陈太守关系并不好，甚至是有点儿敌对，然而官职更高的陈太守请苏轼作记，于情于理他没法拒绝。于是他在这篇文章中藏了点儿小心思，就像他叫司马光“司马牛”，称王安石“拗相公”一样，文章中的讽刺批判意图倒没有过多隐瞒。虽然含有苏轼自己的戏谑之意，但是其庄严典雅、诗情画意的文风却是符合“记”这一文体特性的。在该篇文章中，苏轼的文学才能及他所表现出来的入世态度都值得称颂，年轻的他对人生的理性思考更应为我们所注意。此文前两段分别讲述了凌虚台的选址及太守请他作记之事，而苏轼“理”的思维重点集中在第三段。作者只用了了几笔便点出了废兴成毁的自然规律。“物之废兴成毁，不可得而知也”，是苏轼的立论。

作者把凌虚台的建成这件事放置于时空中进行思索，以万事万物都在流动变化的眼光来观照它，从而把虚无变为存在，又将存在视为虚无：从往日的荒野到今日荒野之处建成的凌虚台，这是从无到有的过程；又联想到今日的凌虚台到了明日也许就成了荒野，这是存在变为虚无的论证。时间长河之中，废兴成毁总是不断地交叠，谁也不能知晓自己下一秒的命运。从更为广阔的角度入手，看到眼前的凌虚台，历史慢慢地浸到了苏轼的眼底。作者以

① 孔凡礼点校：《苏轼文集》，第350—351页，中华书局1986年版。

秦代祈年橐泉、汉代长杨宫、五柞宫、隋代仁寿宫、唐代九成宫为例，来说明在历史面前，白云苍狗，兴废自然。在与历史古迹的对比之中，那些比凌虚台更为耀眼的宫殿，如今早已是破壁残垣。那么这样一来，苏轼对于凌虚台的未来也就不好言说了。之后，作者又进一步由写台过渡到陈太守，“夫台犹不足恃以长久，而况于人事之得丧”，认为作为实物的凌虚台尚且不可长久存在，更何况是世间人事上的得与丧呢。二十八岁的苏轼已然从历史中解读出了世事变化无常的密码。虽然这时的他已经看到了历史的兴衰，个人的荣辱不定，但是他并没有由此度己，他作这篇文的旨意仍在得出凌虚台的修建是“过”这一结论。他在文中告诫太守：“台犹不足恃以长久，而况于人事之得丧。”“或者欲以夸世而自足，则过矣。”他认为既然世事变化无常，那么现在太守因想刻下自己功绩，而修筑凌虚台并作记的事情也是虚妄的。

文章字里行间不难嗅出苏轼的火药味，这是他作为一个刚步入仕途的年轻人对于“权威”所发出的“花无百日红”的警告，这是一只处于咆哮中的“幼豹”，这让我们看到了对政治饱含一腔热血的苏轼。在这一阶段苏轼只有“真”，他没有畏惧强权而是直爽干脆地表达自己对于“凌虚台”的看法，对于“人事变化无常”的看法。在年轻的苏轼的心中并未形成“无”的旷达的人生态度，他对于一切并不是无所谓、顺其自然的，而是有着强烈的“是非”观，对政治抱有极大的热情。

二、黄州时前、后《赤壁赋》——“无”的“本体之性”初次体现

元丰三年（1080），苏轼被贬黄州，艰苦的环境迫使他成了务农的“东坡居士”。做农民的苏轼并没有就守着自己的几抔黄土，而是乘机游历了许多名胜古迹。也许正是因为这些游览历史古迹的经历，让苏轼得以在无限的时空中思考有限生命的真谛。他思想中的儒、释、道三种思想也开始融合，“无”的“本体之性”初次体现，展现出生命的韧性和旷达的人生态度。

我们先看《前赤壁赋》：

苏子愀然，正襟危坐，而问客曰："何为其然也?"客曰："'月明星稀，乌鹊南飞。'此非曹孟德之诗乎? ……固一世之雄也，而今安在哉?况吾与子渔樵于江渚之上，侣鱼虾而友麋鹿。驾一叶之扁舟，举匏樽以相属。寄蜉蝣于天地，渺沧海之一粟。哀吾生之须臾，羡长江之无穷。挟飞仙以遨游，抱明月而长终。知不可乎骤得，托遗响于悲风。"

苏子曰："客亦知夫水与月乎? 逝者如斯，而未尝往也。盈虚者如彼，而卒莫消长也。盖将自其变者而观之，则天地曾不能一瞬。自其不变者而观之，则物与我皆无尽也，而又何羡乎? 且夫天地之间，物各有主。苟非吾之所有，虽一毫而莫取。唯江上之清风，与山间之明月。耳得之而为声，目遇之而成色。取之无禁，用之不竭。是造物者之无尽藏也，而吾与子之所共食。"①

再看《后赤壁赋》:

是岁十月之望，步自雪堂，将归于临皋。二客从予，过黄泥之坂。霜露既降，木叶尽脱。人影在地，仰见明月。顾而乐之，行歌相答……于是携酒与鱼，复游于赤壁之下。江流有声，断岸千尺。山高月小，水落石出。曾日月之几何，而江山不可复识矣。……盖二客不能从焉。划然长啸，草木震动。山鸣谷应，风起水涌。予亦悄然而悲，肃然而恐，凛乎其不可久留也。反而登舟，放乎中流，听其所止而休焉。时夜将半，四顾寂寥，适有孤鹤，横江东来，翅如车轮，玄裳缟衣，戛然长鸣，掠予舟而西也。

须臾客去，予亦就睡，梦一道士；羽衣翩跹，过临皋之下，揖予而言曰："赤壁之游乐乎?"问其姓名，俛而不答。呜呼噫嘻，我知之矣，畴昔之夜，飞鸣而过我者，非子也耶? 道士顾笑，予亦惊悟。开户视之，

① 孔凡礼点校:《苏轼文集》，第6页，中华书局1986年版。

不见其处。①

北宋司马光《资治通鉴》中有载："曹操自江陵将顺江东下……是时，曹操遗权书曰：'近者奉辞伐罪，旌麾南指，刘琮束手。今治水军八十万众，方与将军会猎于吴。'权以示臣下，莫不响震失色。"曹操赤壁练水军八十万，意图攻吴，其势让孙权麾下之人见之失色。然两军交战之后，"进，与操遇于赤壁。时操军众，已有疾疫。初一交战，操军不利，引次江北。……顷之，烟炎张天，人马烧溺死者甚众。瑜等率轻锐继其后，雷鼓大震，北军大坏。操引军从华容道步走……刘备、周瑜水陆并进，追操至南郡。时操军兼以饥疫，死者太半。操乃留征南将军曹仁、横野将军徐晃守江陵，折衡将军乐进守襄阳，引军北还"②。这就是著名的赤壁之战。东汉末年，孙权、刘备联军，于建安十三年（208）在赤壁一带大破曹操，原本有望一统中原的曹操被打败，孙、刘二家乘势而起，最终形成了"三足鼎立"的局面。赤壁之战是三国三家争雄的重要转折点，它于历史有着不同凡响的意义，同时也是寄寓后世文人精神的"长生碑"。而前、后《赤壁赋》分别写于元丰五年（1082）的秋季和冬季。虽然苏轼所游历的赤壁并不一定是真正的古战场，只是当地人有这样的说法，但并不知情的苏轼当然不会放过这样游览古迹的机会，其欣然前往的样子是不难想象的，这样按捺不住的文人心思从他同年二游赤壁中也能看出。这两篇文赋，不仅是苏轼理学思想的阐释，也同样蕴含了其人生的转折之意。赤壁，是一个让无数文人墨客心驰神往的特殊地点。李白曾赋诗道："二龙争战决雌雄，赤壁楼船扫地空。烈火张天照云海，周瑜于此破曹公。"杜牧写过"可怜赤壁争雄渡，唯有蓑翁坐钓鱼"，苏轼本人也作词叹道"大江东去，浪淘尽，千古风流人物。故垒西边，人道是、三国周郎赤壁。乱石穿空，惊涛拍岸，卷起千堆雪。江山如画，一时多少豪杰"，等等。与其他文人相比，苏轼对赤壁的描写并没有停留在对历史的缅怀、对战局的分析或者是

① 孔凡礼点校：《苏轼文集》，第 8 页，中华书局 1986 年版。

② （宋）司马光编著，（元）胡三省音注：《资治通鉴》，第 2088—2093 页，中华书局 1956 年版。

以古人的命运来表达自己的志向，为自己找一份精神依托，他将目光放在了更远的地方。透过古迹，穿越历史，他看到了广袤无垠的宇宙，看到了横亘在精神之前的有限的生命。这是他对生命的进一步探索，是盘旋在苏轼心灵中“性情合一”之“无”的思想的起航。

在《前赤壁赋》中，苏轼以主客问答的方式，在泛舟于江湖之上、明月在天映于水的情景中，对天地万物的无限与人生的有限做了深刻的思考。赤壁，是一段历史；朗月江湖，是亘古不变之景物。时移世易，物是人非，当年火烧赤壁的周郎早已不再，如今泛舟于赤壁之上的是文人苏轼。在变与不变的对比下，在清风明月相伴下，在泛舟江湖、飘萍无依的情况下，所见所闻，轻易地就牵动了苏轼的思绪。赤壁、清风、明月，泛舟湖之上，无所凭依，又仿佛超凡脱俗。这样的地点、景色与情景，让客感叹人生短暂。在周瑜大败曹操的赤壁，曾经“酾酒临江，横槊赋诗”的曹操这样的一世枭雄，如今也随着历史烟消云散。更何况是如苏轼和客这样，泛一叶扁舟于湖上的二人。英雄已化作过往，文人在历史宏大的背景与格局下，更是渺若那无所凭依的小舟。“寄蜉蝣于天地，渺沧海之一粟”，有限的人生于宏大的宇宙和时间而言，也不过如天地蜉蝣、沧海一粟。面对这样的有限，儒、释、道精神各有选择：儒家讲积极入世，将有限的生命投入于家国社会，以达到立德、立言、立功的三不朽境界；道家则讲逍遥，超凡脱俗，冯虚御风，以达到逍遥于天地间的无限境界；佛家则讲缘起性空，生死轮回，以达到超脱六界的无我境界。

而面对“人生须臾”这样的问题，苏轼却以“水”与“月”作喻，表达了独有的哲理：“逝者如斯，而未尝往也；盈虚者如彼，而卒莫消长也。”江水川流不息，却不曾干涸；月有阴晴圆缺，却依旧照耀古今。从变来看，万事万物都在变动；从不变来看，“则物与我皆无尽也”。苏轼对于“理”的体认，正是从“变”与“不变”，“人生有限”与“宇宙无穷”的对比中思考而来的。此时的苏轼受佛道思想影响，心境已转向平和。将精神寄托于清风明月与山水之间，宽容、旷达、透彻的心境，让他可以越发与自然相贴，站在一定的高度去解决人生有限而宇宙无穷这一终极性的问题。苏轼的“理”，是在面对人生有限而宇宙无穷这一事实，以旷达、辩证的心境认知“变”与“不变”，将自己与自然相融合，达到一种超然的人生境界。这是苏轼第一次体认到“本体之性”中的“无”。他在经历了贬谪的人生之后，在吸收了儒、释、道三家思想之后，对人生的本质有所了解，认为一切最终都会归于“无”，面对“无”的本性，能做的便是顺其自然，保持旷达的人生态度。

《后赤壁赋》比之于前篇，更侧重于记游，而在游览的末尾“适有孤鹤，横江东来。翅如车轮，玄裳缟衣，戛然长鸣，掠予舟而西也”，随后苏轼夜梦一道士，问姓名而对方不答之时，苏轼却恍然道：“呜呼噫嘻！我知之矣。畴昔之夜，飞鸣而过我者，非子也邪?”在梦中道士“揖予而言”“俯而不答”的神秘中，苏轼惊醒，开窗四顾，不见当时飞掠而过的孤鹤，也不见那道士的身影。鹤是高洁、出世的象征，也被道家视为吉物，常与仙人相伴。苏轼在浏览过程中不曾与客交谈，却偏偏注意到了从小舟旁飞掠而过的孤鹤，随后又于梦中梦见化身为道士的鹤，又一语道破其身份。苏轼与这横江飞掠而过的孤鹤有着精神上的共鸣：孤身而来，飞掠而去，高洁、神秘、遗世高蹈，看似自由却又孤独。在这只孤鹤上，苏轼更多的寄寓了自己的情感和精神，他真正开始做到了“君子可以寄意于物，而不可以留意于物”。

刚刚经历政治上的一次挫败，曾经的友人有些不再联络，有些也受其牵连，便是苏轼也难免生出孤独之感。精神上的超越和现实中理想难以实现的苦闷、寄身于江河之间的孤寂，让梦醒之后的苏轼开窗而望，四顾茫然。但这种流露出的失意与茫然于苏轼而言只是一时的，苏轼固有的乐观、旷达的心境，与汇聚儒、释、道三家于一体的思想，让他能消解心中块垒。与前赋相比，后赋更多是对“出世与入世”的思考，此时的他游览于赤壁，寄情于山水景物，可儒家入世为民的思想却又让他难以学习前代的隐士，真正做到超凡脱俗、求仙问道。苏轼随后离开黄州，依旧敢于进言。知杭州时修建苏堤、重视民生，种种入世为民的举措，也可见苏轼超越了心中的痛苦，在迷茫中依旧坚定人生的方向。

保持乐观、旷达的人生态度，对苏轼而言是他总结出的人生哲理。“人生如逆旅，我亦是行人”，对苏轼来讲，乌台诗案、被贬黄州是一次重大的转折点。在重大的打击和失意之下，曾经意气风发的苏轼沉静下来，开始思考人生、体味哲理，也再次坚定自己的信念。他在儒、释、道交汇的思想中形成了属于自己的“性情合一”之理，这样的人生哲理，在其之后被贬惠州之时更是进一步渗透于苏轼的生命实践，使他能“由是心若挂钩之鱼，忽得解脱”。

三、惠州时《浊醪有妙理赋》——“真”与“无”的交融

宋哲宗绍圣元年（1094），苏轼被贬惠州。这一时期，苏轼“性情合一”的理学思想已经比较完善了，他继续游历祖国的大好河山，享受精神的愉悦，并且他更多地将视野投注在小的事物之中。故本章节选择两篇较为典型的作品《记游松风亭》《浊醪有妙理赋》进行分析。从题材我们就能看出这一时期苏轼并不落寞的诗人生活。

以《记游松风亭》为例：

> 余尝寓居惠州嘉祐寺，纵步松风亭下，足力疲乏，思欲就床止息。仰望亭宇，尚在木末。意谓如何得到。良久忽曰：“此间有甚么歇不得处?”由是心若挂钩之鱼，忽得解脱。若人悟此，虽两阵相接，鼓声如雷霆，进则死敌，退则死法，当恁么时，也不妨熟歇。①

绍圣元年（1094），哲宗亲政，苏轼被贬为宁远军节度副使至惠州（今广东惠州）。十月，苏轼到达惠州，居住在嘉祐寺，游览松风亭时作此文。这虽然是一篇篇幅不大的游记文，但是很好地体现了苏轼对于自身生命的哲思。在这里苏轼常常漫步在山野之中，感受自然的美妙。此游记就记叙了他在游览松风亭时心里的所思所想及对理的认识，逸趣横生，蕴含深刻哲理。

试想，被贬在外，本就心情不佳，漫游时本已疲惫，松风亭又极高，这对苏轼来说算是一件沮丧的事。可是苏轼转念一想，“我为什么非要到亭子上

---

① 孔凡礼点校：《苏轼文集》，第2271页，中华书局1986年版。

去休息呢？这里有什么地方不能休息呢”？换个角度，心情便不一样了。这里表现出苏轼那种乐观旷达、随遇而安的人生态度。苏轼能有这种平和的心态，与“性情合一”的思想是分不开的。尽管在惠州生活艰苦，但是他仍心怀天下，心系苍生，这是儒家思想在他身上打下的烙印，是属于苏轼的“真”，他的心中仍然有匡扶天下苍生的热忱。苏轼在惠州安然地生活，道家的思想引导他随遇而安，让他体会到“人之本性”的“无”，拥有了旷达的心态。放弃极高的松风亭，选择随处可及的落脚点，是苏轼用佛家诸相本空幻的观念来淡泊名利，达到超然物外的境界，是其“性”与“情”的融合，这又何尝不是苏轼“真性情”的表达呢？兴起而至，兴阻则止，任真适情正是惠州时期的苏轼的真实写照。在苏轼看来，放弃了对某种高处执着的追求，便能拥有没有烦恼忧愁的快乐心态。这是苏轼被贬之后的新的人生感悟，那种如同挂到鱼钩上的鱼儿得到解脱的欢快之情，是他从未感受过的。他深刻地认识到，在历史的风潮中，个人力量是多么渺小，所以，倒不如顺应自然，随缘随心，这便是他“性情合一”之理的外在表现。“进则死敌，退则死法，当恁么时，也不妨熟歇”这句话有哲理性。在打仗的时候，前进可能会死在战场，后退就会死于刑罚，反正都是死，倒不如先歇一歇。这是苏轼对生命的看法，对生命的豁达的认识。苏轼巧妙地把人生和自然哲理联系在一起，将“真”与“无”贯通，得到了哲理性的升华，这体现了他的理性思想的成熟性与深刻性。

再如《浊醪有妙理赋》：

酒勿嫌浊，人当取醇。失忧心于昨梦，信妙理之疑神。浑盎盎以无声，始从味入；杳冥冥其似道，径得天真。

……

兀尔坐忘，浩然天纵。如如不动而体无碍，了了常知而心不用。坐中客满，唯忧百榼之空；身后名轻，但觉一杯之重。今夫明月之珠，不可以襦。夜光之璧，不可以哺。刍豢饱我而不我觉，布帛燠我而不我娱。唯此君独游万物之表，盖天下不可一日而无。在醉常醒，孰是狂人之药；

得意忘味，始知至道之腴。

……

我欲眠而君且去，有客何嫌；人皆动而我不闻，其谁敢接。殊不知人之齐圣，匪昏之如。古者晤语，必旅之于。独醒者，汨罗之道也；屡舞者，高阳之徒欤？恶蒋济而射木人，又何狷浅；杀王敦而取金印，亦自狂疏。故我内全其天，外寓于酒。浊者以饮吾仆，清者以酌吾友。吾方耕于渺莽之野，而汲于清泠之渊，以酿此醪，然后举洼樽而属吾口。[①]

此赋也写于绍圣元年，酷爱饮酒的苏轼在惠州最大的惊喜就是“此地无酒类的官方专卖，每家各有佳酿”。于是，他也开始品酒、酿酒，甚至还为酒取名字，也写下了不少关于酒的赋，这个便是其一。在题材的选择上，苏轼选择了酒这样的日常之物。在前文中，我曾提到苏轼在《东坡书传》中表达了他对于“真”的看法：“饮酒，人情所不免。禁而绝之，虽圣人而不能。”自古以来文人墨客少有不爱酒的，而不压抑嗜酒的天性并为之作赋就是苏轼之“真”的最大体现。全文围绕着酒，运用大量典故表现了苏轼对酒的喜爱、饮酒的快乐，以及旷达的人生态度。第一句“酒勿嫌浊，人当取醇”便道出了饮酒的奥义：酒的好坏不在于清浊，而在于味道是否醇厚，人生则在于淳朴天真。就像苏轼的人生一样，余味悠长，味香醇厚，正直自然，这也是他“人性”之“真”的侧写。将近花甲，苏轼参透了“情”于“性”外的表达，同时也能体悟到“性情合一”的奥秘——“无”，他的后期人生便是顺其自然，越发醇厚。“失忧心于昨梦，信妙理之疑神。浑盎盎以无声，始从味入。杳冥冥其似道，径得天真。”昨夜梦中忧心，今相信妙意理趣来安定心神。浑浊盈溢没有声音，开始从味觉进入。幽深昏暗好像是那条路，是获得事物天然本质的路径。苏轼融哲理于酿酒，从昏暗迷茫中探索出一条路，在酿酒的过程中发现“理”，把酿酒当作探寻真理的一种途径，充满了理性的认知。“稻米无知，岂解穷理；麴蘖有毒，安能发性。乃知神物之自然，盖与天工而

① 孔凡礼点校：《苏轼文集》，第21—22页，中华书局1986年版。

相并”是苏轼对人生的理解，神物乃酒，自然美好，且能与天上工匠相提并论，这是他对宇宙的探索与认知。

酒给了他很大启发，他在酿酒的过程中将实践与认知相结合，加深了他对“道”的认识，苏轼的理性思想逐渐成熟。“湛若秋露，穆如春风。疑宿云之解驳，漏朝日之暾红。初体粟之失去，旋眼花之扫空”是对酒的描述及喝酒后的感受。这酒清澈得像秋天的露水，喝下之后全身都温暖了。喝醉之后，我怀疑晚霞是离散间杂的，第二天漏了朝阳温暖的红色。刚喝下这酒，身上的疙瘩都消失了，不久眼睛也不花了。“身后名轻……不可一日而无”表明苏轼对酒的喜爱，功名利禄、宝物娱乐、锦衣玉食对苏轼来说都是虚浮的，人生在世，什么都可以没有，但是不能没有酒。上升到精神层面，也就是说，苏轼更看重精神需求，而不重视外界的物质，在有限的生命中，他更在乎他的精神境界，而酒能带他到达道的境界，到达“寄物而不留于物”的旷达境界。

诗言志，酒道情，“得时行道，我则师齐相之饮醇；远害全身，我则学徐公之中圣”表露了苏轼的人生哲学：不进则退，随遇而安。这里的齐相指西汉曹参，徐公则是三国时期的徐邈。这两句的意思是：“获得时机推行主张，我就要像曹参一样酣畅地喝酒。远离危险全身而退，我就学习徐邈那样醉酒。”也就是说，不管怎么样，我苏轼都要喝酒！这是旷达豪放的心迹表现，亦是苏轼对人生哲理的感悟，这是他“真”的性情与其“无”的旷达的融合。“酷爱孟生”，是苏轼对孟嘉的追求。苏轼对孟嘉的“酒中趣”有着不一样的理解，他认为这是对饮酒之醉与醒的辩论。“酒中真复有何好，孟生虽贤未闻道。醉时万虑一扫空，醒后纷纷如宿草。”（《孔毅父以诗戒饮酒，问贾田，且乞墨竹，次其韵》）醉的时候，万般忧虑一扫而空，悠然快乐。酒醒之后便像繁乱的隔年的草。可见，苏轼饮酒不同于其他人，他旨在通过饮酒达到超然物外的境界，达到“性情合一”的境界。刘伶“五斗解酲，不问妻妾”和陶潜“我欲眠而君且去，有客何嫌”实在是旷达至极，喝醉了就睡，喝死了就埋，大可不必去计较其他，苏轼在喝酒这一事件的看法上有超然物外、忘乎自我的智慧思想和对生命的思考。在殿上脱靴的谪仙人喜爱狂饮，追求大醉，而白居易则提倡适度饮酒，追求身体与精神达到一致性，并且以禅入酒入诗。苏轼或多或少受到二人的影响，便达到了圆润通达、饮酒酣畅、忘记现实一切的境界，也具有思辨和玄妙的色彩。淳于髡以“酒极则乱，乐极则悲，万事尽然。言不可极，极之而衰，以讽谏焉”。这实际上包含了矛盾对立转化的深刻哲理，万事万物达到顶峰就要走下坡路。苏轼使用这个典故，也包含了他对自己人生轨迹的认识，体现了他的不以物喜、不以己悲的心理状态。张廷尉、王式和杨恽的典故使用表现了苏轼豁然旷达的心态和刚正不阿的性格，即使遭到冷遇被迫离去，自己也有张廷尉那样的气度，自己也会直言纳谏。苏轼借时苗恶蒋济、王导记恨周颤的典故表明自己对饮酒的态度，这没有什么爱恨情仇，表现了苏轼不拘小节的达观心态。

“如如不动而体无碍，了了常知而心不用。”“如如”和“了了”都是佛家用语，是苏轼佛教思想与饮酒的融合，永恒存在的真知、世间一切事物的本质，明了于心，不会随着其他的事物和内心波动而改变，体现了宇宙的无限性，更是体现了苏轼“人本之性”中的“无”。这是一种无境界的境界，顺境时不过喜，逆境时不过悲。“在醉常醒，孰是狂人之药；得意忘味，始知至道之腴。”对苏轼来说，这不仅是在喝酒，更是通过喝酒来了解、体悟所谓的“道”。在此赋的最后，苏轼说：“所以我内心保持我所有的纯洁天真，在外的表现就是饮酒。浊酒给我的仆人喝，清酒给我的朋友喝。”这是他对事物本质的深刻认知，通过饮酒达到探索真知之境，体现着他对理性的思考，透露出他对人性之“真”，本性之“无”的理性认识。

苏轼的超然物外的理性认识与旷达酣适的饮酒态度互相印证，彼此促进。他的“性情合一”的人生态度在这里通过饮酒、酿酒探索出来，而这种态度也促使苏轼形成了乐观旷达的心态。林语堂在《苏东坡传》中描述迁谪之后的苏东坡：“他现在向前行进，无忧无惧，心中一片安温宁静。在过去的日子里，不管遇到何等问题，何等情形，他都以真诚勇敢之态度相向；他愿把一切付诸天命。”这时的苏轼思想中“真”与“无”具有了一致性，并且形成了完整的“性情合一”的体系。

四、儋州时《书上元夜游》——“性情合一”的终极体现

元符元年（1098）苏轼贬居儋州（今海南儋州），直到元符三年宋徽宗继位才接到调令。这时的苏轼已是垂暮之年的老翁了，经历了四十多年的宦海浮沉，老翁苏轼的心态早已平静下来。他做过最高的官，到过祖国的边界，认识过不同地方的人，结交了很多志同道合的朋友，在朝廷上对着“敌人”也曾怒发冲冠，但最后选择了和解与宽慰。在这人生的最后阶段，苏轼的“性情合一”之理已经完全成熟了。在此特选取《书上元夜游》来说明其思想：

> 己卯上元，予在儋州，有老书生数人来过，曰：“良月嘉夜，先生能一出乎?”予欣然从之。步城西，入僧舍，历小巷，民夷杂揉，屠沽纷然。归舍已三鼓矣。舍中掩关熟睡，已再鼾矣。放杖而笑，孰为得失?过问先生何笑，盖自笑也。然亦笑韩退之钓鱼无得，更欲远去，不知走海者未必得大鱼也。①

文字写于元符二年，是苏轼到儋州的第二个年头，虽然篇幅不长，但其中蕴含的人生哲理，却让人无法忽视。六十四岁，已不是能轻易入睡的年龄，更何况是心上沉甸甸的苏轼呢？然而苏轼并没有强迫自己入睡，而是听从了自己内心的意愿，做“真”的自己，顺势随着老书生数人入古寺，经小巷，乘兴而去，尽兴而归。夜不能寐仿佛是苏轼生活的常态了。常便意味着自然，失眠对于苏轼是自然而然的事情。夜深人静，周遭悄然无声，这是大自然反馈给苦闷的苏轼的礼物。静谧的环境勾起了苏轼埋藏心底的情思，让他“作文如行云流水，初无定质，但常行于所当行，止于所不可不止”。倾泻而下的情感，全部寄托到了他的作品之中。如夜不能寐踱步月下的《记承天寺夜游》、中秋佳节叙写悲欢离合的《水调歌头·明月几时有》，又如十年生死终

---

① 孔凡礼点校：《苏轼文集》，第2275—2276页，中华书局1986年版。

难忘的悼亡之词《江城子·乙卯正月二十日夜记梦》等，这里提到的《书上元夜游》也是其中一篇。

苏轼的“理”，在文章的后半段体现出来，主要体现为顺应苏轼“自然而然”的失眠形成的“顺应自然”的态度。时辰已过三更，花甲老人苏轼回到住宿地，“舍中掩关熟睡，已再鼾矣”。苏轼放杖而笑，感叹于“游”“睡”之得失。他的儿子苏过问他，您在笑什么？苏轼答道：“盖自笑也。”孰得？是舍中已鼾声如雷的亲眷得，还是夜半三更执杖归来的苏轼得？何者更为快乐呢？而又孰为得，孰为失？是韩退之“君欲钓鱼须远去，大鱼岂肯居沮洳”之得，还是其“不知走海者未必得大鱼也”之失？苏轼的人生也许曾经是一场博弈，但是在多年得与失之间，这场博弈早已没有了输赢。谁得？谁失？得了什么？失了什么？站在不同的视角，我们会发现得与失之间并没有定论：苏轼得了游玩之乐，但是在其亲眷眼里他一定少了酣睡的甜蜜；亲眷们得了沉睡之乐，但是在苏轼眼里他们一定少了一次与老书生夜半同游的机遇。这样的道理放在苏轼的人生大地图中也是成立的，苏轼被贬海南，在其仇敌朔党的眼里，失去了政治的话语权，他的人生也就这样失败了。但是在苏轼眼中却不然，他认为自己得了“自在”之乐。这是他对于“真”与“无”的禅悟，是经历了大起大落的东坡先生为其人生交的一份答卷，透过他对于其得与失的探索，我们邂逅了一个充满人生智慧的老人。“君不见黄河之水天上来，奔流到海不复回。君不见高堂明镜悲白发，朝如青丝暮成雪。”（李白《将近酒》）既然人生之水奔流到海，在时间长河其中漂游的人啊，又该做些什么？“行于所当行，止于所应止”应当是苏轼对于这个问题的回答。我们都是历史长河中的蜉蝣，也曾激流勇进，也曾随波逐流。生命终将逝去，激情褪去之后，苏轼却能做到在属于自己的小漩涡里快乐地旋转。苏轼的拐杖放下了，随着拐杖一起放下的，更是他对“得与失”的执着，这同样也表示他找到了打开生命有限性和宇宙无限性以及时光流动性这一死循环的钥匙，那就是，任真适情、乐观旷达、顺其自然的人生哲学。这也是苏轼人生之理的最终奥义——“性情合一”之理。

苏轼对于生命的参悟是由浅入深的，相应的，他笔下的理也经历了一个逐渐完善的过程，从早期敢于抒发自己独到见解，对政治充满热情的《凌虚台记》，到黄州时期漫游山水，从历史长河中找到兴废自然秘密的前、后《赤壁赋》，再到惠州时期能够自己选择人生道路的《记游松风亭》，能于小事之中体悟苦与乐的《浊醪有妙理赋》，到最后儋州时期人生恍然如梦，在得与失之间找到平衡的《书上元夜游》。于性情合一之中，于“真”与“无”（任真适情的处世原则和放旷达观的人生态度）之下，苏轼的理也经历了从早期只有“真”但未禅悟“无”，到黄州时期“无”初次体现，再到惠州时期“真”与“无”的交融，最后到“性情合一”的终极体现。在东坡先生的笔下，他心中的“理”逐渐成熟完善。苏轼古文可谓跨唐越汉，冠冕百代，具有恒久魅力，但这里的恒久魅力，并不仅仅在于波澜雅健的艺术呈现，更在于由此酝酿而成的深沉文化蕴涵。

第六章　苏辙与儒、释、道文化

苏辙（1039—1112），字子由，一字同叔，晚号颍滨遗老，眉州眉山人（今四川眉山）。与父兄合称“三苏”，唐宋八大家之一。苏辙早年笃信儒教，积极入世，然而仕途并不顺利。宋嘉祐二年（1057），十九岁的苏辙进士及第，此后便一直“耐心待选”；三十一岁才算正式出仕，旋即因为与王安石变法思想抵牾，外任陈州学官；四十一岁又因苏轼“乌台诗案”的牵累，被贬筠州（今江西高安）监盐酒税；元祐元年（1086），高太后执政，苏辙被重新起用，平步青云。绍圣元年（1094），哲宗恢复新法，苏辙再次被贬。此后，颠沛流离，直到六十六岁，才得以定居颍昌，至七十四岁病卒。他在《筠州圣寿院法堂记》言：“多病则与学道者宜，多难则与学禅者宜。”① 在经历过位极人臣的荣耀和多次被贬的凄惨之后，儒、释、道思想在苏辙身上渐趋合一。

第一节　笃信儒教

苏辙出生在一个有文化修养的家庭。祖父苏序好读书，善作诗。父亲苏洵为散文名家，“既壮而力学，晚而以德行文学名于世”。② 母亲程氏，“生而

① （宋）苏辙著，曾枣庄、马德富校点：《栾城集》，第503页，上海古籍出版社2009年版。

② （宋）苏辙著，曾枣庄、马德富校点：《栾城集》，第1568页，上海古籍出版社2009年版。

志节不群，好读书，通古今，知其治乱得失之故”。[1] 兄长苏轼服膺儒家经世济民思想，奋力而有用世之志。苏辙自幼师从父兄，秉承家学，深得儒家文化之精髓。他在《颍滨遗老传》自言：“平生好读《诗》《春秋》，病先儒多失其旨，欲更为之传。”[2] 看得出来，苏辙一生尤其注重对儒家经典的学习、思考和训解，并以之治身，以之谋生，自幼至老，从未改变，从未懈怠。

一、建功立业的入世情怀

读书入仕，建功立业，上以全节尽忠，匡扶社稷，下以荣华富贵，显扬后世，这是儒家文化重视现实功用的积极入世精神。苏辙从小就心忧天下之事、心怀报国之志，《四十一岁岁莫日歌》说：“少年读书不晓事，坐谈王霸了不疑。”[3]《初发彭城有感寄子瞻》也说：“闭门书史丛，开口治乱根。文章风云起，胸胆渤澥宽。不知身安危，俯仰道所存。”[4] 宋仁宗嘉祐二年，十九岁的苏辙给当时的枢密院太尉韩琦写了一封书信，即《上枢密韩太尉书》。信中，苏辙委婉地表达了自己希望得到韩琦的推荐，进而踏入仕途的意愿。苏辙先从自己的文学观点讲起，适时表达自己对韩琦的仰慕之情及拜见之意，之后又自然托出希望高人指点的愿望：

> 辙年少，未能通习吏事。向之来非有取于斗升之禄，偶然得之，非其所乐。然幸得赐归待选，使得优游数年之间，将归益治其文，且学为政。太尉苟以为可教而辱教之，又幸矣。[5]

这段话写得颇具策略，虽意在求官，却不径直言之。“然幸得赐归待选，使得优游数年之间”表明苏辙已经考取了功名，但尚未得到官职（宋朝士子考取

---

① （宋）苏辙著，曾枣庄、马德富校点：《栾城集》，第 1568 页，上海古籍出版社 2009 年版。

② （宋）苏辙著，曾枣庄、马德富校点：《栾城集》，第 1283—1284 页，上海古籍出版社 2009 年版。

③ （宋）苏辙著，曾枣庄、马德富校点：《栾城集》，第 210 页，上海古籍出版社 2009 年版。

④ （宋）苏辙著，曾枣庄、马德富校点：《栾城集》，第 160 页，上海古籍出版社 2009 年版。

⑤ （宋）苏辙著，曾枣庄、马德富校点：《栾城集》，第 478 页，上海古籍出版社 2009 年版。

功名后还需回乡待选）。那么待选这段时间做什么呢？苏辙说自己“年少，未能通习吏事”，故而正在学“为政”。韩琦久经宦场，不可能猜不出苏辙的真实意图不是想请教“为文”，而是想学“为政”。从这个角度看，苏辙《上枢密韩太尉书》确实算得上一篇成功的干谒之作。

苏氏兄弟此次来京，是抱定建功立业之心的。苏轼在《沁园春·孤馆灯青》中回忆当时与苏辙客居京师的情景时说道：“当时共客长安。似二陆、初来俱少年。有笔头千字，胸中万卷，致君尧舜，此事何难。”① 长安，代指宋都汴京。二陆，指西晋诗人陆机、陆云兄弟。吴亡后，二陆入洛阳，以文章为当时士大夫所推重。苏氏兄弟赴京后的情景与此很像。当年，苏氏兄弟俩具有远大抱负，决心像伊尹“使是君为尧舜之君”② 那样，以实现其“结人心、厚风俗、存纪纲”③ 的政治理想。兄弟俩“笔头千字，胸中万卷”④，满怀信心和希望。然而，在经历了岁月的洗涤之后，苏辙已经褪去了当初的锋芒，他的入世之心与隐逸之思逐渐交织在一起，有时还会出现一些仕隐矛盾，如他的《和孔武仲金陵九咏·见江亭》：

江水信浩渺，连山巧蔽亏。端能上崄绝，故自识津涯。
灭没樯竿度，飘摇鹭羽迟。何人倚舟望，亦爱此峰危。⑤

此诗作于“乌台诗案”之后。当时，苏辙受苏轼的牵连被贬筠州（今江西高安）。激烈的党争和残酷的政治迫害使他对官场有了一定的畏葸情绪，归隐思想渐渐抬头。在和朋友游览金陵时，他在《和孔武仲金陵九咏·此君亭》不禁感叹“故山多此物，长恨未归休”⑥，希望可以就此隐居山水田园，远离庙

---

① 邹同庆、王宗堂校注：《苏轼词编年校注》，第 134 页，中华书局 2002 年版。
② 杨伯峻译注：《孟子译注》，第 225 页，中华书局 1960 年版。
③ 孔凡礼点校：《苏轼文集》，第 729 页，中华书局 1986 年版。
④ 邹同庆、王宗堂校注：《苏轼词编年校注》，第 134 页，中华书局 2002 年版。
⑤ （宋）苏辙著，曾枣庄、马德富校点：《栾城集》，第 220 页，上海古籍出版社 2009 年版。
⑥ （宋）苏辙著，曾枣庄、马德富校点：《栾城集》，第 220 页，上海古籍出版社 2009 年版。

堂纷争。当然，此时的苏辙对仕途并没有完全放弃，他只是像很多文人士大夫一样，因为自己的怀才不遇、壮志难酬而感到失望、苦闷。一旦有机会，他还是希望自己能披荆斩棘，“何人倚舟望，亦爱此峰危”以攀上高峰。

二、忠君爱国的儒家精神

忠君爱国是儒家竭力追求的政治理想与伦理道德精神的最高境界。对从小接受儒家正统教育的苏辙来讲，忠君爱国的思想几乎贯穿了他的一生。苏辙十分重视君臣关系，他强调在君臣关系中，臣应事君以忠，如他在《春秋集解》注昭公十九年中说：

> 许悼公疟，饮世子止之药而卒，其以弑书之何也？止虽不志乎弑其君，由止以卒，则亦止弑之也。君由止以卒，而不以弑君书之，则臣将轻其君，子将轻其父，乱之道也，故止之弑君……所以隆君父也。①

许悼公有疾，服用了许世子献上的药后身亡。许世子并没有弑君之意，却误杀了许悼公。《春秋》记载这段历史的时候用了“弑”字（春秋笔法以一字寓褒贬，臣民杀死君主为“弑”，以示对此行为的否定）。苏辙认为《春秋》这样处理是为了强调君主的尊崇地位，使世人树立忠君思想：“故止之弑君……所以隆君父也。”倘若《春秋》不以世子之“弑”为戒，世人便会以君主为轻，从而导致社会秩序的大乱：“君由止以卒，而不以弑君书之，则臣将轻其君，子将轻其父，乱之道也。”当然，苏辙所说的“忠君”并不是一味地愚忠，而是具有辩证色彩。“春秋时期的弑君行为历来被视为违反纲常伦理的首恶之罪，宋代孙复、朱熹等无不深疾之。但苏辙却并不一概而论。他认为，如果是因为君王自身的无道而遭致的杀身之祸，那么百姓或臣子则当无罪。”②

---

① （宋）苏辙撰，王云五主编：《春秋集解》，第 123 页，商务印书馆 1926 年版。

② 刘茜：《苏洵文论中的权变思想及苏辙〈春秋集解〉的历史变易观》，《湖南社会科学》2018 年第 3 期。

在他看来，君主权威固然应当尊重，但这仅限于对有道君主。如果杀掉有道君主，应该予以批判，而杀掉无道君主，则无可指责。如《春秋集解》注成公十八年“庚申，晋弑其君州蒲”载臣民杀厉公之事，苏辙的态度就十分明确：“栾书、中行偃、实弑厉公，然而厉公陵虐其臣民，以及于祸，故称国以弑，罪在君也。”① 苏辙认为，厉公因违背了民愿而招致祸患，其过错在于君主而不在于臣民。

苏辙的“忠君”与“爱国”思想是联系在一起的。宋仁宗嘉祐六年（1061），苏辙参加直言极谏科考试时，以国计民生为虑，毫无顾忌地指陈帝王之失：“近岁以来，宫中贵姬至以千数。歌舞饮酒，欢乐失节；坐朝不闻咨谟，便殿无所顾问……疲民咨嗟，不安其生。而宫中无益之用，不为限极，所欲则给，不问无有……臣恐陛下以此获谤，而民心之不归也。”②“女宠”是当时极为敏感的问题，帝王要维持圣德的形象，就要克己复礼，实现政治清明。臣子正面指斥君主贪恋女色，享乐无度，极有可能招致天子的不满，于仕途无益。而苏辙能够不计个人得失，犯言直谏，劝导君王，其忠君爱国之心可见一斑。元祐入朝以后，苏辙延续了这种直言敢谏的风格。据统计“仅元祐元年二月至九月任右司谏，苏辙即上奏七十四篇，元祐五年五月至六年二月任御史中丞，即上奏近五十篇……奏议内容涉及变法、人事、科举、边患、财利、治水等各方面。”③

只要有关国计民生的问题，苏辙均能做到坦言直陈。即使在新旧党争的背景下，苏辙也能从国民利益出发，坚持自己的立场。宋神宗时期，王安石推行变法，在一定程度上改变了北宋积贫积弱的局面，但由于执行中的不良运作，也对百姓的利益造成了不同程度的损害。得知此事后，苏辙作《自齐州回论时事书》列举了新法的诸多害处，希望朝廷可以斟酌改正：“盖青苗行而农无余财，保甲行而农无余力，免役行而公私并困，市易行而商贾皆病。

---

① （宋）苏辙撰，王云五主编：《春秋集解》，第 98 页，商务印书馆 1926 年版。

② （宋）苏辙著，曾枣庄、马德富校点：《栾城集》，第 1715—1719 页，上海古籍出版社 2009 年版。

③ 沙红兵：《苏辙元祐时期的骈体表状——兼论苏辙同一时期的散体奏议》，《文教资料》2007 年 5 月号下旬刊。

上则官吏劳苦，患其难行；下则众庶愁叹，愿其速改。”[①] 苏辙的出发点是“愚蠢之人，志在忧国”，但他的上书触犯到当时新党的利益，最终被贬出了朝廷。高太后执政后，新党被推翻，旧党得势。对执政的旧党，苏辙也不是一味逢迎，在全面叫停新法的主张上，苏辙持坚决反对意见。他认为，新法中存在于民有利的部分，应兴利除弊而不能全盘否定，这与司马光政见抵牾，再次被贬。“建功立业”的入仕情怀在苏辙早期思想中表现得非常明显，随着政治上的屡屡受挫，他的进取之心有所消解，晚年更倾向于三教融通，于是自足自适思想萌发起来。

三、自足自适的人生哲学

苏辙少年时期笃信儒教，积极入世，然而困囿于新旧党争，建功立业的抱负很难实现，有时还会因言获罪，遭到贬谪。他在《次韵赵至节推首夏》中透露过自己被贬后的处境：“官居寂寞如僧舍，海燕怜贫故入扉。”[②]《官居即事》也说：“此身已分长贫贱，执爨缝裳愧老妻。”[③] 被贬出京后，贫困、孤寂是他的常态。然而，他没有一味地消沉、抱怨，抱道不曲、安贫乐道是他消解痛苦的良方。

抱道不曲是苏辙终生奉行的人生信条。在现实中，他始终能做到“支体虽羸心不屈”“古之所谓知道者，邪词入之而不能荡，诐词犯之而不能诈，爵禄不能使之骄，贫贱不能使之辱”[④]。苏辙认为，“邪词”“诐词”都是有悖于“道”的歪理邪说，君子不能因“邪词”“诐词”而动摇本心，应保持君子风范，做到富贵而不骄，贫贱而不辱。苏过在祭文中高度赞扬了苏辙这种精神：

> 公之在庙堂也，则壬人废而蛮夷服，礼乐正而朝廷尊；排申商之充塞，非仁义而莫陈。庶几乎虞夏之风，反朴而还淳矣……脱身南荒而归

① （宋）苏辙著，曾枣庄、马德富校点：《栾城集》，第 771 页，上海古籍出版社 2009 年版。
② （宋）苏辙著，曾枣庄、马德富校点：《栾城集》，第 116 页，上海古籍出版社 2009 年版。
③ （宋）苏辙著，曾枣庄、马德富校点：《栾城集》，第 252 页，上海古籍出版社 2009 年版。
④ （宋）苏辙著，曾枣庄、马德富校点：《栾城集》，第 486 页，上海古籍出版社 2009 年版。

> 也，则淡然箕山之下，淇水之滨。友巢由于千载，追松乔于白云。盖与世两相忘，默渊潜而自珍。托《春秋》以见志，戮奸究于灰尘。①

苏过认为苏辙无论富贵还是贫贱都能保持贤者的风范，抱道不曲。苏辙“达”时则身居庙堂，注重仁义礼仪，致力于传播大道。“穷”时则退居草泽，效法古代隐士，“渊潜以自珍”。正如《论语·泰伯》所言：“天下有道则见，无道则隐。”②《孟子·尽心上》的：“穷则独善其身，达则兼善天下。”③ 无论身居庙堂还是退居草泽，苏辙都没有动摇本心，附庸权贵。所谓“爵禄不能使之骄，贫贱不能使之辱”，不外如是。

安贫乐道是苏辙处穷的另一态度。在这方面，苏辙在《寄题孔氏颜乐亭》以颜回为典范：“嗟哉古君子，至此良独难。口腹不择味，四体不择安。”④ 他钦佩颜回安贫乐道的精神，称赞其将乐趣寄托于本心，不耽物质，不苦生计：“欲忘富贵乐，托物仅自完。无托中自得，嗟哉彼诚贤！”⑤ 苏辙曾以颜回自比：“颜子箪瓢陋巷，我是谓也。”在诗歌中，他反复用颜回的典故表白心迹，如《杂兴二首》其一：“陋巷丈夫病且贫，悬鹑百结聊庇身。”⑥《次韵傅宏推官义方亭》：“居近古城心自幽，箪瓢足用更何求？”⑦ 《冬至雪二首》其二：“佳节萧条陋巷中，雪穿窗户有颜风。”⑧《新作南门》：“陋巷正与颜生同，势家笑唾傥见容。”⑨ ……苏辙自颜回精神中领悟到：在君子处穷之际，不妨先将儒家功名仕进之心搁置一边，以求内心的自足自乐。他在《和柳子玉地炉》

① （宋）苏过著，舒大刚等校注：《斜川集校注》，第557页，巴蜀书社1996年版。
② 杨伯峻译注：《论语译注》，第82页，中华书局1980年版。
③ 杨伯峻译注：《孟子译注》，第304页，中华书局1960年版。
④ （宋）苏辙著，曾枣庄、马德富校点：《栾城集》，第310页，上海古籍出版社2009年版。
⑤ （宋）苏辙著，曾枣庄、马德富校点：《栾城集》，第310页，上海古籍出版社2009年版。
⑥ （宋）苏辙著，曾枣庄、马德富校点：《栾城集》，第159页，上海古籍出版社2009年版。
⑦ （宋）苏辙著，曾枣庄、马德富校点：《栾城集》，第176页，上海古籍出版社2009年版。
⑧ （宋）苏辙著，曾枣庄、马德富校点：《栾城集》，第1508页，上海古籍出版社2009年版。
⑨ （宋）苏辙著，曾枣庄、马德富校点：《栾城集》，第1513页，上海古籍出版社2009年版。

中说："宠辱两忘轻世味。"① 在《将移绩溪令》中说："它年贫富随天与，何日身心听我闲?"② 这种追求心灵上的通达、平和以消解现实痛苦的思想，与佛家所讲"性常清净"、回归本心，道家所说"虽有荣观，燕处超然"有着异曲同工之妙。

第二节　多难学禅

苏辙的一生，与佛教有着密切的关系。"苏辙幼时即受佛教熏染。其父苏洵与云门宗僧圆通居讷交情深厚，母亲程氏亦有虔诚的佛教信仰。兄长苏轼更是浸淫佛禅，兄弟二人还常共同探讨佛理。后随着仕途偃蹇、人生困顿，苏辙逐渐倾心佛教，与僧人往来密切。"③ 他早年笃信儒学，将佛学当作一种不同于儒学的异质文化来欣赏。"中年尤其是元丰三年（1080）因兄苏轼入狱事牵连贬筠州以后，由于仕途的挫折，再加上江西浓郁的佛教氛围，参禅悟道越来越成为他生活中的一个重要内容。"④ 元祐年间，高太后执政，作为旧党的苏辙得到重用，在朝廷中平步青云。而后，随着绍圣元年（1094）哲宗开始恢复新法，苏辙再一次被贬谪，甚至"岁经三黜"。他在《筠州圣寿院法堂记》中说"多难则与学禅者宜"⑤，历经波折后，佛学成为苏辙慰藉心灵的良药之一。

一、去妄归真的禅学思想

宋代居士佛教主要有天台、华严、禅与净土四宗，此四宗多少都对苏辙

---

① （宋）苏辙著，曾枣庄、马德富校点：《栾城集》，第 81 页，上海古籍出版社 2009 年版。

② （宋）苏辙著，曾枣庄、马德富校点：《栾城集》，第 308 页，上海古籍出版社 2009 年版。

③ 曹磊：《苏辙与〈楞严经〉》，《海南大学学报》2019 年第 1 期。

④ 张煜：《苏辙与佛教》，《宗教学研究》2006 年第 3 期。

⑤ （宋）苏辙著，曾枣庄、马德富校点：《栾城集》，第 503 页，上海古籍出版社 2009 年版。

产生过影响，其中影响最大的当属禅宗。[①] 苏辙在《送琳长老还大明山》一诗中记述了自己被禅师开释的情景："我昔未闻道，问以所入门。告我从信入，授我普眼篇。冉冉百尺松，起自一寸根……"[②] 诗中所提到的"普眼篇"即《圆觉经》第三章"普眼菩萨"。而这位给苏辙入门指引的便是当时著名的云门宗[③]怀琏禅师，他告诉苏辙学习佛法要从"信"入手，从而将苏辙领入了禅宗的门径。另一位对苏辙有重要影响的是临济宗黄龙派[④]的景福顺禅师，《五灯会元》将苏辙列为其法嗣。景福顺禅师与其父苏洵是旧交。元丰五年（1082），苏辙受苏轼"乌台诗案"牵连获罪，被贬到筠州，旁人唯恐避之不及，而景福顺禅师却无所顾忌，坦然与苏辙相交，并传授他许多佛法。兹举《景福顺老夜坐道古人搐鼻语》一例：

中年闻道觉前非，邂逅仍逢老顺师。
搐鼻径参真面目，掉头不受别钳锤。
枯藤破衲公何事，白酒青盐我是谁？
惭愧东轩残月上，一杯甘露滑如饴。[⑤]

"搐鼻"指禅宗著名的"野鸭子"公案。这段公案是讲，怀海禅师陪同马祖在外行脚，恰好有一群野鸭子飞过。马祖问："是什么?"怀海禅师道："野鸭子。"马祖问："甚处去也?"怀海禅师道："飞过去也。"马祖突然转身，使劲拧怀海禅师的鼻子，怀海禅师疼得失声大叫。马祖道："又道飞过去也!"怀海禅师恍然悟道。这则公案看似简单，实则充满禅机。野鸭有来去，但知性

---

① 禅宗自初祖菩提达摩，经二祖慧可、三祖僧璨、四祖道信、五祖弘忍之后，分为六祖惠能的南宗禅及神秀的北宗禅。北宗禅主张渐悟，不久即衰落；南宗禅主张顿悟，在中唐以后渐兴，成为禅宗主流，而传衍出五家七宗诸派，即临济宗、曹洞宗、沩仰宗、云门宗、法眼宗等五家，加上由临济宗分出的黄龙派和杨岐派，合称"七宗"。

② （宋）苏辙著，曾枣庄、马德富校点：《栾城集》，第 327 页，上海古籍出版社 2009 年版。

③ 云门宗，禅宗的流派之一，在北宋时极盛。

④ 临济宗在北宋时期发展势头迅猛，分化出黄龙、杨岐两派。

⑤ （宋）苏辙著，曾枣庄、马德富校点：《栾城集》，第 302 页，上海古籍出版社 2009 年版。

无来去，怀海禅师随逐妄心而分别外境，是遗失了本心。景福顺禅师给苏辙讲这个公案，意在启发苏辙不要因遭受贬谪而陷入心随境转的误区，应坚守本心，宠辱不惊。“枯藤破衲公何事，白酒青盐我是谁”两句是苏辙的悟道之语。“枯藤破衲”一句写景福顺禅师的形象：形容枯槁，一身破衲，像叫花子一样，但法师并不在意外在形象的简陋；“白酒青盐”是说苏辙自己被贬后做了监察盐酒税务的小官。通过此二句的对比，苏辙领悟了外在的形象、变迁的官职皆是“妄我”，而非“真我”。“真我”应是圆满清净的，不受外在顺逆境遇的影响。

宋崇宁三年（1104），在经历过位极人臣的风光与被贬循州的落魄后，苏辙定居颍川，自此参禅打坐，不再贪恋红尘。岁月与世难的磨洗使苏辙对禅学有了更深的领悟，回首自己的一生，他在《渔家傲·和门人祝寿》不禁感叹道：

> 七十余年真一梦，朝来寿斝儿孙奉。忧患已空无复痛，心不动，此间自有千钧重。　　早岁文章供世用，中年禅味宜天纵。石塔成时无一缝，谁与共？人间天上随他送。①

这首词以“七十余年真一梦”起笔，给人以人生如梦之感。梦醒之后，往日的忧患苦痛，曾经的庙堂、党争都已不复存在。“早岁文章供世用”，苏辙早年服膺儒家入世思想，写下了许多治世文章，也曾因言获罪，屡遭谪难。而现在，这些已如一场大梦，烟消云散。《金刚经》云：“一切有为法，如梦幻泡影，如露亦如电，应作如是观。”②《坛经》曰：“于诸法上，念念不住，即无缚也。”③ 佛家认为，只要“心不动”，就不会被万象所迷惑。苏辙的顿悟就在于此。

---

① （宋）苏辙著，曾枣庄、马德富校点：《栾城集》，第1737页，上海古籍出版社2009年版。

② （后秦）鸠摩罗什译，（元）释思聪注：《金刚般若波罗蜜经》，中华再造善本，影印元至正元年刘觉广江陵刊经所刻朱墨套印本，第92—93页，北京图书馆出版社2006年版。

③ （唐）慧能著，郭明校释：《坛经校释》，第32页，中华书局1982年版。

二、回归清净的禅悦之心

苏辙素有用世之志，仕途却非常不顺。他初入朝堂时直言敢谏，为当权者所不喜，长期沉沦下僚，中年之后党争开始了，与新党魁首政见不合，致使他的为官之路波折重重。高太后执政后，苏辙虽凭借旧党身份，一路高升，却仍然面临着来自各方的压力。绍圣之后，皇帝重新启用新党，旧党遭到清算，苏辙被一贬再贬。这一切与他“致君尧舜”的心愿产生了极大的矛盾，使他的心神时时处在一种煎熬的状态之中。为了平息这种痛苦，苏辙决定修习佛学，《筠州圣寿院法堂记》中说“多难则与学禅者宜”①，是以参禅悟道来获得超脱。

佛家认为，众生的烦恼痛苦均来自于“无明”的妄念，这种“无明”之念导致原本清净的心被种种虚妄所遮蔽，即《坛经》中的：“自性常清净；日月常明，只为云覆盖，上明下暗，不能了见日月星辰。”② 想要得到解脱，必须把内心的诸多妄念拨开，让心回归平静。试看一首苏辙表现回归清净之心的禅悦作品：

> 慈心净无垢，尚爱南斋竹。
> 当暑得清风，冷然若新沐。③

此为苏辙《遗老斋绝句十二首》其三。这首小诗以竹来比喻禅心。竹是一个特殊的文化符号，在很多地方都能看到它的身影，诸如“岁寒三友”“四君子”，等等。而人们之所以赋予竹这么多美好的称号，看中的便是它的品质。比如，它的心是中空的，正如修禅之后的本心，清净无垢，而以无垢之心观物，物皆清净。再如，竹无畏严寒，经冬不凋，正如禅定之心，无论遭遇现

---

① （宋）苏辙著，曾枣庄、马德富校点：《栾城集》，第 503 页，上海古籍出版社 2009 年版。
② （唐）慧能著，郭明校释：《坛经校释》，第 39 页，中华书局 1982 年版。
③ （宋）苏辙著，曾枣庄、马德富校点：《栾城集》，第 1475 页，上海古籍出版社 2009 年版。

实多少波折，都能保持本色，回归清净："当暑得清风，冷然若新沐。"

禅宗提倡心性本净，佛性本有，见性成佛，旨在劝导弟子修炼清净之心，不为外物所扰。苏辙诗中有对这一禅理的领悟，《示资福谕老》诗云：

> 幽居百无营，孤坐若假寐。根尘两相接，逆流就一意。意念纷无端，中止不及地。寂然了无觉，乃造真实际。百川入沧溟，众水皆一味。止为潭渊深，动作涛澜起。动止初何心？乃遇适然耳。吾心未尝劳，万物将自理。①

"根尘"指佛教的"六根"（眼、耳、鼻、舌、身、意六种感官）与"六尘"（色、声、香、味、触、法六种外境）。"根尘两相接，逆流就一意。"佛教认为，根尘相接，才有意识的产生。诗人打坐参禅，根尘相接之间，而意念纷乱，难以平息，这并不是他理想的禅修体验，他认识到，唯有摒除妄念"寂然了无觉"，不起分别之心"众水皆一味"，才能使心性回归空寂。这种超脱外境的禅修体验在其他作品中也有体现，如《遗老斋绝句十二首》其二云："众音入我耳，诸色过吾目。闻见长历然，灵源不受触。"②《初成遗老斋二首》其二曰："无心已绝衣冠念，有眼不遭车马尘。"③ 在禅宗看来，大千世界，万物变化多端，只要守住灵台清明、一心不乱，便能回归清净本心，认知世界的本原。

苏辙"回归清净"之心与"去妄归真"之念是一脉相承的。他之所以"去妄归真"，勿使心随境转，其目的便是要"回归清净"，得到解脱。这一点与儒家所讲的自适精神、道家所说"虽有荣观，燕处超然"十分类似。正是这种面对外境变化而内心湛然不动的体验，使苏辙能够在漫长的流放生涯中，保持生活和创作的热情，平安度过官场中的各种危机。

---

① （宋）苏辙著，曾枣庄、马德富校点：《栾城集》，第 1160 页，上海古籍出版社 2009 年版。

② （宋）苏辙著，曾枣庄、马德富校点：《栾城集》，第 1475 页，上海古籍出版社 2009 年版。

③ （宋）苏辙著，曾枣庄、马德富校点：《栾城集》，第 1456 页，上海古籍出版社 2009 年版。

第三节 推崇道教

苏辙与道家、道教结缘甚早，曾自言“少小本好道”。年幼的苏辙在父亲的安排下，与兄长一起在天庆观读书，并拜道士张易简为师，《龙川略志》中说：“予幼居乡闾，从子瞻读书天庆观。”① 少年求学的经历在他心中埋下了道教的种子，但此时的苏辙还致力于修习儒家学说，仅将道家学说当作一种异质文化来欣赏，中年饱经世难之后，与道家的交往便多了起来，晚年更专心著《老子解》，于《赠王复处士》中感慨“为生有道终安隐”②。

一、兼采道教的政治观念

苏辙与父苏洵、兄苏轼共同创立蜀学，遍采六经百家之说，又吸取老庄道家学说和佛教思想，形成“三教合一”的思想体系。与学术上坚持三教合一的思想相同，在政治上，苏辙也提倡融合三教。这一点，在苏辙早年的政论文中已见端倪。宋仁宗嘉祐六年（1061），苏辙进《老聃论》一文，提出：“天下之事，安可以一说治也?”③ 他认为，世间之事纷繁复杂，很难以一家之说治平天下。儒、道思想属于不同的思维谱系，不能以周公、孔子之言定老庄是非，而应辩证地看待二者的得失、利弊。就治国而言，老庄所说“无所是非”与孔子所云“无可无不可”观点略同，道家讲“常无欲，以观其妙”“常有欲，以观其徼”“无之以为用”“有之以为利”与儒家中庸思想也有些类似。

苏辙《商论》引用了老子的观点：“行其至柔之道，以揉天下之戾心，而去其刚毅勇果之志……故夫物之强者易以折，而柔忍者可以久存。”④ 老子《道德经》第七十六章云：“人之生也柔弱，其死也坚强。万物草木之生也柔

---

① （宋）苏辙撰：《龙川略志》，第 1 页，中华书局 1982 年版。

② （宋）苏辙著，曾枣庄、马德富校点：《栾城集》，第 333 页，上海古籍出版社 2009 年版。

③ （宋）苏辙著，曾枣庄、马德富校点：《栾城集》，第 1605 页，上海古籍出版社 2009 年版。

④ （宋）苏辙著，曾枣庄、马德富校点：《栾城集》，第 1573—1574 页，上海古籍出版社 2009 年版。

脆，其死也枯槁。故坚强者死之徒，柔弱者生之徒。是以兵强则不胜，木强则兵。强大处下，柔弱处上。”[①] 这段话的意思是，活的个体是柔弱的，死的个体是坚强的。用兵逞强容易招致灭亡，树木强大容易遭到摧折。因此，凡是强大的，总是处于下位，凡是柔弱的，反而居于上位。苏辙在论治的时候吸收了老子这一思想，主张为政者应善用柔弱谦下之术，“行其至柔之道，以揉天下之戾心，而去其刚毅勇果之志”，以“柔”来中和暴戾之心。

苏辙早年虽肯定道家学说的治国功用，但彼时其毕竟是踌躇满志的青年人，情感上更加倾向儒家之说，对“弃仁义，绝礼乐”的道家思想虽印象深刻，尚难将其视为至理（儒、道素来有仁义礼乐之争，老子强烈反对仁、义、礼、圣、智：“绝圣弃智，民利百倍；绝仁弃义，民复孝慈。”[②] “夫礼者，忠信之薄而乱之首。”[③] 而仁、义、礼、圣、智正是儒家积极提倡的）。而后经历宦海沉浮，苏辙对道家、道教的情感与认识已与年轻时大不相同，晚年作《老子解》重新诠释道家“弃仁义，绝礼乐”的思想。苏辙指出，老子反对的并不是真正的仁、义、礼、圣、智，而是流于表面与形式的假仁、假义、假礼、假圣、假智。于老子而言，道是“形而上”的道；仁、义、礼、圣、智是“形而下”的器，一旦器流于形式，道就会被掩盖而招致祸患。这是老子的“尊道”思想。孔孟教导世人崇尚仁、义、礼、圣、智，摒弃恶俗的假仁、假义、假礼、假圣、假智。这是孔孟的“重器”思想。而“道”与“器”恰好是辩证统一的，二者互为补充，同为治国之用。

二、多病宜道的养生主张

苏辙自幼身体不佳，患有严重的脾、肺疾病。这一点，他在诗文中多次提到，如《丁亥生日》：“少年即病肺，喘作锯木声。中年复病脾，暴下泉流

---

① （魏）王弼注，楼宇烈校释：《老子道德经注校释》，第 185 页，中华书局 2008 年版。

② （魏）王弼注，楼宇烈校释：《老子道德经注校释》，第 45 页，中华书局 2008 年版。

③ （魏）王弼注，楼宇烈校释：《老子道德经注校释》，第 93 页，中华书局 2008 年版。

倾。”[①]《服茯苓赋（并序）》：“余少而多病，夏则脾不胜食，秋则肺不胜寒。”[②] 少年时代的苏辙已饱受肺病的折磨，中年又增添了脾胃的困扰，以至于稍微受寒便“暴下”，急性腹泻不止。这些病痛并非偶尔光顾，如“肺病比不作，屈信三十年”[③]，“我病在脾胃，一病四十年”[④]。旷日持久的病痛促使苏辙不得不向外寻求道教的养生之法，如《筠州圣寿院法堂记》：“多病则与学道者宜。”[⑤] 还有《赠致仕王景纯寺丞》：“年来四十发苍苍，始欲求方救憔悴。”[⑥]

苏辙修习养生法自内丹术开始。此术在宋代士大夫中颇为流行，宋人认为借助内丹修炼，可以调整人体阴阳平衡，疏通经络，祛病延年。宋熙宁三年（1070）苏辙受张方平之征召做陈州教授。张方平喜好道学，身边常有道人活动，借此机会，苏辙认识了许多道人朋友，习得了道家的内丹术。此后他用心钻研，坚持修炼，一段时间后，精气神有了明显的变化：“（苏辙）面殊清润，目光迥然。”又练了一段时间，竟大大缓解了积年旧疾，他在《服茯苓赋（并序）》说：“或怜而受之以道士服气法（内丹术）。行之期年，二疾良愈。”[⑦] 苏辙对内丹术有自己的一番体会，他在《龙川略志》中说：“养生有内外。精气，内也，非金石所能坚凝。四支、百骸，外也，非精气所能变化。”[⑧] 苏辙认为，养生之术分为内外两种，内修主要调养精气，修炼内丹，获得长生不死之身：“内丹成，则不能死矣。”外修则需锻造四肢百骸，并借助丹药延年益寿。虽然外丹可以“点瓦砾、化皮骨，飞行无碍”，但是如果只服食外丹而不炼就内丹，还是免不了一死：“内丹未成，内无以受之，则服外

① （宋）苏辙著，曾枣庄、马德富校点：《栾城集》，第1454页，上海古籍出版社2009年版。
② （宋）苏辙著，曾枣庄、马德富校点：《栾城集》，第415页，上海古籍出版社2009年版。
③ （宋）苏辙著，曾枣庄、马德富校点：《栾城集》，第1463页，上海古籍出版社2009年版。
④ （宋）苏辙著，曾枣庄、马德富校点：《栾城集》，第1509页，上海古籍出版社2009年版。
⑤ （宋）苏辙著，曾枣庄、马德富校点：《栾城集》，第503页，上海古籍出版社2009年版。
⑥ （宋）苏辙著，曾枣庄、马德富校点：《栾城集》，第160页，上海古籍出版社2009年版。
⑦ （宋）苏辙著，曾枣庄、马德富校点：《栾城集》，第415页，上海古籍出版社2009年版。
⑧ （宋）苏辙撰：《龙川略志》，第3页，中华书局1982年版。

丹者多死。”[①] 从现代医学角度看，无论内修精气还是外吞仙药，人都难免一死，祈求长生不死是苏辙认识的局限。然而从苏辙的角度讲，他强调内外兼修以自养生，较之前人吞食金丹以求长寿，已有长足的进步。

苏辙还十分重视道家滋补食疗的方法。其晚年读《抱朴子》，见葛洪“言服气与草木之药，皆不能致长生。古神仙真人皆服金丹”[②]，心有所感。然而自己“汨没世俗，意金丹不可得也”，只有“求之草木之类”,[③] 以期达到长生的效果。他在《服茯苓赋（并序）》中说到茯苓的妙用：“寒暑不能移，岁月不能败者，唯松柏为然。古书言松脂流入地下为茯苓，茯苓又千岁则为琥珀，虽非金石，而其能自完也亦久矣。”[④] 苏辙认为，草木之中，唯有松柏寒暑不能损伤，岁月不能摧折。松脂流入地下为茯苓，埋藏千年为琥珀。故而不是仙丹却有长生效果的是茯苓。茯苓确实是补肾健脾的养生珍品，对常有脾肺之症的苏辙来说，可“解急难于俄顷，破奇邪于邂逅”。服食茯苓“可以固形养气，延年而却老者”。久服更能“安魂魄而定心志”，“颜如处子，绿发方目。神止气定，浮游自得。然后乘天地之正，御六气之辨，以游夫无穷”。[⑤] 除茯苓外，苏辙还喜欢食用红枣。他在《刘凝之屯田哀辞并叙》中记载了自己煮枣为食的经历：“予以罪谪高安，过君之庐……见凝之，始得道士法，却五谷，煮枣以为食，气清而色和。”[⑥] 此时的苏辙受到苏轼的牵连，被贬到筠州做了监察盐酒税务的小官。虽身居贬所，冗务繁杂，却没有黯然之色，反而“气清而色和”，可见修道养生不仅治愈了苏辙外在的疾病，对他内在的修心养性也有极大的帮助。

到了老年，苏辙仍不放弃修道养生，大观二年（1108），已经七十岁的苏辙还在写诗叙述自己的养生心得，如《服栗》：“老去日添腰脚病，山翁服栗

① （宋）苏辙撰：《龙川略志》，第 3 页，中华书局 1982 年版。

② （宋）苏辙著，曾枣庄、马德富校点：《栾城集》，第 415 页，上海古籍出版社 2009 年版。

③ （宋）苏辙著，曾枣庄、马德富校点：《栾城集》，第 415 页，上海古籍出版社 2009 年版。

④ （宋）苏辙著，曾枣庄、马德富校点：《栾城集》，第 415 页，上海古籍出版社 2009 年版。

⑤ （宋）苏辙著，曾枣庄、马德富校点：《栾城集》，第 416 页，上海古籍出版社 2009 年版。

⑥ （宋）苏辙著，曾枣庄、马德富校点：《栾城集》，第 426 页，上海古籍出版社 2009 年版。

旧传方。经霜斧刃全金气，伸手丹田借火光。”[①] 然而人的生命终究是有限的，再如何修炼也敌不过造化的无情。对此，苏辙也不悲观，他晚年所写的记病诗中，清晰地展现了他对待疾病与死亡的达观态度。那种“回看尘劳但微笑”“信脚直前无别巧”[②] 的乐观精神和积极心态，值得后人去学习和发扬。

苏辙一生致力于融合三教。他不仅继承了儒家文化的基本精神，同时也在佛老之学中吸收营养，从而形成一种全新的人格类型。将入世与出世、为官与隐逸、兼济天下与独善其身结合起来，得意时秉承儒家的政治态度，失意时则借助佛老思想排解忧愁，以获得内心的平衡。无论仕途困顿或者通达，他都能保持一颗平常之心，如《黄州快哉亭记》：“士生于世，使其中不自得，将何往而非病？使其中坦然，不以物伤性，将何适而非快？”[③] 人生的快与不快，不在于个人境遇的顺逆，而在于自己的内心是否坦然。要追求精神上的自由与快乐，就不能因物欲而伤害性情，而应以坦然之心对待功业和挫折。这便是苏辙通达的人生境界。

---

① （宋）苏辙著，曾枣庄、马德富校点：《栾城集》，第 1478 页，上海古籍出版社 2009 年版。

② （宋）苏辙著，曾枣庄、马德富校点：《栾城集·夜坐》，第 1496 页，上海古籍出版社 2007 年版。

③ （宋）苏辙著，曾枣庄、马德富校点：《栾城集》，第 513 页，上海古籍出版社 2009 年版。

第七章　曾巩文学中的道、法、事、理

曾巩字子固，北宋建昌军南丰县（今江西南丰）人。生于宋真宗天禧三年（1019），卒于宋神宗元丰六年（1083），北宋著名散文家、史学家、政治家，唐宋八大家之一。《宋史·曾巩传》评论曾巩“为文章，上下驰骋，愈出而愈工，本原《六经》，斟酌于司马迁、韩愈，一时工作文词者，鲜能过也”，认为其文“立言于欧阳修、王安石间，纡徐而不烦，简奥而不晦，卓然自成一家，可谓难矣”①。王安石赞扬他“曾子文章众无有，水之江汉星之斗”②；苏轼把他比作“横海鳣”，认为“曾子独超轶，孤芳陋群妍”③；苏辙则用“儒术远追齐稷下，文词近比汉京西”④ 来概括其学术成就；南宋朱熹提到曾巩，也感叹道：“予读曾氏书，未尝不掩卷废书而叹，何世之知公浅也。”⑤ 曾巩在北宋取得的文学成就，后人有目共睹。通过这些评价可以看出，曾巩的文学理念、文学成就都离不开“儒”字。曾巩的家庭是非常传统的儒学世家，其祖上世代为学者，他的祖父曾致尧做过尚书户部郎中，其父曾易占为太常博

---

① （元）脱脱等撰：《宋史》，第 10392 页，中华书局 1977 年版。

② 王水照主编：《王安石全集·赠曾子固》，第 5 册第 328 页，复旦大学出版社 2016 年版。

③ （清）王文诰辑注，孔凡礼点校：《苏轼诗集·送曾子固倅越得燕字》，第 245 页，中华书局 1982 年版。

④ （宋）苏辙著，曾枣庄、马德富校点：《栾城集·曾子固舍人挽词》，第 300 页，上海古籍出版社 2007 年版。

⑤ （元）刘埙撰：《隐居通议》，第 866 册第 132 页，景印文渊阁四库全书，台湾商务印书馆 1986 年版。

士。《论语·先进》中有“夫子喟然叹曰：‘吾与点也’”[①]，这里的“点”，即指曾晳。见杨时《曾文昭公行述》：“曾氏系出于鄫，少康之子曲列之始封也。更夏商周千有余岁，微不见于经传。春秋之际，为莒所灭。其太子巫仕鲁，乃去邑为曾氏。巫生阜，阜生晳，晳生参。”[②] 由此可知，曾氏一族都与“儒”有着很深的渊源。而家族传统传到曾巩这里，更是被发扬光大。经过研究我们发现，曾巩文学受儒家文化中的道、法、事、理的影响甚大。为了说明这一问题，有必要首先弄清楚儒家文化中的道、法、事、理指的都是什么。

第一节 儒家文化中的道、法、事、理

本节我们主要讨论儒家文化中的道、法、事、理及它们之间的相互关系。

一、道

道，本意为道路，后来引申出抽象的道理、思想、方法、技艺等意义。《说文解字》曰：“道，所行道也。从辵首。一达谓之道。”[③] 儒家之道更多关注人与社会之间的关系，更多关注道德教化，放在本文的视野下，我们应聚焦于儒家之“道”。首先，儒家经典对道有很多不同的解释，如《论语·学而》：“子曰：‘道千乘之国，敬事而信，节用而爱人，使民以时。’”[④]《论语·为政》：“子曰：‘道之以政，齐之以刑，民免而无耻；道之以德，齐之以礼，有耻且格。’”[⑤] 这里的“道”皆用作动词，是治理之意。但更多情况下，儒家之道用作名词，最核心的是依从礼乐教化，使天下各有所养、各安其分，以成为大同社会的理论思想。《论语·宪问》中“子言卫灵公之无道也，康子曰：‘夫如是，奚而不丧？’孔子曰：‘仲叔圉治宾客，祝鮀治宗庙，王孙贾治

① 杨伯峻译注：《论语译注》，第 119 页，中华书局 1980 年版。
② （宋）杨时：《龟山集》，第 1125 册第 374 页，景印文渊阁四库全书，台湾商务印书馆 1986 年版。
③ （汉）许慎撰，（清）段玉裁注：《说文解字注》，第 75 页，上海古籍出版社 1981 年版。
④ 杨伯峻译注：《论语译注》，第 4 页，中华书局 1980 年版。
⑤ 杨伯峻译注：《论语译注》，第 12 页，中华书局 1980 年版。

军旅。夫如是，奚其丧?’ ”① 就是在阐释孔子心中的道。孔子的继承者孟子将这一问题分析得更加明了，《孟子·梁惠王篇》：“不违农时，谷不可胜食也；数罟不入洿池，鱼鳖不可胜食也；斧斤以时入山林，材木不可胜用也。谷与鱼鳖不可胜食，材木不可胜用，是使民养生丧死无憾也。养生丧死无憾，王道之始也。”② 养生丧死无憾，是孟子对于王之大道的最低要求，而其在《孟子·公孙丑篇》更是阐明了道的作用与地位：

> 得道者多助，失道者寡助。寡助之至，亲戚畔之；多助之至，天下顺之。以天下之所顺，攻亲戚之所畔；故君子有不战，战必胜矣。③

站在现代人的角度来看，儒家是诸子百家中最合统治阶级心意的一派，他们站在君主的角度阐明自己心中之道，他们的道都是为统治阶级服务的，儒家思想也同样是为统治阶级服务的。儒家的道的内涵由阶级观念和礼文化建构，《礼记·曲礼上》“礼不妄说人，不辞费。礼不逾节，不侵侮，不好狎。修身践言，谓之善行。行修言道，礼之质也。礼闻取于人，不闻取人。礼闻来学，不闻往教”④ 就点明了“礼”是儒家之“道”的核心。

自孔子始，儒家学者便有发扬践行儒家之道的自觉意识。汉代大儒董仲舒以儒家之道为核心，结合法家、墨家等，提出了“天人感应”和“大一统学说”，使得汉武帝“罢黜百家，独尊儒术”。然而，尽管儒家确立了政治上的主导地位，但在思想与核心的“道”上却逐渐僵化。及至后来经过三国两晋南北朝时期的战乱和唐朝采取儒、释、道并重的策略，导致佛老学说盛行，韩愈曰：“斯吾所谓道也，非向所谓老与佛之道也。尧以是传之舜，舜以是传之禹，禹以是传之汤，汤以是传之文、武、周公，文、武、周公传之孔子，

① 杨伯峻译注：《论语译注》，第 152 页，中华书局 1980 年版。

② 杨伯峻译注：《孟子译注》，第 5 页，中华书局 1960 年版。

③ 杨伯峻译注：《孟子译注》，第 86 页，中华书局 1960 年版。

④ （清）孙希旦撰，沈啸寰、王星贤点校：《礼记集解》，第 6—7 页，中华书局 1989 年版。

孔子传之孟轲，轲之死，不得其传焉。”① 因此，韩愈发起了古文运动，提出“文以明道”的主张，这实际上是通过改革文风以复兴儒学。韩愈所主张的，依旧是“明先王之道以道之，鳏寡孤独废疾者有养也”② 的儒家之道。

及至宋代，因唐末五代战乱导致人心凋敝、道德沦丧，宋代儒者有自觉承担起复兴儒学、振衰起敝、挽救士气人心的责任，欧阳修提出“君子之于学也务为道，为道必求知古，知古明道，而后履之以身，施之于事，而又见于文章而发之，以信后世”③，自此“道统”学说备受推崇。

二、法

法（灋），《说文解字》曰：“灋，刑也。平之如水，从水；廌所以触不直者；去之，从廌去。”④ “法”用作名词时，本义是法律、法令，也引申出方法、标准、规则等意义，也有用如动词时，意为效法。儒家典籍中，“法”有用其本义的，如《孟子·离娄上》“故曰，徒善不足以为政，徒法不能以自行”⑤；有方法的含义，如《论语·尧曰》“谨权量，审法度，修废官，四方之政行焉”⑥。而“法”做动词来讲时，是“效法”的意义，如《孟子·离娄上》“今有仁心仁闻而民不被其泽、不可法于后世者，不行先王之道也”⑦。儒家典籍中“法”的含义，除了其本义“法令”之外，更多的是“楷模”“示范”的含义。也有的“法”用作动词，便是“效法”“可以当作示范”的意义。儒家所讲的可以作为楷模的“法”，是“尧、舜、禹”这样的圣人，其实行仁政、治理天下，足以被天下和后世效法。所谓“规矩，方员之至也；圣人，人伦

---

① （唐）韩愈撰，（宋）魏仲举集注，郝润华、王东峰整理：《五百家注韩昌黎集·原道》，第676页，中华书局2019年版。

② （唐）韩愈撰，（宋）魏仲举集注，郝润华、王东峰整理：《五百家注韩昌黎集·原道》，第676页，中华书局2019年版。

③ （宋）欧阳修著，李逸安校：《欧阳修全集》，第978页，中华书局2001年版。

④ （汉）许慎撰，（清）段玉裁注：《说文解字注》，第470页，上海古籍出版社1981年版。

⑤ 杨伯峻译注：《孟子译注》，第162页，中华书局1960年版。

⑥ 杨伯峻译注：《论语译注》，第208页，中华书局1980年版。

⑦ 杨伯峻译注：《孟子译注》，第162页，中华书局1960年版。

之至也。欲为君尽君道，欲为臣尽臣道，二者皆法尧舜而已矣”，儒家重视的人伦礼制，都是传自圣人，将圣人作为楷模。君王要以圣人为楷模来治世，父要以君子为楷模来治家，子要以父为楷模来修身。这强调的也是君君臣臣、父父子子的人伦大序，渗透了儒家的阶级和治国理念。君王足以为法，民众就会效法他，父足以为法，一家都会效法他，“其为父子兄弟足法，而后民法之也”。儒家强调的“法”，便是具有道德修养、足以成为天下示范的人。

先秦之后，及至汉代，儒学取代了法家思想的统治地位，同时也吸收了法家的思想。法治的思想渗透入儒家，此时儒家中“法”的含义慢慢转变为以法令、法律为主。《汉书·刑法志》曰：“《书》云‘天秩有礼’，‘天讨有罪’。故圣人因天秩而制五礼，因天讨而作五刑。”① 法与礼一脉同源，礼又是儒家的核心，礼与法又同时都是统治阶级巩固统治的工具，可见法家思想对儒家的渗透之深。但同时，引礼入法，实行“德主刑辅”“大德小刑”的策略，以“春秋”决狱，又体现了儒家思想与法家的结合。“法”由原本的法家之法，变更为儒家之法，成了儒家实现其理想的手段，在实践中通过法来裁决案件、平定一方、肃清奸邪，以实现大同社会的理想。

三、事

在中华传统文化中，儒家的“事”一般有两种用法：一是做名词，即事情、事物之意；二是做动词，即侍奉、归附之意。如儒家《扬子法言·寡见卷第七》：“或问：‘五经有辩乎？’曰：‘唯五经为辩。说天者莫辩乎《易》，说事者莫辩乎《书》，说体者莫辩乎《礼》，说志者莫辩乎《诗》，说理者莫辩乎《春秋》。舍斯，辩亦小矣。’”② 这里的“事”是用作名词的，有“事情、事物”之意。儒家《论语·先进》：“季路问事鬼神。子曰：‘未能事人，焉能事鬼？’曰：‘敢问死。’曰：‘未知生，焉知死？’”③ 儒家《论语·为政》：

---

① （东汉）班固撰，（唐）颜师古注：《汉书》，第 1079 页，中华书局 1962 年版。

② （汉）扬雄著，汪荣宝撰，陈仲夫点校：《法言义疏》，第 215 页，中华书局 1937 年版。

③ 杨伯峻译注：《论语译注》，第 113 页，中华书局 1980 年版。

“子夏问孝。子曰：‘色难。有事，弟子服其劳；有酒食，先生馔，曾是以为孝乎？’”①《孟子·梁惠王下》：“滕文公问曰：‘滕，小国也，间于齐、楚。事齐乎？事楚乎？’”② 这里的事都用作动词，是“侍奉、归附”之意。

综上所述，在儒家文化中，“事”的基本含义一般有“事情、事物、侍奉”之意。

四、理

儒家的“理”有“纹理、条理”之意，如《礼记·乐记》“唱和有应，回邪曲直各归其分，而万物之理各以类相动也”③，但是它的“理”主要体现在伦理教化方面，儒家是诸子百家中最具有阶级概念的思想流派。儒家所提倡的爱不同于墨家的大爱，它的爱是有差别的爱，这一点在儒家文化概念中的“理”上也体现得很清楚了。就简单的事物“条理”之意，儒家将阶级观念融入其中，它的“理”也是维护统治者阶级统治的“理”，“君臣、父子、兄弟、夫妇，始则终，终则始，与天地同理，与万世同久，夫是之谓大本”（《荀子·王制》）④。儒家认为万事万物都有其自然规律，这里的万事万物当然也包括了人，他认为人的位置从出生起就定下了，君王掌国、臣子辅政、孩子要孝、父母要慈。也就是说我们每个人都有自己的位置，而每个位置都有自己应做的事，这就是儒家的伦理之“理”。这样的“理”在儒家学说上主要体现为“礼”，为了维护社会的安定，统治者需要设立规章制度来维护这样的阶级伦理，使各阶级能够各在其位而不僭越。这样的规章制度就是儒家的“礼”文化，如《礼记·仲尼燕居》“子曰：‘礼也者，理也。乐也者，节也。君子无理不动，无节不作。不能《诗》，于礼缪。不能乐，于礼素。薄于德，于礼虚’”⑤ 都提到了这样的观点，“礼”即儒家之“理”的最终体现。

---

① 杨伯峻译注：《论语译注》，第 15 页，中华书局 1980 年版。

② 杨伯峻译注：《孟子译注》，第 49 页，中华书局 1960 年版。

③ （清）孙希旦撰，沈啸寰、王星贤点校：《礼记集解》，第 1003 页，中华书局 1989 年版。

④ （清）王先谦撰，沈啸寰、王星贤点校：《荀子集解》，第 163 页，中华书局 1988 年版。

⑤ （清）孙希旦撰，沈啸寰、王星贤点校：《礼记集解》，第 1272 页，中华书局 1989 年版。

被视为“新儒学”的“理学”出现在宋朝，北宋中期“五子”（周敦颐、邵雍、张载、程颢、程颐）从不同方面探讨了宇宙、人生的根本问题。他们提出了理学的基本范畴，从而为理学理论体系的形成奠定了基础。这也是中国人对唯物主义的探索。朱熹发展了程颢、程颐的学说，提出“理学关系”的学说，“格物致知”是朱熹对世界宇宙人生的看法。他的著作很多，最大的贡献就是给四书五经作注，那些著作都体现了朱熹的理学思想。

综上所述，儒家文化中“理”代表着社会的人伦阶级。段玉裁《说文解字注》云：“治玉也。《战国策》：‘郑人谓玉之未理者为璞。’是理为剖析也。玉虽至坚，而治之得其鰓理以成器不难，谓之理。凡天下一事一物，必推其情至于无憾而后即安，是之谓天理，是之谓善治。此引申之义也。戴先生《孟子字义疏证》曰：理者，察之而几微必区以别之名也，是故谓之分理。在物之质曰肌理，曰腠理，曰文理。得其分则有条而不紊，谓之条理。《郑注乐记》曰：理者，分也。许叔重曰：知分理之可相别异也。古人之言天理何谓也，曰理也者，情之不爽失也，未有情不得而理得者也。天理云者，言乎自然之分理也，自然之分理，以我之情絜人之情，而无不得其平是也。从王里声。”① 从万事万物的纹理到社会阶级伦理，这相当于是儒家对于皇权的正当性的解释，也是儒家之“理”的最大教化功能。

五、道法事理相互关系的辨析

道、法、事、理通常都不是单独而存在的，在中华文化体系（当然包括了儒家文化）之中通常的组合呈现为道与法合，事与理合。在道法系统中，道为基本内容，而法则是为维护道而存在的，如我们之前提到的儒家，儒家的道是人与社会之间的关系与道德教化，是礼乐教化，是使天下各有所养、各安其分，以成为大同社会的理论思想，而相应的儒家的法就是君君臣臣、父父子子的人伦大序，为统治阶级所指定的社会准则。再看道家，道家的道是自然，是天地初开的混沌，故而道家对于法的阐释是很少的，它的文化概

① （汉）许慎撰，（清）段玉裁注：《说文解字注》，第15—16页，上海古籍出版社1981年版。

念中基本没有提到法，这样的现象也同样可以说明，道与法联系紧密，因为道家的道是自然，是顺应自然，故而它不需要外部的约束——法来维护自家的道。再看看事与理的关系，在事与理的组合当中，事是事物、事情的意思，而理就是为了把这一事物、事情阐述清楚而存在的，故而二者相辅相成，相互成全：如果只有事，没有理，那么我们看一件事，只会懵懵懂懂，知其然而不知其所以然，看事物如雾里看花，水中捞月不是很通透；而如果是空有理呢？脱离事的理只能是侃侃而谈的大白话，如空中楼阁般没有支撑。所以事物有所条理、纹理，而事件有所道理。条理、纹理是自然而然存在的，但是道理却是加了每个思想流派不同的人文主观色彩的，如儒家的理就是“礼”，是社会阶级人伦，法家的理则偏于法理。道、法、事、理四者两两紧密结合，为不同的思想流派服务。

第二节　曾巩散文与道、法、事、理的关系

在曾巩的思想体系中，儒家思想是所有思想的基石，无论是其文学思想，还是政治思想，都映射出儒家思想的影子，所以曾巩对于道法事理的看法，也体现出上节中我们提到的道、法、事、理的儒学内涵。那么曾巩的道、法、事、理的思想是怎么与其文紧密结合的呢？针对这一问题，我们将分别从其文道观、文理观、文事观与文法观来探讨。

一、曾巩的文道观

曾巩笔下的道，不同于以周、程理学为代表的为了修心养性的义理之学，也不同于王安石的“治教政令，圣人之所谓文也”，“圣人之于道也，盖心得之，作而为治教政令也，则有本末先后，权势制义，而一之于极”① 认为治教政令是道的表现形式，而是与苏轼的“物固有是理，患不知之，知之患不能达之于口与手。所谓文者，能达是而已”类似。曾巩认为，道就是万事万物

① 王水照主编：《王安石全集·与祖择之书》，第7册第1371页，复旦大学出版社2016年版。

固有的规律，我们学道作文是为了“求物之妙”“通万物之理”。曾巩的道，更多地受到了其师欧阳修的影响，他们对道的理解都是传统的儒学模式，是以礼乐文化为中心，大道天下为理想的，不过二者有细微的差别。在文道观上，欧阳修继承了韩愈的观点，重视道对文的重要性，认为“道胜者文不难而自至”“我所谓文，必与道俱”，主张以道作为作家的基本修养。欧阳修认为“其充于中者足，而后发乎外者大以光”充道以为文，但是他并不轻视文，没有简单地将“文”视为“贯道之器”，而只是强调道在充实文章内在底蕴中的作用。欧阳修对于文道合一的看法较唐人来说更加完善，曾巩与欧阳修的主要观点都可以总结为“文道合一”，而曾巩的文道观又在其师欧阳修的文道观基础上更上一层。

首先，曾巩认为圣人之道就是道之极，“神也者，至妙而不息者也。此圣人之内也。圣人者，道之极也。佛之说，其有以易此乎？求其有以易此者，故其所以为失也。夫得于内者，未有不可行于外也；有不可行于外者，斯不得于内矣。《易》曰：智周乎万物而道济乎天下，故不过。此圣人所以两得之也。知足以知一偏，而不足以尽万事之理；道足以为一方，而不足以适天下之用，此百家之所以两失之也”（《梁书目录序》）①。在推崇圣人之道的前提下，他把“六经之学”作为道的固定的主要的内容。其次，曾巩的文道观呈现出“系统”的思想。他认为，无论是“文”还是“道”，其发展演变都是呈系统展开的。他在《新序目录序》中就明确点明了这一观点：“学之有统，道之有归。”其道统思想见于《王季荣文集序》：

> 叙事莫如《书》。其在《尧典》……其体至大，盖一言而尽，可谓微矣。其言微，故学者所不得不尽心。能尽心，然后能自得之。此所以为经，而历千余年，盖能得之者少也，《易》、《诗》、《礼》、《春秋》、《论语》皆然。其曰测之而益深，穷之而益远，信也。世既衰，能言者益少。承孔子者，孟子而已。承孟子者，扬子而已。扬子之称孟子曰：知言之

---

① （宋）曾巩撰，陈杏珍、晁继周点校：《曾巩集》，第178页，中华书局1984年版。

要，知德之奥。若扬子则亦足以几乎此矣。其次能叙事，使可行于远者，若子夏、左丘明、司马迁、韩愈，亦可谓拔出之材，其言庶乎有益者也。①

曾巩认为道的演变发展系统应该是这样的：圣人孔子—亚圣孟子—西汉扬雄—唐之韩愈。而他的师父欧阳修因“既有德而且有言”，在有一定的儒学修养的基础之上又善养浩然正气，作文能“与孟子、韩吏部之书为相唱和”，故也能归于道统的传承链之中。“道”的发展演变系统已经很明了了，与之相对的便是曾巩散文中提到的“文统”的思想。《王平甫文集序》：“自周衰，先王之遗文既丧。汉兴，文学犹为近古，及其衰，而陵夷尽矣。至唐，久之而能言之士始几于汉，及其衰，而遂泯泯矣。宋受命百有余年，天下文章复侔于汉唐之盛。盖自周衰至今千有余岁，斯文滨于磨灭，能自拔起以追于古者，此三世而已。”② 从这段叙述中，我们不难看出曾巩的文统思想勾勒出了“上古三代—汉—唐—宋”这样的发展轮廓。从宏观上看，他的道统轨迹刚好与其文统发展演变轨迹相合，道胜则文胜，道衰则文落，这一理论正是曾巩在其师欧阳修原本的“文道合一”之上的完善和发展。了解了曾巩思想中文与道在文学演变中的一致性，我们再来深入探讨曾巩是如何看待文道关系的。

曾巩对文与道关系的认识可以简单概括为“充道以为文，又以文传道”。“充道以为文”是对欧阳修文道观的继承与发展，他认为作家应“蓄道德而著文章”，曾巩《类要序》中提到晏殊：

左右前后之臣，非工儒学，妙于语言，能讨论古今，润色太平之业者，不能称其位。公于是时为学者宗，天下慕其声名。人见公应于外者之不穷，而不知公之得于内者深也。……公之得于内者在此也。公之所以光显于世者，有以哉！观公之所自致者如此，则知士不素学而处从官

---

① （宋）曾巩撰，陈杏珍、晁继周点校：《曾巩集》，第199页，中华书局1984年版。
② （宋）曾巩撰，陈杏珍、晁继周点校：《曾巩集》，第201页，中华书局1984年版。

大臣之列，备文儒道德之任，其能不馁且病乎？此公之书所以为可传也。[①]

认为晏殊之所以能显于世是因为他得于内，而他内在的道德修养与博览儒家经典是分不开的。曾巩的“充道以为文”中的“道”，是儒家之道、儒家之德，核心仍然是“是非取舍必当于圣人之道”。“以文传道”是曾巩从文于道之作用上来讲的。“发明吾道，则有文章之深淳；推行当时，是为治行之尤异”（《贺提刑状》）[②]“不辨之则道不明”（《上欧阳舍人书》）[③]，他认为文与道是不能分开的，有文无道，文章缺少基本的内涵；有道无文，则道义难辨，儒道也无法做到经世致用了，所以道需要借助文来传播。曾巩在《上欧阳学士第一书》中写道：“仲尼既没，析辨诡词，骊驾塞路，观圣人之道者，宜莫如于孟、荀、扬、韩四君子之书也，舍是醨矣。退之既没，骤登其域，广开其辞，使圣人之道复明于世，亦难矣哉……仁义礼乐之道，则为民之师表者，尚不识其所为，而况百姓之蚩蚩乎！圣人之道泯泯没没，其不绝若一发之系千钧也。”[④] 可以看出他对于文给予了很高的评价，认为无文则道难明。

较前人而言，曾巩的文道观是非常成熟的。此外，值得一提的是他在提出“充道以为文，又以文传道”的理论之外，同时注意到了“其辞之不工，则世犹不传。于是又在其文章兼胜焉”（《寄欧阳舍人书》）[⑤]，他并没有像前人那样因道而废文，而是看到了文章的辞工与道传播远近的关系，故在传道的过程中，曾巩对于文章的艺术表达也有一定的要求。

二、曾巩的文法观

从上文的论述可以看出，各家之“法”主要是为了拘束“道”，而曾巩推

---

① （宋）曾巩撰，陈杏珍、晁继周点校：《曾巩集》，第 210 页，中华书局 1984 年版。
② （宋）曾巩撰，陈杏珍、晁继周点校：《曾巩集》，第 517 页，中华书局 1984 年版。
③ （宋）曾巩撰，陈杏珍、晁继周点校：《曾巩集》，第 235 页，中华书局 1984 年版。
④ （宋）曾巩撰，陈杏珍、晁继周点校：《曾巩集》，第 231 页，中华书局 1984 年版。
⑤ （宋）曾巩撰，陈杏珍、晁继周点校：《曾巩集》，第 253 页，中华书局 1984 年版。

崇的儒家，其“法”多用于“规范、约束”之意。在儒家话语体系中，“法”便是道德修养之上的标准，人伦大序之中的规范。那么这样的“法”落于曾巩行文之上则是其作文之法，往小了说是其作文的方法，往大了说便是作文的规范。因其“道”“法”一体，故而曾巩的文道观不可避免地影响着曾巩的文法观。在其文学作品中，曾巩的“法”在不同方面反映着他的儒家之“道”。

从写作手法上，曾巩依经立论，其文“熔式经诰，方轨儒门”，曾巩做人行文都是以“六经”之道为依托，在文中发表议论，评议褒贬都是以“六经”准则。明王一夔在《元丰类稿序》中这样评价道曾巩：“先生之文，虽未始六经之袭，而未尝不与六经合也。善乎！宋潜溪评先生之文，谓如姬、孔之徒复出于今世，信口所谈，无非三代礼乐，此可谓知先生之深者。”① 可见曾巩行文都力图于“六经”合，又曾巩《宜黄县县学记》：

> 盖凡人之起居、饮食、动作之小事，至于修身为国家天下之大体，皆自学出，而无斯须去于教也。其动于视听四支者，必使其洽于内；其谨于初者，必使其要于终。驯之以自然，而待之以积久。……虽古之去今远矣，然圣人之典籍皆在，其言可考，其法可求，使其相与学而明之……若夫正心修身……使一人之行修移之于一家，一家之行修移之于乡邻族党，则一县之风俗成，人才出矣。教化之行，道德之归，非远人也，可不勉与！②

曾巩于家耕读期间仍是以修身、齐家、治国、平天下为自己的人生目标，而对于是非的辨别上，曾巩还是强调儒家经典的模范作用，他将儒学经典作为习文的标准。

他的文学作品不但流露出对儒学正统思想的仰慕之情，而且直接于作品

---

① （宋）曾巩撰，陈杏珍、晁继周点校：《曾巩集》，第815页，中华书局1984年版。

② （宋）曾巩撰，陈杏珍、晁继周点校：《曾巩集》，第281—283页，中华书局1984年版。

中引用或借用儒家经典、儒学观点来发表评论，如《相国寺维摩院听琴序》“孔子曰：‘兴于《诗》，立于《礼》，成于《乐》。’盖乐者，所以感人之心，而使之化，故曰‘成于《乐》’。昔舜命夔典乐，教胄子，曰：‘直而温，宽而栗，刚而无虐，简而无傲。’……故和鸾、佩玉、《雅》《颂》琴瑟之音，非其故不去于前，岂虚也哉”① 就直接引用孔子的话“兴于《诗》，立于《礼》，成于《乐》”，以及《尚书·舜典》“直而温，宽而栗，刚而无虐，简而无傲”来发表自身对于音乐的看法。又《答王深父论扬雄书》之“方纣之乱，微子、箕子、比干三子者，盖皆谏而不从，则相与谋，以谓去之可也，任其难可也，各以其所守自献于先生，不必同也。此见于《书》三子之志也。三子之志，或去或任其难，乃人臣不易之大义，非同姓独然者也……此箕子之事，见于《书》《易》《论语》，其说不同，而其终始可考者如此也。雄遭王莽之际，有所不得去，又不必死，辱于仕莽而就之，固所谓明夷也。然雄之言著于书，行著于史者，可得而考”② 也能看出曾巩对于儒家经典如《书》《易》的推崇，并以此作为考察人及其作文的规范。

曾巩在文学风格上效仿儒学经典的爽净俊洁，“尚洁”是从《周易》中提炼出来的作文风格，因为周易的文字符号就具有很强烈的象征性与表象性，而曾巩的文章很好地体现了同样的写作传统，刘埙《隐居通议》中总结道曾巩之文：“先儒谓欧文粹如金玉，又以为有造化在其胸中，而未有以道视之者。答吴充秀才一书，则其知道可见矣。南丰说理则精于其师。”③ 又谓：“独南丰先生曾文定公议论文章根据性理，论治道则必本于正心诚意，论礼乐则必本于性情，论学必主于务内，论制度必本之先王之法……先儒言欧公之文纡徐曲折说尽事情，南丰继之加以谨严，字字有法度，此朱文公评文专以南

① （宋）曾巩撰，陈杏珍、晁继周点校：《曾巩集》，第 212 页，中华书局 1984 年版。

② （宋）曾巩撰，陈杏珍、晁继周点校：《曾巩集》，第 265 页，中华书局 1984 年版。

③ （元）刘埙撰：《隐居通议》，第 866 册第 34 页，景印文渊阁四库全书，台湾商务印书馆 1986 年版。

丰为法者，盖以于其周程之先首明理学也。”① 南宋的陈宗礼也称扬曾巩之文是“金之精、玉之良，凡物莫能加也”②，可见曾巩行文之简、行文之洁。日本东英寿也撰文指出：“曾巩古文多呈现出一种娓娓道来、言语平缓朴素、哲理深刻却不奥晦的文风特征。……在写作风格这一点上，曾巩与其师欧阳修有相似之处。”③ 这些可视为对曾巩古文特点的一个总体认识。

曾巩的文多能于寥寥数语之中勾勒出事情原貌来，笔墨简而内容丰。如他的《送傅向老令瑞安序》：“向老傅氏，山阴人。与其兄元老读书知道理。其所为文辞可喜。太夫人春秋高，而其家故贫。然向老昆弟犹自守，不苟取而妄交，太夫人亦忘其贫……然古之道盖无所用于今，则向老之所守亦难合矣。故为之言，庶夫有知予为不妄者，能以此而易彼也。”④ 全篇只用一百来字就能非常清晰地展现一个老儒的形象，行文简洁明了，没有过多的修饰和赘余。又如《移沧州过阙上殿札子》：“夫禹之绩大矣，而其孙太康，乃坠厥绪。汤之烈盛矣，而其孙太甲，既立不明。周自后稷十有五世至于文王，而大统未集，武王、成王始收太平之功，而康王之子昭王难于南狩，昭王之子穆王殆于荒服，暨于幽厉，陵夷尽矣……唐之治在于贞观、开元之际，而女祸世出，天宝以还，纲纪微矣。至于五代，盖五十有六年，而更八姓，十有四君，其废兴之故甚矣。”⑤ 这段话只用了两百余字就将前代的兴替更换说得明明白白而又不失规矩。清人沈德潜评此处为：“历叙数千年，用笔简练，居然史法。”⑥ 对其“魏之患，天下为三。晋、宋之患，天下为南北”之句更是给出了“省语简古”这样的妙评。

---

① （元）刘埙撰：《隐居通议》，第866册第129页，景印文渊阁四库全书，台湾商务印书馆1986年版。

② 曾枣庄、刘琳主编：《全宋文》，第350册第8页，上海辞书出版社，安徽教育出版社2006年版。

③ ［日］东英寿：《虚词使用法观照下的曾巩古文特色——与欧阳修文风之比较》，《华南师范大学学报（社会科学版）》2020年第1期。

④ （宋）曾巩撰，陈杏珍、晁继周点校：《曾巩集》，第219页，中华书局1984年版。

⑤ （宋）曾巩撰，陈杏珍、晁继周点校：《曾巩集》，第440页，中华书局1984年版。

⑥ （清）沈德潜选评，［日］赖山阳增评，闵泽平点校：《增评唐宋八家文读本》，第611页，崇文书局2010年版。

三、曾巩的文事观

关于“事”的概念在第一章节我们已经说得很清楚了，传统文化中“事”的概念多是“事情”，这里的“事”当然也是指“事物、事情”。那么在曾巩的思想观念里，文与“事”的关系是什么样的呢？“事”在曾巩的文中是怎样体现的呢？我认为曾巩笔下的文与“事”的关系是记叙与被记叙的关系，“事”在曾巩文中的呈现应是体现了正统的史学家的观点，即司马迁“不虚美、不隐恶”的“实录精神”。这大概与曾巩自身的人生经历有着密切的关系。曾巩的仕途并不是一帆风顺的，在他意气风发的二十岁，虽然凭借着自身卓越的文学才能结交到了欧阳修这样的大文学家，他们志同道合、亦师亦友，但在友情上丰收的曾巩却在仁宗景祐三年（1036）的科举考试中名落孙山。因父亲去世，自己的身体抱恙，从庆历三年（1043）到嘉祐元年（1056）共十三年，曾巩都耕读家中。在这一时期创作的《初夏有感》中，曾巩写到了他的身体状况与生活状态“我从得病卧闾巷，三见夏物争滋荣”，“但令命在尚可勉，屑细讵足伤吾平”，以及自身的雄心壮志“愁勤未老鬓先白，多学只自为身兵。自然感疾惫形体，后日虽复应伶俜。非同世俗顾颜色，所慕少壮成功名”①。终于于嘉祐元年，曾巩迎来了他人生的转机，这一年欧阳修升翰林学士，被召回京都，组织编写《新唐书》，第二年，欧阳修奉命知贡举，主持科举考试。史料可考，曾巩的思想观念和欧阳修的思想理念，都属于传统的儒家思想，在庆历元年（1041）的时候，曾巩二次上京想要拜于欧阳修门下，他渴望进入“圣人之堂奥室家”，实现自己“明圣人之心”的政治理想，这些思想理念与欧阳修的大道理想不谋而合，故而欧阳修也乐于接受这样的弟子、朋友。于是“所深念者，执事每曰：‘过吾门者百千人，独于得生为喜’”。有一个与自己志趣相合的主考官，曾巩想当然地进士及第了。再看看他的仕途轨迹，曾巩先是任太平州司法参军，继而由其师欧阳修推荐至京师编校史馆修撰，后又迁馆阁校勘、集贤校理、英宗实录院检讨官。他从进

① （宋）曾巩撰，陈杏珍、晁继周点校：《曾巩集》，第 20 页，中华书局 1984 年版。

士及第到神宗熙宁元年（1068）基本上都是在馆阁校书。这样的工作也让曾巩养成了严谨的习惯，于行文中体现出来的便是他的“实录精神”。

“实录精神”能体现在曾巩这样的传统儒生身上是非常难得的，他注重文德，实事求是，不拘于儒家教义的约束。曾巩“实录精神”的养成除了与他的做官经历有关，还与他所写作品的体裁有关，曾巩的大多数作品都是书序、行状、杂记、墓志铭。这些体裁的创作就是需要坚守“不隐恶、不虚美”的创作原则。曾巩对于“事”与“文”的态度仍在很大程度上受到欧阳修的影响，欧阳修曾提出“事信言文”的观点，他在《代人上王枢密求先集序书》中提到：“君子之所学也，言以载事，而文以饰言，事信言文，乃能表见于后世。”① “事信”指文章内容可靠；“不虚美、不隐恶”，指取信于人、论断褒贬应公允适度；“言文”即语言追求平实简洁，并且于材料的选取上能够做到“举其要者一两事以取信”。从这里我们可以看出对于作文之“事”，欧阳修认为必须做到“信”，即诚信，力图还原事件或事物原貌。曾巩显然是赞成欧阳修的观点的，并且在此之上，有了自己的见解与看法，他于《寄欧阳舍人书》中写道：

> 夫铭志之著于世，义近于史，而亦有与史异者。盖史之于善恶无所不书，而铭者，盖古之人有功德材行志义之美者，惧后世之不知，则必铭而见之。……其辞之作，所以使死者无有所憾，生者得致其严。而善人喜于见传，则勇于自立；恶人无有所纪，则以愧而惧。至于通材达识，义烈节士，嘉言善状，皆见于篇，则足为后法警劝之道。非近乎史，其将安近？
>
> 及世之衰，为人之子孙者，一欲褒扬其亲而不本乎理。……后之作铭者，常观其人。苟托之非人，则书之非公与是，则不足以行世而传后。故千百年来，公卿大夫至于里巷之士，莫不有铭，而传者盖少。其故非

① （宋）欧阳修著，李逸安点校：《欧阳修全集》，第984页，中华书局2001年版。

他，托之非人，书之非公与是故也。①

在这篇文中，曾巩先是将史传作品与墓志铭做了一个比较，认为两者有相同之处——义近乎史。都是记述人的生平，但碑铭的创作带有强烈的表彰意味，常常做劝诫之用，对后世起到楷模的作用。但是很多人在创作碑铭时，带有强烈的主观色彩，多为夸炫之用，导致许多碑铭“书之非公”，故而曾巩提出“公与是”，即实录的主张。当代有人指出：“曾巩墓志的历史意识直观地体现在‘实录’的要求和冷静简洁的笔调上。墓志原本镂之金石以求声名不朽……曾巩墓志以‘实录’为指导思想，比韩愈观察的角度更远，有醇儒的身份限制，情感表达比欧阳修更克制。”② 这种观点较有见地。曾巩在《书与客言》中就讲到这样的故事：“居十日，求文于某者四人，义不克与也。客至曰：‘盍与之？不然，子其戒，毁且至矣。’应之曰：‘与非义，吾不敢违义也。虽然，君子者未尝不戒也，毁何患？’……盖尝穷困且老矣，及周之逢，而天下乃克知其懿。由是观之，其自守如何也？力行不倦而已矣，内顾不愧而已矣，其不志于毁誉也。”③ 我们可以看出曾巩秉性耿直，宁可被人谗毁也绝不苟且，这样的耿直体现在行文之中就是“不隐恶、不虚美”的实录精神。这里用其文《书唐欧阳詹集》来做个例证：“韩愈作《欧阳生詹哀辞》，其序曰：‘读其书，知其于仁孝最隆也。’……其说三四，观之而其说皆不出于旧。生卒无已见者，不知生于此何其自大也。则又思余舅氏吴君，尝论斥生之所谓‘尹喜自明诚而长生，公孙弘自明诚而为卿，张子房自明诚而辅刘，公孙鞅自明诚而佐嬴’之者为非，是明诚之非为长生、为卿，非尹喜、公孙、子房、商君之所能至，其理较然，舅氏之论无疑矣。此于生为一失，于舅氏非其意，所极也与。”④ 文章既肯定了韩愈对欧阳詹的赞扬，同时也批评了他对儒家“自明灭”的错误理解，可见曾巩作文是谨遵了“事信”的原则的。

① （宋）曾巩撰，陈杏珍、晁继周点校：《曾巩集》，第 253 页，中华书局 1984 年版。
② 张亚静：《论曾巩的以“史笔”为墓志》，《华南师范大学学报（社会科学版）》2020 年第 1 期。
③ （宋）曾巩撰，陈杏珍、晁继周点校：《曾巩集》，第 734—735 页，中华书局 1984 年版。
④ （宋）曾巩撰，陈杏珍、晁继周点校：《曾巩集》，第 735 页，中华书局 1984 年版。

在作文过程中对事物、事件“不虚美、不隐恶”，力图论断公允，褒贬分明，这便是曾巩的文事观。

四、曾巩的文理观

儒家之“理”的核心便为“礼”，认为“君臣、父子、兄弟、夫妇，始则终，终则始，与天地同理，与万世同久，夫是之谓大本”。儒家“礼”的载体便是儒家经典，而在上文中我们已经提到，作为传统儒生的曾巩将“六经”作为其做人行文的评判标准。《学舍记》：“予幼则从先生受书，然是时，方乐与家人童子嬉戏上下，未知好也。十六七时，窥六经之言与古今文章，有过人者，知好之，则于是锐意欲与之并。”又“今天子至和之初，予之侵扰多事故益甚，予之力无以为，乃休于家，而即其旁之草舍以学……‘予之卑巷穷庐，冗衣砻饭，芑苋之羹，隐约而安者，固予之所以遂其志而有待也。予之疾则有之，可以进于道者，学之有不至。至于文章，平生所好慕，为之有不暇也’”[①]。在耕读期间的曾巩身上，我们可以感受到他浓烈的求知欲。在关注曾巩阅读了大量的书籍之外，我们也注意到了曾巩对于读本的选择，其文《读书》中说道：“百家异旨趣，六经富文章。其言既卓阔，其义固荒茫。”“世久无孔子，指画随其方。后生以中才，胸臆妄度量。”“经营但亹亹，积累自穰穰。既多又须择，储精弃其糠。一正以孔孟，其挥乃韩庄。宾朋顾空馆，议论据方床。”[②] 可见他大多都是选择《孔》《孟》这样的经典进行学习。但这里我们谈的是曾巩的文理观，若只是从儒家经典来解读，则研读曾文便沦为了章句注疏之学，恐怕不是很稳妥。我认为还是应当结合宋代文学大环境和曾巩的个人创作情况来探讨这一问题。

宋代“理学”兴起，百舸争流，如《宋元学案》中提到的周敦颐的濂溪学、张载的关学、司马光的涑水学、苏氏父子的蜀学、王安石的新学，而石介、欧阳修等人都有其个案。曾巩师从欧阳修，故而在对理的看法上也是与

---

① （宋）曾巩撰，陈杏珍、晁继周点校：《曾巩集》，第 284 页，中华书局 1984 年版。

② （宋）曾巩撰，陈杏珍、晁继周点校：《曾巩集》，第 54—55 页，中华书局 1984 年版。

欧阳修类似的。其师欧阳修曾在《韵总序》中提到："儒者学乎圣人，圣人之道直以简。然至其曲而畅之，以通天下之理，以究阴阳、天地、人鬼、事物之变化，君臣、父子、吉凶、生死凡人之大伦，……故儒者莫暇精之，其有精者，则往往不能乎其他。是以学者莫肯舍其所事而尽心乎此，所谓不两能者也，必待乎用心专者而或能之，然后儒者有以取焉。"① 又曾巩《礼阁新仪目录序》：

> 夫礼者，其本在于养人之性，而其用在于言动视听之间。使人之言动视听一于礼，则安有放其邪心而穷于外物哉？不放其邪心，不穷于外物，则祸乱可息，而财用可充……然而古今之变不同，而俗之便习亦异。则法制数度，其久而不能无弊者，势固然也。故为礼者，其始莫不宜于当世，而其后多失而难遵，亦其理然也。②

圣人之道就是"理"，只是它不是原本的"道"，而是经历过处理的"道"。在这里，曾巩为我们提倡了一种健康的哲学精神，既暗示我们要有崇高的心灵追求，又告诫我们要保持针对现实研究和厘清事物的理性态度。这与我们的"文道观"有部分相似，但又有所不同。"文道观"中的"道"就是直接的儒家经典，儒家的大道理想，而"文理观"中的"理"则更多是对"事"的禅悟解析与对"道"的实践。

其一就是要求我们有崇高的心灵，这一点与我们在"文道观"中提到的"蓄道德而著文章"的看法有异曲同工之妙，"理"是对于"事""道"的进一步阐释，看清"事"，读懂"道"，表达"理"，曾巩认为文人应"蓄道德而著文章"，而这一主张简单的要求就是注重人格的修养与诗人气质的培养。《答李沿书》云：

---

① （宋）欧阳修著，李逸安点校：《欧阳修全集》，第 594 页，中华书局 2001 年版。

② （宋）曾巩撰，陈杏珍、晁继周点校：《曾巩集》，第 181—182 页，中华书局 1984 年版。

足下自称有悯时病俗之心，信如是，是足下之有志乎道而予之所爱且畏者也。……夫道之大归非他，欲其得诸心，充诸身，扩而被之国家天下而已，非汲汲乎辞也。其所以不已乎辞者，非得已也。……今足下其自谓已得诸心、充诸身欤？扩而被之国家天下而有不得已欤？不然，何遽急于辞也？孔子曰："古之学者为己，今之学者为人。"足下其得无己病乎？①

学者应先"为己"，这里的"为已"其实就是儒家所提倡的修身，就是孟子所说的"浩然正气"，要想明"理"必先修身。

其二就是要求我们在现实研究以及对待事物时需保持实践的理性态度，而他这里的态度其实也是与儒家之道分不开的，他的理性之中充满了主观性，表现出了对事物的儒学性哲思。以曾巩《战国策序》为例，我们来分析曾巩对于"道"以及基于"道"的"理"的思辨："叙曰：向叙此书，言'周之先，明教化，修法度，所以大治。及其后，谋诈用，而仁义之路塞，所以大乱。'"② 首先他肯定了刘向为《战国策》所作之序中对于天下大治和大乱的看法，认为大治是因为行周礼、明教化，而大乱的主要原因是因为战国的纵横家以权谋乱了道。"夫孔孟之时，去周之初已数百岁，其旧法已亡，旧俗已熄久矣。二子乃独明先王之道，以谓不可改者，岂将强天下之主以后世之所不可为哉？亦将因其所遇之时、所遭之变而为当世之法，使不失乎先王之意而已。……盖法者所以适变也，不必尽同；道者所以立本也，不可不一，此理之不易者也。故二子者守此，岂好为异论哉？能勿苟而已矣，可谓不惑乎流俗而笃于自信者也。"③ 其次，曾巩在文中先是肯定了孔孟所提倡的先王之大道，赞美了孔孟不与世俗同流而恪守自身大道理想的行为。同时，他也能够辩证地看待问题，认为"先王大道"为本，不可易。曾巩认为，虽然"先

① （宋）曾巩撰，陈杏珍、晁继周点校：《曾巩集》，第 285 页，中华书局 1984 年版。
② （宋）曾巩撰，陈杏珍、晁继周点校：《曾巩集》，第 183 页，中华书局 1984 年版。
③ （宋）曾巩撰，陈杏珍、晁继周点校：《曾巩集》，第 184 页，中华书局 1984 年版。

王之道”是不可更改的，但是其治国理政的方式却是能够“适变”，并针对当时的国情做出调整的。正文后面一段讲道：

> 或曰：“邪说之害正也，宜放而绝之，则此书之不泯其可乎?”对曰：君子之禁邪说也，固将明其说于天下，使当世之人皆知其说之不可从，然后以禁，则齐；使后世之人皆知其说之不可为，然后以戒，则明，岂必灭其籍哉? 放而绝之，莫善于是。是以孟子之书，有为神农之言者，有为墨子之言者，皆著而非之。至于此书之作，则上继春秋，下至楚汉之起，二百四五十年之间，载其行事，固不可得而废也。①

该段中，曾巩对于该不该禁此书的问题发表了相当精辟的观点，他认为德才兼备之人禁绝战国游士之说是通过向天下人解释明白这些理论，使当代世人明白那些说法是不可行的，然后就能禁绝邪说、达到思想划一的目的了。使后世的人明白战国游士之说是行不通的，然后就能消戒邪说，达到明世的效果，哪里需要把书籍毁灭呢?

曾巩的看法不可谓不高妙，知晓“道”的贤者传道是不用去抑制邪说的发展的，他只用发展好自己，丰富自己“道”的内涵，那么邪佞之说便不攻自破了。于这一观点中，曾巩不但研究了史实，又保持了在实践中厘清事物的理性态度，更重要的是这一观点又与“蓄道德”的观点相合，自成体系，即弘扬儒家学说，包含了理学的思辨色彩。

第三节　理学兴起与曾巩散文的接受和经典化的嬗变

一、理学的兴起

众所周知，理学于宋朝得以勃兴，考其源头，于韩愈的“儒学复兴运动”

---

① （宋）曾巩撰，陈杏珍、晁继周点校：《曾巩集》，第184页，中华书局1984年版。

之中我们就能看出宋代理学发展的苗头，韩愈的《谏迎佛骨表》实际上就是复兴儒学的一个标志，他认为中央对于佛家的政策过于偏颇，以至于忽略了自身传统文化中的纲常伦理。在排佛上，他将《大学》等儒家经典当作战斗的旗帜，用儒家修身、齐家、治国、平天下的大道理想来对标举出世主义的佛家发起冲击。宋代理学实际上是受到了佛教和道教的影响而建立的“道学”，同时它也是一种既贯通宇宙自然（道教）和人生命运（佛教），又继承孔孟正宗（根本），并能治理国家（目的）的新儒学，是宋明时期占主导地位的儒家哲学思想体系，是儒学发展体系当中的一环。

儒学最开始为春秋时期孔子创立，其核心思想是“仁”。后经过战国时期孟子、荀子的发展，儒学成为当时的一门显学，到秦朝时秦始皇信奉法家“焚书坑儒”，儒学遭重创，到西汉董仲舒发展新儒学、汉武帝“罢黜百家，独尊儒术”，到宋朝便发展成了“程朱理学”。

从汉武帝“罢黜百家，独尊儒术”开始，儒学就成了古代社会的主导思想。后代的官统之学，其实都是在儒学的基础上的进一步发展与升华，现在所讲的宋代理学便是古代儒学体系的一大分支。不同朝代的儒学的侧重点与对儒学内涵的阐释也是不同的，汉儒治经，重名物训诂，宋儒则重阐释义理、兼谈性命。

宋代理学最大的特点便是三教合一。汉武帝以后，儒学在统治者的大力提倡下呈现繁盛之势。魏晋南北朝时期，儒学吸收佛教、道教的精神，有了新发展；佛教吸收儒学精神，渐趋中国本土化；道教受到儒学影响，主张“贵儒”又“尊道”。隋朝，儒学家提出“三教合归儒”的主张，又称“三教合一”，主张以儒学为主，调和并吸收佛教、道教的理论。唐初，统治者奉行三教并行的政策，即尊道、礼佛、崇儒。随着佛教和道教的发展，儒学的正统地位受到了挑战，儒学大师韩愈率先提出复兴儒学，之后名家并起。

对宋代理学有着极大贡献的有五家。其一为周敦颐的濂溪学，该理学派主张“寻孔颜乐处”是宋代理学的内在主题。其二为张载的关学，他以气论道，提出了气本论的朴素唯物主义哲学，同样地，他也提出了他理论的“横梁四句”——“为天地立志，为生民立道，为去圣继绝学，为万世开太平”①。其三为程氏兄弟的洛学，程颐在儒家经典《礼记·乐记》中为“理”找到了一个源头：“不能反躬，天理灭矣。”② 他认为，“天者，理也”，他把“理”诠释成一个上古时代六经中“天”所具有的最高的本源性概括。程颢则提出了“性”即“理”的概念。故而兄弟俩提出“存天理，灭人欲”的理学主张。其四为朱熹的新儒学，他倡导格物致知，一方面他强调“主敬涵养”，另一方面提倡“格物穷理”。其五为陆九渊的心学，他提出“心即理”的概念，并提出了“万物唯我”的哲学主张。以上五大家便是对宋代理性的勃兴贡献最大的五大家。③

二、曾巩散文的接受与经典化嬗变④

曾巩是宋朝当代就很受欢迎的文学家，究其根本，主要还是因为传统的儒学思想正好符合宋代理学的“心理期待”，他文本作品中的道、法、事、理都打上了深深的儒学烙印，故而宋朝有很多人对曾巩推崇备至。

高津孝在《科举与诗艺：宋代文学与世人社会》中提到：“曾巩散文的身价自北宋时期而大增，但可以说，他被选入唐宋八大家，被权威化直接契机还是南宋朱熹的高度评价。”可见，朱熹对于曾巩散文接受和传播的重要意义。朱熹对曾巩如此推崇的原因还是在于曾巩的文学观念与他很合，其中最得朱熹称颂的便是曾巩的文道观了。前面已经提到了曾巩文道观的主要思想——“充道以为文，又以文传道”，在宏观上，就道与文的历史演变来谈，曾巩认为道统轨迹刚好与文统发展的演变轨迹相合，道胜则文胜，道衰则文落，这一理论正是曾巩在其师欧阳修原本的“文道合一”理论之上的完善和发展；微观上，就文、道本身来说，曾巩对文与道关系的认识，可以简单概

---

① 章锡琛点校：《张载集》，第 320 页，中华书局 1978 年版。

② （清）孙希旦撰，沈啸寰、王星贤点校：《礼记集解》，第 984 页，中华书局 1989 年版。

③ 陈来：《宋明理学：本土主流文化传统的复兴》，《紫光阁》2014 年第 1 期。

④ 白翊暄：《南宋理学家对曾巩散文的接受及曾文的经典化》，内蒙古师范大学 2018 年硕士学位论文。

括为“充道以为文，又以文传道”。而朱熹也发表过类似的言论：“道者文之根本，文者道之枝叶。唯其根本乎道，所以发之于文，皆道也。三代圣贤文章皆从此心写出，文便是道。”① “若曰唯其文之取，而不复议其理之是非，则是道自道、文自文也。道外有物，固不足以为道，且文而无理，又安足以为文乎？盖道无适而不存者也，故即文以讲道，则文与道两得而一以贯之，否则亦将两失之矣。”② 他与曾巩的看法相同，认为文与道是不可分离的。道是文本写作的根本，而文则是表达道的最佳方式。其次就是曾巩的文符合朱熹的品评标准，朱熹在《跋曾南丰帖》中提到过：“熹未冠而读南丰先生之文，爱其词严而理正，居常诵习，以为人之为言，必当如此，乃为非苟作者。”③朱认为曾巩之文理正、词严，是不可多得的好文章。上文曾巩文理观的部分，我们便已经分析过曾巩的“理”了，我们认为曾巩的“理”保持了对现实的研究，对待事物实践的理性态度，并且他这里的态度又是与儒家之道分不开的，他的理性之中充满了主观性，表现出对事物的儒学性哲思，故而他的文章刚好是朱熹追求的文本规范。朱熹就曾拿曾巩之文与苏轼之文相比较：“南丰文却近质。他初亦只是学为文，却因学文，渐见些子道理，故文字依傍道理做，不为空言。只是关键紧要处也说得宽缓不分明，缘他见处不彻，本无根本工夫，所以如此。但比之东坡则较质而近理，东坡则华艳处多。”④ 张伯行在《唐宋八大家文钞》卷头《曾文引》中提到：“今观朱子之文，波澜矩度似亦从南丰来。”⑤ 故而朱熹对于曾巩文章的极其推崇，让曾巩之文在文学传播史中也能有一席之地。

---

① （宋）朱熹撰，朱杰人、严佐之、刘永翔主编：《朱子全书》，第 18 册第 4314 页，上海辞书出版社，安徽教育出版社 2002 年版。

② （宋）朱熹撰，朱杰人、严佐之、刘永翔主编：《朱子全书》，第 21 册第 1305 页，上海古籍出版社，安徽教育出版社 2002 年版。

③ （宋）朱熹撰，朱杰人、严佐之、刘永翔主编：《朱子全书》，第 24 册第 3918 页，上海古籍出版社，安徽教育出版社 2002 年版。

④ （宋）朱熹撰，朱杰人、严佐之、刘永翔主编：《朱子全书》，第 18 册第 4308 页，上海古籍出版社，安徽教育出版社 2002 年版。

⑤ （清）张伯行重订：《唐宋八大家文钞》，第 653 页，丛书集成新编，新文丰出版社 2001 年。

同代大家欧阳修、王安石、苏轼对曾巩也多有赞誉，但是他们基本上都是将曾巩作为古文家来看待，曾巩的形象也是处于理学的窠臼。真正使曾巩摆脱理学家形象，跻身文学家的最大功臣还是陈宗礼。陈宗礼（1203—1270），南宋官员，早年以教书为业，四十三岁方中进士，历任殿中侍御史兼直讲、礼部尚书、枢密院参知政事，卒于官，谥文定。其与曾巩同为南丰人，其谥号也相同，对曾巩的文更是赞颂有佳。在《南丰先贤祠记》中他这样评价曾巩："然求其渊源圣贤，表里经术，未有若南丰之醇者也……则先生之学，非角声名竞利禄之学矣……故溢而为文辞，严毅正大，不诡不回，援孔孟之是，断战国策士之非，举典谟之得，正司马迁之下诸史之失。……予尝窃禄中秘，遇当陛对，尝述先生之文之道，请赐谥立祠以光往哲，以范后学。"① 我们可以看出在这一段论述中，陈宗礼同时接受与赞扬了曾巩为文"不虚美，不隐恶"的"事信观"和明辨是非的"文理观"。

当然除了朱、陈两大家，也有许多理学家对曾文广泛接受。如宋代心学大家陆九渊，他在《与沈宰》中谈到对曾文的接受与推崇："荐领诗文，皆豪健有力……江西诗派书，曾见之否？其间颇述诗之源流，非一时之说，愚见大概如此。国风雅颂固已本于道。风之变也，亦皆发乎情，止乎礼义，此所以与后世异。若乃后世之诗，则亦有当代之英，气禀识趣，不同凡流，故其模写物态，陶冶情性，或清或壮，或婉或严，品类不一，而皆条然各成一家……曾子固文章如此，而见谓不能诗。其人品高者，又借义理以自胜，此不能不与古异。"② 又如叶适认为"文不当容异矣"，黄震在《黄氏日钞》中对曾巩的散文进行了总结性评价，认为其行文"极有法""婉转可佳"、严于"布置"，③ 在内容上重视民生疾苦，关心治国之道。他认为曾巩在性格上非常宽容，对儒学有纯粹的追求，是继承儒学思想的典范，更符合理学家的审美

① 曾枣庄、刘琳主编：《全宋文》，第 350 册第 7—8 页，上海辞书出版社，安徽教育出版社 2006 年版。

② （宋）陆九渊著，钟哲点校：《陆九渊集》，第 220 页，中华书局 1980 年版。

③ （宋）黄震撰：《黄氏日钞》卷六十三《读文集五・曾南丰文》，第 708 册第 552 页，景印文渊阁四库全书，台湾商务印书馆 1986 年版。

准则。

谈到曾文的经典化，我们先来看看朱国华在《文学“经典化”的可能性》一文中是怎样阐述文学的经典化这一命题的，他认为：“我们不妨将经典化过程理解为这样一个相互缠绕穿插的三重机制的协同作用过程：文化生产场生产出对于文学经典的认知，新闻场或大众媒介场通过时间或长或短的炒作强化了某些文学经典的地位，教育体制则通过教材或教学实践将某些文学经典永久化。”① 把他的观点放置于曾巩文学经典化的情境之下，我们可以得出这样的结论：首先因为曾巩的儒学思想正是当时官方正统思想，受到自上而下的儒学文化氛围的熏陶，众人将其学说视为经典；其次，宋代各大文学大家对曾巩文学的推崇，如我上文中提到的，欧阳修、苏轼、王安石、朱熹、陈宗礼、陆九渊等；最后就是后世对于曾巩文集的选择、录入与引用了。

南宋选家对曾文经典化起到了很大的推动作用，其动力主要表现在三个方面：

第一，南宋时期的曾文选本。宋代选本荟萃云集，较为出名的选本都对曾巩有所关注，如《古文关键》《续文章正宗》《绝妙古今文选》《东莱集注观澜文》《皇朝文鉴》《崇古文诀》《圣宋名贤五百家播芳大全文萃》，而曾文的录用数量在很多文选也占了大头，如《续文章正宗》中选用曾巩序九篇，志铭十七篇，传二篇，记二十三篇；《皇朝文鉴》中选用曾巩制诰五篇，记八篇，序九篇，议论二篇，书二篇，题跋一篇，哀辞一篇，祭文四篇，墓志铭四篇，传一篇；《圣宋名贤五百家播芳大全文萃》中选用曾巩表八篇，启五篇，书一篇，祭文二篇，记一篇。

第二，南宋选家的理学渊源与背景。宋代选家的理学背景，《古文关键》（吕祖谦）、《续文章正宗》（真德秀）、《绝妙古今文选》（汤汉）、《东莱集注观澜文》（林之奇）、《皇朝文鉴》（吕祖谦）《圣宋名贤五百家播芳大全文萃》（魏齐贤），这六个大家之中基本上都有理学的背景渊源，在其理学观念上有所传承，吕祖谦是南宋著名的理学家，林之奇是他的老师，真德秀被后人称

① 朱国华：《文学“经典化”的可能性》，《文艺理论研究》2006年第6期。

为朱熹新儒学的继承人，而汤汉又是他的门人。

第三，南宋选本与点评对曾文的经典化推动。《崇古文诀原序》中提到："文者，载道之器。古之君子非有意于为文，而不能不尽心于明道，故曰'辞达而已矣'。能达其辞，于道非深切著明，则道不见也。此文之有关键，非深于文者安能发挥其蕴奥，而探古人之用心哉？四明楼公假守莆邦，积其平时苦学之力，紬绎古作，抽其关键以惠后学。"① 真德秀于《文章正宗纲目》述其选录宗旨："夫士之于学，所以穷理而致用也。文虽学之一事，要亦不外乎此。故今所辑，以明义理、切世用为主，其体本乎古，其指近乎经者，然后取焉。否则辞虽工亦不录其目。"② 吕祖谦认为："词章，古人所不废。然德盛仁熟，居然高深，与作之使高，浚之使深者，则有间矣……愿更留意于此。"③ 还认为："子直庶几善道，而于事物似未尽谙悉。如陆务观疏放，封驳岂为过当！方人才难得之时，其词翰儁发，多识典故，又趣向实不害正。推弃瑕使过之义，阔略亦何妨？"④ 从中我们都能够看到像曾巩这样的儒门正统理学家，正中他们选文取向的靶心。用吕祖谦《古文关键》中对曾巩文的评价，如评《送赵宏序》为"峻洁有力"⑤，评《战国策目录序》为："此篇节奏从容和缓，且有条理，又藏锋不露。初读若大羹元酒，须当仔细味之。若他练字好，过换处不觉，期间又有深意存。"⑥ 从以上言论，我们已经能够窥视出曾文经典化的原因。

对于曾巩文经典化的影响，首先我们能想到的是曾巩被选入唐宋八大家，

---

① 王水照编：《历代文话》，第460页，复旦大学出版社2007年版。

② （宋）真德秀编：《文章正宗》，第1355册第5页，景印文渊阁四库全书，台湾商务印书馆1986年版。

③ （宋）吕祖谦撰：《东莱别集·与陈同甫》，第1150册第276页，景印文渊阁四库全书，台湾商务印书馆1986年版。

④ （宋）吕祖谦撰：《东莱别集·与周丞相（子充）》，第1150册第265页，景印文渊阁四库全书，台湾商务印书馆1986年版。

⑤ （宋）吕祖谦辑，（宋）蔡文子注：《增注东莱吕成公古文关键》（宋刻本），卷之十九第10页，中华再造善本，北京图书馆出版社2004年版。

⑥ （宋）吕祖谦辑，（宋）蔡文子注：《增注东莱吕成公古文关键》（宋刻本），卷之十八第5页，中华再造善本，北京图书馆出版社2004年版。

明初朱右将唐宋八位对后世影响深远的散文家的文章编成《八先生文集》，八大家之名始于此。明中叶唐顺之所纂的《文编》，仅取唐宋八位散文家的文章，其他作家的文章一律不收，这为唐宋八大家名称的定型和流传起了一定的作用。不久，推崇唐顺之的茅坤根据朱、唐的编法选了八家的文章，辑为《唐宋八大家文钞》。朱右的《新编六先生文集序》言："《六先生文集》，总一十六卷。唐韩昌黎文三卷，六十一篇；柳河东文二卷，四十三篇；送欧阳子文二卷，五十五篇，见《五代史》者不与。曾南丰文三卷，六十四篇。王荆公文三卷，四十篇；三苏文三卷，五十七篇。""文所以载道也，立言不本于道，其所谓文者妄焉耳。夫日星昭布，云霞绚丽，天文也；川岳流峙，草木华实，地文也；名物典章，礼乐教化，人文也。三才之道备，文莫大焉……然载道之文，莫大于六经。"① 又贝琼《唐宋六家文衡序》"若六家者（他把苏洵、苏轼、苏辙父子称为一家），虽于道有浅深，皆本诸经为说，铲驳而复纯。于此求之，其至于古无难者，是伯贤之志也"②，并且提出了八大家的文各有特色："韩之奇，柳之峻，欧阳之粹，曾之严，王之洁，苏之博。"③ 曾文在南宋的经典化，与曾巩被选入唐宋八大家有很大的关系。此外，曾巩的文影响深远。在宋后的元、明、清代，其文都在文学界掀起了很大的波澜，许多文人学者对其推崇备至，如元代著名学者刘埙就认为曾巩"平生深于经术，得其理趣；而流连光景，吟风弄月，非其好也。往往宋人诗体多尚赋，而比与兴寡，先生之诗亦然"④，元诗四家之中的虞集也曾称赞他"博考经传，知道修已，伊洛之学未显于世，而道说古今，反复世变，不失其正"⑤ 元代文人

---

① （明）朱右撰：《白云稿》，第1326册第268页，续修四库全书，上海古籍出版社。

② （明）贝琼撰：《清江诗集》，第1228册第477页，景印文渊阁四库全书，台湾商务印书馆1986年版。

③ （明）贝琼撰：《清江诗集》，第1228册第477页，景印文渊阁四库全书，台湾商务印书馆1986年版。

④ （元）刘埙撰：《隐居通议》，第866册第78页，景印文渊阁四库全书，台湾商务印书馆1986年版。

⑤ （元）虞集撰：《桂隐文集·桂隐文集原序》，第1195册第117页，景印文渊阁四库全书，台湾商务印书馆1986年版。

对于曾巩的赞扬态度最明显的，就是元人所修《宋史》中对于曾巩的评价了。《宋史·曾巩传》："立言于欧阳修、王安石间，纡徐而不烦，简奥而不晦，卓然自成一家，可谓难矣。"① 再看明代，对现代学者而言，一般说到理学都会说宋明理学，宋代和明代的理学视为同源，明代的理学就是在宋代理学的基础上发展出来的，可见曾巩文的经典化，以及宋代理学家对于曾巩不遗余力地推崇，使得曾巩在明代文学界、理学界的地位也很高。如《明史·文苑三》中这样评价曾巩："慎中为文，初主秦、汉，谓东京下无可取。已悟欧、曾作文之法，乃尽焚旧作，一意师仿，尤得力于曾巩。顺之初不服，久亦变而从之。壮年废弃，益肆力古文，演迤详赡，卓然成家。"② 又如明代嘉靖年间的唐宋派对曾文推崇备至，他们在文学创作上保持了清醒的态度，克服前后七子在文学复古上的弊端。唐宋派变学秦汉为学欧曾，反对以文采取代"道统"，和欧曾一样主张"文道合一"的文学创作传统。茅坤《复陈五岳方伯书》中在继承了曾巩以"六经"为准则的创作态度："世之文章家，当于六籍中求其吾心者之至，而深于其道，然后从而发之为文。"③ 到了清代，继承了唐宋派传统的桐城派对曾巩的文章更是推崇备至，他们沿着曾巩文的脉络开创性地提出了"义法说"。方苞在《又书货殖传后》中说："义即易之所谓'言有物'也，法即易之所谓'言有序'也。义以为经而法纬之，然后为成体之文。"④ "言有物"，是文章要有充实的内容；"言有序"，是文章要有合度的形式；"义法"是把内容和形式统一起来，这从原则上说是对的。"义法说"其实就是对欧曾"文道合一"说法的延续。

① （元）脱脱等撰：《宋史》，第 10392 页，中华书局 1977 年版。

② （清）张廷玉等撰：《明史》，第 7368 页，中华书局 1974 年版。

③ （明）茅坤撰，张梦新、张大芝点校：《茅坤集》，第 358 页，浙江古籍出版社 2012 年版。

④ （清）方苞著，刘季高校点：《方苞集》，第 58 页，上海古籍出版社 1983 年版。

第八章　王安石之“志”的阐释与贯彻

提起王安石，人们心中自有思量，无论是政治上的大刀阔斧，抑或是文坛上的建树，总归是不陌生的。振叶以寻根，观澜以索源，关于王安石之“志”，则有待进一步阐释与考量。王安石之“志”可以表现在其文学、政事的思辨及行为处事、个人理想方面，因其所处朝代、时期的特殊性，“志”的多重含义多聚焦于对道统、正统（经）的回归上，外现于文作，且于实践中贯彻，尤其是科举文化的变革，影响深远。“文以德为主”的观念向“文以气为主”转变于中国古代文学自觉时代发生，这一魏晋风度则于宋异代重起，王安石之“志”正是“德”与“气”的凝结，是一种昂扬向上、英特迈往的人格理想。

第一节　“志”的含义及王安石之“志”源始

“志”的含义有多种理解，对“志”的定义是笔者阐释王安石之“志”的首要任务，在此基础上进而去探寻、理解王安石之志及其源始。“志”的释义，笔者从文字学和思想史的双重角度出发，将不同语境下“志”的不同解释逐一列出，同时将春秋战国时期产生之学（易、儒、道、墨）对这一焦点命题带有自家思想特质的诠释罗列出来，先秦时期开创性的思想光辉虽然因其多样性而闪耀，但其中儒家对“志”的阐释（积极向上的人格理想）接受范围最广，而北宋对儒学的回归态势，使得儒学继汉的经学化、唐的三教并举后进入一个新的发展阶段，由此结合北宋的时代氛围和王安石的成长环境，可以窥探到王安石之志的思想原始。

一、“志”的含义

在最原始的许慎《说文解字》版本中，本没有“志”一字。后徐铉补录了十九字，“志”为其中之一。其弟徐锴在《说文解字系传》中释“志”为：“志，心者，直心而已，心有所之为志。”① 《尚书·舜典》中有云：“帝曰：‘夔，命汝典乐，教胄子，直而温，宽而栗，刚而无虐，简而无傲；诗言志，歌永言，声依永，律和声，八音克谐，无相夺伦，神人以和。’”② 其中，“诗言志”是可考的最早关于“志”的概念，古今学者在批评史和创作论两方面对其进行了广泛的研讨。具体有以下几种理解：

对于这一观点的解读，学界也有不同的观点。早期有一大部分学者将此句解读为诗是用来抒发意志的，将“志”释为“意志、内心情感”。如刘勰《文心雕龙·明诗》“大舜云：‘诗言志，歌永言。’圣谟所析，义已明矣。是以在心为志，发言为诗”③，引用了《毛诗序》中关于“情”与“志”关系的论述，即“诗者，志之所知也，在心为志，发言为诗”。但是，也有以戴伟华为代表的学者持不同观点，认为对“志”的解读应回归到原文的上下语句，将“诗言志，歌永言，声依永，律和声”联系在一起理解，“诗言志”应是教胄子通过阅读诗歌来表达自己的情志，在西周时代，是一种阅读诗歌的习惯。根据这一观点，顺而可解《论语·季氏》中“不学《诗》，无以言”。总言之，两者对于“志”的解读，大抵一致，此处心中“志”，指内心情感、心志。

同理，见《左传·昭公二十五年》：“是故审则宜类，以制六志。”杜预注：“为礼以制好恶喜怒哀乐六志，使不过节。”六志，指好、恶、喜、怒、哀、乐六种情感。孔颖达疏：“此六志，《礼记》谓之六情。在己为情，情动

---

① （南唐）徐锴撰：《说文解字系传》，第 316 页，中华书局 1987 年版。

② （清）孙星衍撰，陈抗、盛冬铃点校：《尚书今古文注疏》，第 69—70 页，中华书局 1986 年版。

③ （南朝梁）刘勰著，詹锳义证：《文心雕龙义证》，第 171 页，上海古籍出版社 1989 年版。

为志，情志一也。”① 再次将“情”与“志”放在一起论述，阐明对“志”的含义的理解。詹福瑞先生在《中古文学理论范畴·文德》中说：

> 所谓诗，就是情的语言的表达。志有所动，发言为诗，与情有所动，发言为诗，并不是一种无意的拼合，它说明：在《毛诗序》作者的心中，志中是含有情的成分的，志并不完全排斥情，言志亦有抒情之意，这与后人把情志判然分为两个概念是不同的。②

情与志，同属于作者的心理活动。情是感性的体验，是人们对客观世界的被动体验；志是理性的反应，是情的体验之后的积极反应。这里从人的情感的心理欲求去认识诗的言志抒情的本质，揭示了诗的创作中情和志不可分开的浑融特点。

孟子也有关于“志”的论述，出于其著名的“以意逆志”论。《孟子·万章上》云：“故说《诗》者不以文害辞，不以辞害志。以意逆志，是为得之。”杨伯峻解释为：用自己切身的体会去推测作者的本意。③ 故此处“志”为作者本意，即作者本人情感。晋代挚虞的《文章流别论》中有云：“夫诗虽以情志为本，而以成声为节。”④ 这里“志”“情”同论，作者的思想感情被认作诗之根本。

其二则归为心愿、愿望。如《论语·公冶长》：“盍各言尔志?”子路愿将车马衣裘分给朋友而敝衣无憾，颜渊则提出对自身的要求，所志为不夸耀自身优势、不劳他人，孔子希望达到的境界是能够使老者安心、朋友信任、晚辈怀念。三人分别道出了自己的愿景，其与三人各自的性情怀抱紧密相关。再看明凌濛初的《二刻拍案惊奇》卷十七《同窗友认假作真，女秀才移花接术》：“平时杜子中分外相爱，常恨不将男作女，好做夫妇。谁知今日竟遂其

---

① （清）阮元校刻：《十三经注疏·春秋左传正义》，第 2108 页，中华书局 1980 年版。

② 詹福瑞著：《中古文学理论范畴》，第 40 页，河北大学出版社 1997 年版。

③ 杨伯峻译注：《孟子译注》，第 216 页，中华书局 1960 年版。

④ （清）严可均校辑：《全上古三代秦汉三国六朝文》，第 1905 页，中华书局 1958 年版。

志，也是一段奇话。”① 和今人常说的“遂了你的愿吧！”几乎同义。

其三为神志。这个含义见于战国宋玉的《神女赋》，其中有云：“罔兮不乐，怅然失志。”② “志”释为怅然而若失去神志的样子。

四则为德行。《吕氏春秋·遇合》“凡举人之本，太上以志，其次以事，其次以功”③ “志”指的是推举的标准。高诱注云：“志，德也。”④

除此之外，“志”还经常见于古人著作名称中，是作为一种记事的体例，特指史书中述食货、职官、礼乐、地理、兵刑等篇章。如南朝梁刘勰《文心雕龙·史传》记载：“唯陈寿《三志》，文质辨洽，荀张比之于迁固，非妄誉也。”⑤ 只有陈寿的《三国志》，有文有质，明辨博通，荀勖、张华把他比作司马迁、班固，并不是虚假的赞誉。唐宋八大家之一的柳宗元记有《永州铁炉步志》，写作缘由中说道：“嘉其言可采，书以为志。”再有宋郑樵的《通志·总序》云：“江淹有言，修史之难，无出于志。诚以志者宪章之所系，非老于典故者不能为也。”⑥ 这里第一个“志”为方志、地理志、食货志等统称，是研究历史的重要材料。

以上几种“志”的含义，需要根据各自的语境区分。其中以前两种解释接受范围最广。

二、诸子百家有关“志”的理论与阐述

《易经·卜卦》将“志”解释为人们所期待的事情。《彖传上·蒙》：“蒙，山下有险。险而止，蒙。蒙亨，以亨行，时中也。匪我求童蒙，童蒙求我，

---

① （明）凌濛初编：《二刻拍案惊奇》，第 2 册第 861 页，古本小说集成，上海古籍出版社 1994 年版。

② （清）严可均校辑：《全上古三代秦汉三国六朝文》，第 74 页，中华书局 1958 年版。

③ （汉）高诱注，（清）毕沅校，徐小蛮标点：《吕氏春秋》，第 300 页，上海古籍出版社 2014 年版。

④ （汉）高诱注，（清）毕沅校，徐小蛮标点：《吕氏春秋》，第 302 页，上海古籍出版社 2014 年版。

⑤ （南朝梁）刘勰著，詹锳义证：《文心雕龙义证》，第 594 页，上海古籍出版社 1989 年版。

⑥ （宋）郑樵撰，王树民点校：《通志二十略·总序》，第 5 页，中华书局 1995 年版。

志应也。”[①]《象传上·同人》更是有言：“唯君子为能通天下之志。”[②] 这本是解释卦象之词，但如不切合人心，则很难被相信。所以若用一个字来替换“志”，当属“心”字极为贴切。孔夫子圣人之伦，不语怪力乱神，以志换心，符合士大夫之本。由此志大概可以分为三类：一曰国之志，戎祀之辞；二曰民之志，蓄养婚丧之辞；三曰君子之志，大概等同于后修身齐家治国平天下之论。其三为《易传》“志”之根本，以教士子而正人伦，也属于儒家之义理。

儒家思想理论的传承和发展经历了一个漫长的时期。周敦颐在《通书·志学》中说：“伊尹耻其君不为尧、舜，一夫不得其所，若挞于市”[③]，此为伊尹之志，无论国君还是民众，都有自己的位置，应该向着理想的方向努力，这也是在通义上被普遍认知的儒家之“志”的重要内容。“志”也常指人的品行和美德。“志”在儒家是一种积极向上、改良社会、提高人格的思想，正所谓“内圣外工”，修身、齐家、治国、平天下。儒家培养君子，重点在内在心性，通过提高个人的道德修养，把所追求的价值观念不断内化于自身，从而形成一种道德自觉，并将其融汇成集体价值观念，以向外起到一定范围的示范作用。《论语》言“志”有十七次之多，由品德进而强化为“志向”，如“匹夫不可夺志”（《论语·子罕》）。同时儒家广泛地肯定积极的志向，鼓励“立志”，其大致可以分为两个方向：追求内在道德修养的勤学精神和对外担道义、扬仁义的入世精神。“苟志于仁矣，无恶也。”（《论语·里仁》）其“志”在于对“仁”的追求，体现了孔子对于和谐社会的追求。《孟子》则在言“志”中引入了“志”与“气”“义”的关系，“志”的内涵是“义”。在“志”与“气”的关系上，“气”从属于“志”，由“志”产生“气”，进而形成“志气”这一人格特征。“夫志，气之帅也；气，体之充也。夫志，至焉；气，次焉。”（《孟子·公孙丑上》）而宋明理学，则特别强调内在心性修养，

① 陈鼓应、赵建伟注译：《周易今注今译》，第 65 页，商务印书馆 2016 年版。

② 陈鼓应、赵建伟注译：《周易今注今译》，第 137 页，商务印书馆 2016 年版。

③ （宋）周敦颐著，陈克明点校：《周敦颐集》，第 23 页，中华书局 1990 年版。

明天理，以摒除人欲的干扰。进而发挥“志”在道德上的显性作用，最终实现内在心性和外在行为的统一。

墨家与之不同，墨子认为存在“天志”，即奉公以兼爱天下人，实现真正的仁义。其实天志本质上就是客观规律，《墨子·天志上》言：“我有天志，譬若轮人之有规，匠人之有矩。轮匠执其规矩，以度天下之方圜。”① 天志于兼爱之中产生，后演变成凌驾于所有人之上的社会规范，在依托神学外壳的同时，宗教功能逐步让位于社会政教，这也体现了墨家天下为公的胸怀抱负。墨家同样崇尚科学，《墨子》一书中还有许多涉及科学的内容，例如作战工具的制作过程和适用之处，全书贯彻理性思想，所以墨家是将“规律”放在第一位的，而非儒家的“主观能动力”，这是“天志”的高明之处。所谓“天志”，实际是子墨子之志，它是墨子的一种思想武器，是为实现其“兼相爱，交相利”的社会理想而提出的，依赖天志的赏善罚恶功能以匡正社会政治秩序。正如《墨子·法仪》所言：“天之行广而无私，其施厚而不德，其明久而不衰，故圣王法之。”② 天地（自然界）让万物共同生存，广博而无私，自有规律，所以圣王应该效法天地的无私，维护自然界的规律，以此保持自然与社会的长盛不衰。由此将大多数人的集体意志借助一种无形的绝对力量表达出来，是对“圣王”尊天志、广爱民的希冀。

道家更是另一套理论体系，《道德经》第三十三章言：“知人者智，自知者明。胜人者有力，自胜者强。知足者富，强行者有志，不失其所者久，死而不亡者寿。”③《说文解字》解释为：故有志者，盖有顽强意志者也。老子一向不优厚智者，主张“弱其志”，但对于有自己的坚持、不会轻易改变的人，老子也是持赞赏态度的，可能他自己也是其中的一员。盖有志者，凌霜雪而知寒者。

总之，儒家之“志”影响最为广泛深远，王安石也受益于此，由此丰富

---

① （清）孙诒让撰，孙启治点校：《墨子闲诂》，第 195 页。中华书局 2001 年版。

② （清）孙诒让撰，孙启治点校：《墨子闲诂》，第 22 页。中华书局 2001 年版。

③ （魏）王弼注，楼宇烈校释：《老子道德经注校释》，第 84 页，中华书局 2008 年版。

了自己的思想理论，可以说它是人生方方面面的哲学，在当下仍具有深远的现实意义。

三、王安石之“志”的儒学渊源

梁启超为王荆公传云：“古之天民者与大人者，必有其所养；观其所养，而其所树立可知也；观其所树立，而其所养可知也。荆公之德量气节事业文章，其卓越千古也若彼，则其所以养之者必素矣。”① 王安石，字介甫，临川人（今江西抚州临川）。北宋真宗天禧五年（1021）生人，元祐元年（1086）四月卒，时年六十六，谥号文，自号半山老人，世称王文公。一生两次任宰相，主法变革事宜，深得神宗皇帝信任，以政事和文章闻名。

王安石父母是他的思想形成的源头。王氏远祖已不可考，仅知曾居太原，后迁临川，曾祖父王明，不仕，赐太师中书令。祖父王用之，亦不仕，赐太师中书令兼尚书令。用之有五子，长子王益即王安石之父。叔祖王贯之，于真宗咸平三年（1000）登进士第。“父王益，始字损之，后改舜良。少以文章为地方官张公咏所赏识。王益于真宗大中祥符八年（1015）登进士第，先后任建安主簿、临江军判官、新淦知县，改大理寺丞，又移庐江、新繁知县，再改殿中丞、韶州知州和太常博士、尚书屯田员外郎、江宁府通判等职。王益在任内，关心民间疾苦，吏治严明，注重礼义道德教育，所在皆有政绩。”② 王安石文集有云：“先人之存，某尚少，不得备闻为政之迹。然尝侍左右，尚能记诵教诲之余。盖先君所存，尝欲大润泽于天下，一物枯槁，以为身羞。”③ 少年时代的王安石一直随父迁往各地，切身目睹父亲在位时教化民众、改良风俗的政绩与热忱。王益的言传身教，为王安石后来所形成的爱民、务实的政治意识打下了良好基础。

王安石其母吴氏，出身书香大族，孝顺长辈，又悯农济贫，博闻强识，

① 梁启超著：《梁启超全集·王荆公》，第1752页，北京出版社1999年版。

② 赵贺民：《王安石人性论研究》，陕西师范大学2011年硕士学位论文。

③ 王水照主编：《王安石全集·答韶州张殿丞书》，第6册第1304页，复旦大学出版社2016年版。

喜好阴阳术数，终老不倦，眼光不为世俗所困。在面对乡人疑惑她为何不劝王安石应诏时，吴氏却答人各有志，不愿强迫。王迁知制诰时，她也拒绝得封郡太君，潜移默化中对王安石的个性养成影响深远。他不仅位高权重，才高于世，而且骨子里尤为倔强，个性斐然。司马光于《邵氏见闻录》回忆道：一日，包拯请群牧司中官员饮酒赏花，高兴时亲自劝酒，众人不愿扫其兴，纷纷饮酒助乐，况包拯平时严于律己，极少开怀宴饮，司马光也一同饮，但王安石坚决拒绝，一滴未沾。观王安石平时习惯，也并非禁酒之人，在如此场合中，却不愿一同，可见其饮酒看兴致，不喜强迫。其好友王回，小王安石三岁，因不喜官场作风而辞官隐居，潜心书册。王安石母吴氏云：“如此人。乃与为友。”王安石谨遵吴氏之意，交友之道正契合《论语·颜渊》之言：“君子以文会友，以友辅仁。”君子通过文章学问彼此结识相交，而友人之间思想的独特性应建立在德行的一致上。和而不同，方能有所增益。

少年王安石识字读书始于韶州，那里的秀美景色与壮美山川给他留下了美好的童年记忆。三年后，即明道二年（1033），十三岁的王安石随父丁忧归临川。王安石自幼聪明过人，此时更是少年自负、恃才傲物，诗中有云：“此时少壮自负恃，意气与日争光辉。”《忆昨诗示诸外弟》诗中更云：“坐欲持此博轩冕，肯言孔孟犹寒饥。”直言凌云壮志，并带有轻松闲适的语调，充满少年自负与积极进取的青春情怀，极富感染力。随着年岁的增长，王安石的思想也更加成熟。景祐二年（1035），王安石十五岁，边界的侵扰不平和奸臣的反叛，震动朝野的同时也震动了这颗少年心，不变的一腔热血之外，王安石对国家前途和社会命运有了更多的责任感，忧天下之忧，以天下安危为己危。宝元二年（1039）对王安石来说是尤为沉痛的一年，父亲因病逝世，葬于江宁。十九岁的王安石，跟从二兄入学，更为勤勉用功。《宋史》记载：“安石少好读书，一过目终身不忘，其属文动笔如飞。初若不经意，既成，见者皆服其精妙。”此时的王安石，涉猎尚广，常闭门自读，废寝忘食，抒发感悟，不过仍然自感所知甚少，直至晚年，仍孜孜不倦，可谓是终身学习的典范。

庆历元年（1041），二十一岁的王安石入京应礼部试，荣登杨寘榜第四名，从此开始了他的官宦生涯。

王安石思想卓越、议论精警，原因在于其博览群书，“无所不读”“无所不窥”，而且常常有独到的见解。在政事方面，王安石作为传统的封建社会知识分子，砥砺笃学经典，以济世大道为最高理想，心怀广大，并追求务实，将所学致力于生活实践，大丈夫风范卓然而立。在文学方面，王安石不愿做无病呻吟之文，而且丰富的知识储备使其“下笔如有神”，这些在其此后的诗、词、文中都有所印证。同时，这种优长使得王安石在后期的变法推行事宜中，善于论辩，自信无畏，而成为其卓越之处。

“孔子在中国历史中之地位，如苏格拉底之在西洋历史，孟子在中国历史中之地位，如柏拉图之在西洋历史。”① 北宋亦然。王安石所处时期，为宋初意识形态未形成之际，即宋学未开蒙之时。有唐以来，儒、释、道三家并存相生，处于一种协和状态。唐代士人大多兼有两家甚至三家思想，如王维；或人生不同时期占主导地位的思想不同，像白居易。可以说，唐代世人的普遍心态是“外儒内道”或“外儒内佛”，而唐末藩镇动乱，五代十国快速更迭，进入北宋后，大一统文化需要时间重建，万众归一的儒学仍处于主流意识形态之中。针对唐宋思想文化转型，各种观点层出不穷，“一变说”“两期说”“三期说”等，众说纷纭。目前学界几乎普遍认同的一点是宋仁宗年间在经学、哲学、思想、文学艺术等方面发生了重要变革。此时，王安石正值壮年，也参与到了新儒学的建设当中，并在其中发挥了重要作用。

经学方面，以往汉代学者对儒学的解释训诂，可谓全面。至唐学者，章句之学繁盛，也谈经之字句，小学也兴盛。宋代学者则更倾向于在整体内容上深挖细究，注重从思想上提出新的发展方向和一套独特的见解，其代表为程朱理学。它的产生、发展与确立经历了一个漫长的时期，最终成为一代之学。马宗霍谈道：“宋初经学，犹是唐学，不得谓之宋学。讫乎庆历之间，诸儒渐思立异。”② 刘复生也谈道：“北宋中期的儒学复兴运动，基于唐宋之际中国社会发生重大变化这种特定的历史条件而产生……一些崇奉儒家学说的思

① 冯友兰著：《中国哲学史》，第 86 页，华东师范大学出版社 2015 年版。

② 马宗霍著：《中国经学史》，第 110 页，商务印书馆 1926 年版。

想家努力探究儒学义理，希望通过重新阐释儒家经典并以之为纲，重新建立起儒家的‘王道’政治。”① 此时，北宋的意识形态领域佛学占据上风，主要是前朝的思想延续，佛老在民间得到了广泛的传播，不过连佛教中人也认为“佛卒不可以治天下国家”，加之对浮华文辞的不满，儒学的改革创新也由此开始，成为后代口中的“新儒学”。文学艺术领域在两宋时期也尤为繁荣，宋朝四大部书——《太平广记》《太平御览》《文苑英华》《册府元龟》，可谓我国古代纂书、修书发展的鼎盛。

总之，“这一儒学复兴运动的主题有二：一是阐发道德性命之学，以解决人生的价值和意义的问题；二是复兴三代礼乐王政，以重建人间秩序和政治宪纲”②。北宋重文的特殊国情决定了文人士大夫的政治文化模式，他们强调“致君尧舜”，回归二帝三代的先王之道；同时怀有很强的“以道事君”“先天下之忧而忧，后天下之乐而乐”的政治责任感和使命感；文人与政治家身份的合一，使得他们十分尊崇道统思想，学术氛围也尤为浓厚。

第二节　王安石古文对“志”的诠释与贯彻

古人多秉持“修辞立其诚”的观点，心胸、建树于所作诗文中可见一斑。王安石一生多言“时事语”，诗文无论是艺术欣赏成就还是文学史意义，皆成就斐然，且带有宋时文人特有的理学思辨色彩，志存高远、忧思深沉，尤其是他的古文，以此为切入点，可以深入了解其人格思想及行为实践。王安石对“志”的诠释可具体分为四个方面：心怀天下的使命感、义利关系的主体解读、个人的最高理想和古文的功用价值，以上理论也皆付诸熙宁改革的经济、教育、军事等实践之中。

---

① 刘复生：《北宋中期儒学复兴运动》，《文献》1991年第1期。

② 梁涛：《北宋新学、蜀学派融合儒道的“内圣外王”概念》，《文史哲》2017年第2期。

一、王安石古文对“志”的诠释

欲观其志，必明其书。王安石现存的文章大致可分为五类：第一类可称“官牍公文政策类”，这其中包括书疏、奏状、札子、表、册文、祝文政论文等。这类文章经常是上书劝谏、商讨国事，或表达自己的变法主张，例如《上仁宗皇帝言事书》，这篇政论文中，王安石从内部、外交、经济状况、有识之士的忧患等几方面提出了自己的见解。第二类为王安石任职期间与各地官吏友人之间的书信往来，或争辩，或赞颂，起着推行政令的作用，称“言事辩理书信类”，包括书、启。书信类文章是王安石散文的重要组成部分，王安石的各类书信不仅内容丰富，而且风格独特。第三类则称“逻辑说理论辩类”，这是王安石古文艺术成就最高的部分，受韩愈的影响很大，好作议论，包括论、辩、说、议、原等，例如《易泛论》《郊宗议》《夔说》《原性》《伤仲永》等。王安石的个性强烈，敢于坚持自己的主张，拗折刚劲，且能够自圆其说。第四类称“言情碑文祭文类”，包括墓志铭、神道碑、祭文。王安石祭文继承了传统的祭文写法，又加以创新和发展，形成了自己独特的艺术风格，情感浓烈而厚重。第五类称“散文山水游记类”。总体而言，王安石的古文成就很高，从中我们可以读到王安石所奉行的价值观念。

其次关于“志”含义的阐释，王安石多将其理解为意愿，是人的思想情感在总结升华后发出的。这与先秦的“言志说”、魏晋的“缘情绮靡说”及唐代的“情志合一说”不同，王安石尤为偏重理性观念的阐发，以期实现沉思良久的意志愿望，或者明定一套成熟的思想理论，而这恰恰是与宋朝文化氛围相契合的。《上仁宗皇帝言事书》中谈到取士及官宦制度时，对比参照了先王之道：“先王以为众不可以力胜也，故制行不以己，而以中人为制，所以因其欲而利道之。以为中人之所能守，则其志可以行乎天下而推之后世。”① 其中的“志”即为先王之道的思想意愿，是一套完整的方案。

具体包含四点，其一是心怀天下的责任感与使命感，强调的是在位官员

---

① 王水照主编：《王安石全集》，第6册第759页，复旦大学出版社2016年版。

和选拔出的新官员的心中之“志”。王安石从政以前在《与王逢原书七》中有云：“夫君子之于学也，固有志于天下矣。然先吾身而后吾人，吾身治矣，而人之治不治，系吾得志与否耳。”[①] 他将君子之志作为投身国事的一种途径，在以君子的目标严格要求自己的同时，也希望以一己之力产生广泛深远的影响。于此，王安石对“志”的理解几乎等同于君子之“志”，由此可观儒家思想中《论语》对君子的表述——“君子务本，本立而道生”；君子“先言其行，而后从之”；“君子之于天下也，无适也，无莫也，义之与比”；“有君子之道四焉：其行己也恭，其事上也敬，其养民也惠，其使民也义”。大抵是于己言行严格一致，事上恭敬尽心，仁义爱民。熙宁元年（1068），神宗皇帝问治国之道，王安石答“择术为始”。次年，神宗又问：“以何为先?”王安石答：“变风俗，立法度，方今所急也。凡欲美风俗，在长君子，消小人，以礼义廉耻由君子出故也。”[②] 这一点也表现在其后的教育改革上，前文谈到宋初主要沿袭唐代的科举取士标准，此项制度虽然表现出了对学子才学修养的重视。为去除对偶声病之文所带来的弊端，王安石将这个问题放在新政的改革内容中，致力提高经学的地位，以此希望从源头上解决时局之弊，最大限度地选拔愿作为、敢作为的官员。《三经新义》是其此时期的代表作品，包括《周官》《诗》《书》三经，是古代经学另辟的新蹊径。

心怀天下的观点态度并非新出，“先天下之忧而忧，后天下之乐而乐”历来被有志之士所倡导并身体力行。《孟子·尽心上·忘势》有言“穷则独善其身，达则兼善天下”，这一儒家经典思想意旨正是王安石之志的思想内容。相比于人事关系复杂的京官，王安石更愿意在地方任职，他总是有着不同于常人的思想见地，地方高度的行政执行能力是将思想付诸实践的保障。荆公早年的地方治理虽然不错，但他多次直言拒绝调任京官。庆历二年签淮南判官时，公二十二岁，期满拒绝徐献文求试馆职。庆历八年，公二十八岁，以祖

---

① 王水照主编：《王安石全集》，第 7 册第 1335 页，复旦大学出版社 2016 年版。

② （宋）杨仲良撰：《皇宋通鉴长编纪事本末》，宛委别藏影印本，第 1916 页，江苏古籍出版社 1988 年版。

母年老、家贫为由，拒绝中书召试馆职。因其拒绝理由略显空衍，多被世人诟病恃才傲物、不可一世。至和元年，公三十四岁，除集贤校理，同样没有赴任。此后及至嘉祐五年，王四十岁之时才入京奉职，期间还有王安石进厕所躲征召的轶闻趣事。但王安石并非故意忽视大局，他于嘉祐三年（1058）作的《上仁宗皇帝言事书》，针对宋王朝所存在的问题提出了自己的观点，渴望改变时局，虽然当时并未得到采纳，但也正是因为此文，迫切渴望有所作为的神宗皇帝选择王安石作为自己变革的得力助手，在多保守派的京城开辟了一条变法之路。同时，官员屡迁、不体民情以及德不配位等问题是王安石认为法制应该整改的不合理之处，也正是因为坚持自己的看法，才使他一意孤行，拒绝调任。《上仁宗皇帝言事书》有云："且在位者数徙，则不得久于其官，故上不能狃习而知其事，下不肯服驯而安其教，贤者则其功不可以及于成，不肖者则其罪不可以至于著。"而应"设官大抵皆当久于其任，而至于所部者远，所任者重，则尤宜久于其官，而后可以责其有为"①。如此，地方治理得当的嘉奖和追责才更有分量，使得士官各行其志，一切井然有序。

其二则是从义利的辩证关系来看，义与利通常被认为是对立的，义是志的重要内容，随着时间发展，一些文人有着新的认识，王安石在义利关系的发展中起到了重要的作用。上文提到的君子之志，与义是捆绑在一起的概念，儒家讲"见利思义，见危授命，久要不忘平生之言，亦可以为成人矣"（《论语・宪问》），而后又谈"君子喻于义，小人喻于利"（《论语・里仁》）。义和利进而成为划分君子与小人的一个标准了，更有舍生取义之说，对义的追求大过生命。而后孟子和荀子有所发展，但万变不离其宗，仁政以仁义为基础，"先义后利者荣，先利后义者辱"（《荀子・荣辱》）。儒家的思想观点长期以来居于主导地位。墨家作为小生产者的代表，仍然崇尚"义"的价值观念，但有所不同的是倡导"兼相爱，交相利"，平等无等级的爱中，希望去实现互利互惠，将利放在了一个较高的理想目标，并没有刻意的避讳，而是以正当的民利、公利来阐释，即义利并重。道家"无为"的观点决定无论是公

---

① 王水照主编：《王安石全集》，第6册第763页，复旦大学出版社2016年版。

利还是私利，都是舍弃的态度。不尚贤，不重智，同样也摒弃了义。法家则重利轻义尚法。他在《上仁宗皇帝言事书》中讲：“人之情，不足于财，则贪鄙苟得，无所不至。”[①] 可以说王安石将割裂的义与利重新联系起来，认为人的义举离不开利益因素，自身生存基本需要的满足是实行仁义的一个前提条件，不同于君子的严格标准，王安石将视角扩展到中人，这是他思想观念的第一个层面。第二个层面着眼于国家利益，宋冗官、冗兵、冗费问题严峻，加上不抑兼并、官员待遇优厚、修建宫观佛寺、祭祀活动的大手笔支出等，国家财政的严重危机落在了人民的背上，人民的生活愈加贫苦，国家危机也越加严重。他在《度支副使厅壁题名记》认为：

> 夫合天下之众者财，理天下之财者法，守天下之法者吏也。吏不良，则有法而莫守；法不善，则有财而莫理。有财而莫理，则阡陌闾巷之贱人，皆能私取予之势，擅万物之利，以与人主争黔首，而放其无穷之欲，非必贵强桀大而后能。[②]

围绕财、法、官吏三者之间的牵制关系，将理一国之财的重要性言明，维护国家的利益，强调国家理财不善则将会诱发中下之人的不义之举，进而危害社稷安全，希望通过义与利的制衡将理国家之财的重大举措提上日程。由此可得，王安石将义、利二者统一，认为取利并非是对义的违背，为国家理财恰恰是合乎大义的。

其三是王安石的“心中之志”，外在表现为忠君强国的政治理想。荆公心怀天下，格局抱负于诗文中可见一斑。其思想多源自孟子。王安石对问题的思考，总是从全新的角度切入，常常发出别出心裁的见解。南宋洪迈在《容斋四笔》卷四《王荆公上书并诗》云：“王荆公议论高奇，果于自用。”[③] 如写

---

① 王水照主编：《王安石全集》，第 6 册第 753 页，复旦大学出版社 2016 年版。

② 王水照主编：《王安石全集》，第 7 册第 1450 页，复旦大学出版社 2016 年版。

③（宋）洪迈著：《容斋随笔》，第 657 页，上海古籍出版社 1978 年版。

于熙宁元年的《本朝百年无事札子》，是解释本朝百年无事的一篇陈词。褒中寓贬，将开国百年祥和稳定的一个最重要的原因提了出来："上天的帮助"，少灾无祸才是国泰民安的基础，于"无事"之中提出改革求新变的观念。王安石是反对以刺客的行径来解决一国危难的："让诚国士也，曾不能逆策三晋，救智伯之危亡，一死区区，尚足校哉!"① 安定平稳的社会秩序之下的重大弊端不应该等待爆发后采用的极端手段挽回，可以说王安石的治国之道是具有宏观性和前瞻性的，不同于安于"太平"的保守派，他自信且无畏。"盘庚不为怨者故改其度，度义而后动"，正确的决策不应该按支持人数的多寡来断定，"天变不足畏，祖宗不足法，人言不足恤"的精神也贯穿王安石变法的始终。《上时政疏》有言："贤才不用，法度不修，偷假岁月，则幸或可以无他，旷日持久，则未尝不终于大乱……臣既蒙陛下采擢，使备从官，朝廷治乱安危，臣实预其荣辱，此臣所以不敢避进越之罪，而忘尽规之义。伏惟陛下深思臣言，以自警戒，则天下幸甚!"② 王安石忧心政事，孜孜不倦，渴望以一己之力打破桎梏。王安石在《上仁宗皇帝言事书》言："然而臣顾以谓陛下虽欲改易更革天下之事，合于先王之意，其势必不能者，何也？以方今天下之人才不足故也。"③ 将去先王之道甚远的关键归结为人才的缺失，并给出自己的建议："人之才，未尝不自人主陶冶而成之者也。所谓陶冶而成之者，何也？亦教之、养之、取之、任之有其道而已。"④ 倡导君主要以恰当的方法养士，推行严密的法制使他们各司其职，并由士及民，使民众也得到教化，这体现了王安石深刻的民本思想。同时，他对受教化的民众没有过高的期望与严苛道德要求，只是希望通过此种行径来平衡人们心中道义和利益之间的关系，进而促进社会和谐，这又与他人性论的观点紧密相关。王安石的人性论观点经历了一个变化的过程——"性归于善而已矣""性可以为恶""性有

① 王水照主编：《王安石全集·书刺客传后》，第6册第1283页，复旦大学出版社2016年版。
② 王水照主编：《王安石全集》，第6册第770—771页，复旦大学出版社2016年版。
③ 王水照主编：《王安石全集》，第6册第750页，复旦大学出版社2016年版。
④ 王水照主编：《王安石全集》，第6册第752页，复旦大学出版社2016年版。

善有恶”和“性不可善恶言”四个发展阶段。① 他认为作为外在表现的情才有善恶可言，而这一点与所习及所处的环境密切相关，所以君子的德行并不会强制推及每一个人，这与孟子“劳心者治人，治人者食于人”的观点一脉相承，主张人各司其职。

其四是王安石对文章写作的要求。唐宋古文运动风起云涌，从韩愈、柳宗元至柳开、石介、欧阳修等人都提倡“文以载道”，强调文章形式要服从于内容，大抵几家所言之道，都与儒家息息相关。中唐经安史之乱后，国势衰微，古文运动既是对浮靡骈体文风的一次反拨，又通过文章的内在要旨来达到宗经明道的目的，进而复兴儒学。这是一场文体革命运动，亦是一场深刻的思想运动。宋代也是出于儒学内在的发展动力而接续此次运动，弘扬时事之文，发挥文章的社会功用。王安石作为古文运动的中坚力量，也做出了一定的贡献。“尝谓文者，礼教治政云尔。”“且所谓文者，务为有补于世而已矣。”② 他非常强调文章的经世致用，大力反对当下只知工巧的文章，并力图改变以此类作品为取士标准的科举制度，认为“及其能工也，大则不足以用天下国家，小则不足以为天下国家之用”③。但同时也有用力过猛的弊端，往往将文学作为政治的传声筒，失去了其本身的价值。回归当时的社会环境：内忧外患的同时社会矛盾越来越尖锐，朝廷也面临严重的统治危机。在如此特殊的时代背景下，强调文学的社会功用是有一定意义的，所以迫切希望有所变革的政治家王安石，将文学作为政治变革的武器是有其必然性的。

唐宋八大家中，王安石是以学人之文而异于其他七家者。他在《上张太傅书》中说：“谨书所为原、说、志、序、书、词凡十篇献左右。夫文者，言乎志者也。”④ 认为作文的本意应该在于表达心中之志，所得所感应表现在字面上。《上人书》中有言：“孟子曰：‘君子欲其自得之也。自得之，则居之安；居之安，则资之深；资之深，则取诸左右逢其原。’孟子之云尔，非直施

① 王磊：《王安石义利观的“新义”及其当代价值》，南京师范大学2013年硕士学位论文。
② 王水照主编：《王安石全集·上人书》，第7册第1369页，复旦大学出版社2016年版。
③ 王水照主编：《王安石全集·上仁宗皇帝言事书》，第6册第756页，复旦大学出版社2016年版。
④ 王水照主编：《王安石全集》，第7册第1368页，复旦大学出版社2016年版。

于文而已，然亦可托以为作文之本意。”① 此处可取“自得”二字，广泛地阅读并精细揣摩，将获所得投入到实践中去，如此得到的东西，才能够牢固地掌握。这从根本上否定了徒尚文辞的文章。当然，在强调内容的同时，王安石也没有忽视辞采的修饰作用，“言之不文，行之不远”，更强调了作者的学识和思想深度，从侧面反映了宋盛行学者之诗文的时代现象。

在《送孙正之序》中王安石认为自己继承了孟子的观点，“夫君子有穷苦颠跌，不肯一失诎己以从时者，不以时胜道也。故其得志于君，则变时而之道，若反手然，彼其术素修而志素定也”②。“术”“志”的内涵应是“治道”，“素”即长此以往的坚持。后人常常戏谑他的“素”，如冯梦龙《警世通言》“拗相公饮恨半堂山”篇，编排王安石居高位不行善举且不思悔改，抨击的言辞简直不忍直视，但“拗”确实是王安石性格的真实写照。虽然饱受非议，但他从未轻言放弃，确是“术素修而志素定也”。

二、王安石古文对“志”的践行

“先秦诸子学说中有形而上的思辨分析，但更注重国家治理、社会管理，以及个人教化的内容和方法……正统儒学作为一种思想体系，其最鲜明的特色不在于其思辨性，而在于理论和实践高度结合，在于为当时的国家政治提供系统的理论学说与有效的统治方法。”③ 王安石对“志”的实践，体现在熙宁变法的具体内容中，“神宗与荆公，即承此极敝之末流，荷无量之国仇国耻于其仔肩，而蹶然以兴者也”④。变法非易事，梁启超就肯定王安石和神宗皇帝在国家转衰的关键时刻举起变法旗帜的做法，具体内容如下：

首先是民政及财政。王安石希望通过变法实现国强民富，繁荣国民经济。“公之志，在制兼并济贫乏，变通天下之财，以富其民而致天下于治。制置三

① 王水照主编：《王安石全集》，第7册第1369页，复旦大学出版社2016年版。
② 王水照主编：《王安石全集》，第7册第1489页，复旦大学出版社2016年版。
③ 朱勇：《中国古代社会基于人文精神的道德法律共同治理》，《中国社会科学》2017年第12期。
④ 梁启超著：《梁启超全集·王荆公》，第1745页，北京出版社1999年版。

司条例司之职在此。而后此所立之法，亦无不本此意以行。”① 当时的国家已经出现财政危机，天下用财尤为紧急，所以荆公颁发的政令，其一即是设置三司条例司。缓解经济紧张的局势，养民修德，将工作重心转移到提高生产力上来。因国家不抑兼并，社会经济两极分化愈加严重，王安石意图将民众从被剥削中解放出来，人人得以从事生产活动，从而在整体上提高国民生产总值，同时又满足民众基本的生产生活需要。从义利制衡的关系来看，这一策略既满足人们对财富的期待，也有利于巩固统治与促进社会和谐稳定。其二是青苗法，以官办银行的形式保证农耕时节生产活动的顺利进行，一方面减轻了民众压力，另一方面也保证了税收收益的获取。其三是均输法，王安石师法汉代桑弘羊缓解供需矛盾的方法，不加赋税又使民用充足。其四是市易法，市易与均输，立法之意略同。市易法源于王安石的移民政策，其目的在于推动未开化地区的经济增长，而后又用来保护生产者转化的小商人的利益，并刺激他们扩大事业。简而言之，青苗法和市易法的功用都和银行相似，只是二者的属性不一样，青苗法为农业银行，市易法为商业银行。其五为募役法，以人身税充募资，从而免除部分劳役。一定程度上保证了农业生产，平衡了双方利益，取代了先前的差役法。

财政问题是变法中争议最大之处，反对者认为该变法违背了儒家的政治思想观念。司马光在《与王介甫书》中谈道：“孟子曰：‘仁义而已，何必曰利？’……今介甫为政，首制置条例，大讲财利之事；又命薛向行均输法于江淮，欲尽夺商贾之利；又分遣使者散青苗钱于天下而收其息，使人愁痛，父子不相见，兄弟妻子离散，此岂孟子之志乎？”② 变法反对派认为其违背了孔孟精神，名为“理财”，实为“敛财”。从目的上考证，王安石理财的根本目的不只是富国，更是富民，他在《答司马谏议书》中直言：“为天下理财，不为征利。”所以“理财”并没有违反儒家道义。除此之外，王安石在《上仁宗皇帝言事书》中也谈到官员俸禄低容易诱发贪污腐败、压榨百姓等问题，所

① 梁启超著：《梁启超全集·王荆公》，第 1772 页，北京出版社 1999 年版。

② （宋）司马光撰：《温国文正公文集》，第 34 页，四部丛刊初编，铁琴铜剑楼藏宋绍兴刊本。

以这也是他主张“高薪养廉”的原因。通过朝廷财政支出的增加，来保证民众及官员的利益，进而达到富国富民的最终目的。

其次是军政。简而言之，包括省兵、置将、保甲、保马和军器监五项政令。前两者是解决宋代突出的冗兵问题，加深将领和士兵之间的紧密程度和依附程度，在减量的同时，提高军队的战斗水平，从而应对北宋内忧外患的危机形势。保甲和保马则是从根本上解决军队长期发展的问题，梁启超认为王安石此举大概秉持全民皆兵的思想观念，从地方培养武士，自下而上发展壮大。前期的保甲类似于今天的警察，有效地打击了地方强盗势力。保马和军器监的性质大抵一致，都是针对战马和兵器不足的问题，它们的目的是为军队提供辅助，加强其作战能力，进而最大限度地降低士兵的伤亡率，提高作战的获胜率。

最后是教育方面，这也是影响程度和范围极其广泛的领域。其一是人才的培养，王安石于熙宁元年增收太学学员。四年，又以锡庆院、朝集院为大学讲舍，分外舍、内舍和上舍三等。内舍学员人数的上限后增加为三百，外舍学员人数的上限达两千，可谓是空前绝后的举措。同时，他又置京东、京西、河东、河北、陕西五路学，以陆佃等人为各州学官，其后诸路州府纷纷立学，此举为学士们提供了珍贵的学习机会。学校教授内容以经为主，且人专一经，《三经新义》即是为其服务的产物。早在《上仁宗皇帝书》中，王安石就提出了当今士官缺乏一定修养的弊病：“今悉使置之不教，而教之以课试之文章，使其耗精疲神，穷日之力以从事于此。及其任之以官也，则又悉使置之，而责之以天下国家之事。夫古之人以朝夕专其业于天下国家之事，而犹才有能有不能。今乃移其精神，夺其日力，以朝夕从事于无补之学；及其任之以事，然后卒然责之以为天下国家之用，宜其才之足以有为者少矣。”①其二是贤才的选举。王安石在《乞改科条制劄子》中道：“今欲追复古制以革其弊，则患于无渐。宜先除去声病对偶之文，使学者得以专意经义，以俟朝

① 王水照主编：《王安石全集》，第6册第756—757页，复旦大学出版社2016年版。

廷兴建学校，然后讲求三代所以教育选举之法，施于天下。”① 总而言之，以经义培养、选拔人才是其教育改革的核心，由此因人才缺失而导致的一系列弊病才能得以革除。

王安石的改革举措收获了一定成效，但同时也招致众多的非议贬斥。忽略诸多不可控因素，仅仅从理论层面来看，王安石的的确确可称得上是一名优秀的改革家，梁启超在《王荆公》② 中更将其变法内容与后来欧美等国家的制度进行对比，给予了极高的评价，同时西方社会也极为肯定王安石的变法之举。

第三节　从王安石切入论八大家古文与后世科举文化之关系

影响深远的王安石变法，以教育改革为重中之重，同时教育改革也是变法举措中广受争议的一部分。北宋科举境况出现的一些新的态势，表现在选举数量、考试内容及针对科举公平性设立或改进的相关制度等方面，这些新的信号和北宋各帝王时期的科举制度调整，促进王安石的教育改革理念的生成，它集中表现在贡举改革上，包括学校机制、取士内容、评价标准等。这一顺应时代发展的必然举动，后人褒贬不一，对后世的科举文化也产生了广泛的影响，主要是“罢诗赋而取经义”的理念及相关体制，还有对于“唐宋八大家”的古文崇拜。

一、宋代科举境况

宋科举基本沿袭唐，至王安石而一大变。之前的科举大致有三个方面的显著特点：

首先，最突出的表现是取士数量的剧增。宋太祖赵匡胤观前代风云，引

---

① 王水照主编：《王安石全集》，第 6 册第 808 页，复旦大学出版社 2016 年版。

② 现出版社单行本多名为《王安石传》。

为己鉴，黄袍加身后“杯酒释兵权”，由此为导火索产生的冗官、冗兵、冗费问题严重，最直接表现在科举取士上，尤其是宋太祖、太宗和真宗三朝。据张其凡统计，唐朝二百九十年间开科二百六十八次，取进士总数为七千四百四十八人，平均每榜取二十八人；五代五十三年间开科四十七次，取进士总数为六百五十三人，平均每榜取十四人；[①] 宋太祖初年情况基本与五代持平，但在开宝三年在正规贡举考试后激增，取士数量整体呈波浪形发展趋势。根据张希清《中国科举通史》（宋代卷）考证：宋太宗在位二十一年，开科取士八次，平均每年取士二百九十二人有余，真宗朝科举取士规模更甚。总之，宋取士数量基数之大前所未有。

其次，在内容方面，唐以来以诗赋取士的科举制度已屡受争议，《唐会要》就指出：“进士以声律为学，多昧古今，明经以贴诵为功，罕穷旨趣……以此登科，非选士取贤之道。”[②] 而宋初承唐制，仍以诗赋为主考内容，大抵“专以辞赋取进士，以墨义取诸科”，以至于学子专攻辞藻，缺乏真才实学，改革需求愈加凸显。

最后，在科举考试与官场的衔接方面，宋代更为紧密。朝廷取消了科举这一资格考试后的加试，即吏部考核，意味着及第的考生可直接步入仕途。此外，选拔中也极力革除徇私舞弊和门阀保护。宋代设立了“锁院”制度，将接受任命的考官，无论官职大小，即刻锁宿。还有誊录制度，又称为“誊录法”，主要是防止阅卷官员辨认出考生的字迹而影响考试的公平性。唐代以来的封弥制度，到宋朝得到了进一步的完善，规定考试士子的姓名、籍贯、考官定的等第都须用纸糊起来，以防泄露。

总体而言，宋代科举制度更加完善、公平，特别是为寒窗苦读的学子广开了门路，并且官职由朝廷统试、授予（而不是通过买卖、关系获得），臣子需对君主负责，使得国家与个人之间的关系更为紧密。

---

① 张其凡：《论宋太宗朝的科举取士》，《中州学刊》1997 年第 2 期。

② （宋）王溥撰：《唐会要》，第 1377 页，中华书局 1985 年版。

二、王安石对贡举的相关调整

纽约州立大学历史系教授贾志扬有言：“在悠久的科举史上，使宋朝与其他各朝有最大区别的是它的特别喜爱改革。科举制度在任何其他时代都没有像在北宋那样从根本上受到挑战或进行过如此果断地试验。”① 宋代科举制度的改革经历了一个较长的发展过程，在王安石熙宁变法之前，已经进行过多次调整，从科举制度的选拔数量、公平性、内容等方面都进行过不同程度的改变，是一个渐进的过程。

至熙宁元年，王安石开始贡举改革。此次改革为宋力度最大、影响最为深远的一次科举改革。“教育行政，荆公平昔所最重也。”② 早在《上仁宗皇帝言事书》荆公已有言：“方今取士，强记博诵而略通于文辞，谓之茂才异等、贤良方正。茂才异等、贤良方正者，公卿之选也。记不必强，诵不必博，略通于文辞，而又尝学诗赋，则谓之进士。进士之高者，亦公卿之选也。夫此二科所得之技能，不足以为公卿，不待论而后可知。”③ 这份上书虽然未立即生效，但已悄悄打动了神宗皇帝，为以后改革埋下了伏笔。治平四年（1067），英宗驾崩，神宗即位。熙宁二年（1069），王安石升任参知政事；熙宁三年，王安石升任同中书门下平章事，在神宗的支持下开始了科举改革。多年的任职经历使得王安石对社会现实有着深刻的认识，把人才作为扭转当今局势的突破口。

改革围绕着“罢诗赋及明经诸科专以经义论策试士”展开，其核心是罢除考试中声病对偶之文，即“变声律为议论，变墨义为大义”，提出“罢诗赋、帖经、墨义，士各占治《易》《诗》《书》《周礼》《礼记》一经，兼《论语》《孟子》。每试四场，初本经、次兼经，大义凡十道，次论一首，次策三道；礼部试即增二道”④，要求士人各治《周易》《诗经》《尚书》《周礼》《礼

① ［美］贾志扬著：《宋代科举》，第274页，东大图书股份有限公司1995年版。

② 梁启超著：《梁启超全集・王荆公》，第1798页，北京出版社1999年版。

③ 王水照主编：《王安石全集》，第6册第761页，复旦大学出版社2016年版。

④ （明）陈邦瞻撰：《宋史纪事本末》，第372页，中华书局1977年版。

记》一经，兼习《论语》《孟子》，将舞文弄墨或机械背诵之风导向实用主义。公文类的写作不仅是满足日常工作的需要，同时也是对逻辑思维、理论知识的培养，使得在面临国家重大决议或重大危机之时，官员能够积极谏言献策，为国家发展寻求道路或转机。

王安石的《乞改科条制札子》中“宜先除去声病、对偶之文，使学者得专意经术”，只是一个过渡，其最终目的是效仿古之取士制度，不断完善学校的教育机制，定向培养，使之成为人才的摇篮，并源源不断地为朝廷输送新鲜血液，这样才能从根本上解决朝廷用人的问题。作为高质量人才，他们既有一腔热血，又有深厚的文化价值修养，可以充分发挥当职者的个人价值。

贡举考试以经义为重点，广义的经义泛指儒家经典，运用到科举考试中，考官会要求考生答出题目的出处，并做出解释，每每还需从新视角阐发新观点，理论需与现实政治相联系，并给出个人的解决方法。王安石将儒学提高到了“义务教育”的层面上来，同时，他也吸取了范仲淹庆历改革的教训：对策类的考查难以评判、没有一定标准的问题，让这项制度的推行成为一个难题，于是他命中书省、门下省颁行“大义式”一类短小精悍的政论文章作为经义范文，同时《三经新义》的出现，也为此提供了更多的参考。

王安石改革的初心是引导学子用经学关照时事，“变学究为秀才”，从而更好地推动国家发展，促进社会进步。但史书载有王安石曾因苏嘉公开否定《三经新义》而怒逐之，此事的真伪不甚了了，而梁启超认为此为诬陷之辞，王安石推行新义之时并没有禁止其他异说，所以今人不能轻率地将其定为文化专制。此项制度在元祐时被废除，《三经新义》也多次被定为禁书。哲宗元祐元年，太后主政，竟焚《三经新义》，禁止诸生诵读，甚至连“王学”也一并受到抵制。绍兴年间，大力宣扬王安石之罪过者，有陈公辅、胡寅、王居正等人。“老对头”司马光写给吕公著的书信也说道：“介甫文章、节义过人处甚多，但性不晓事，而喜遂非。致忠直疏远，谗佞辐辏，败坏百度，以至于此。”[①] 虽然极为肯定王安石的学问和人品，但仍是批评其“败坏百度”。南

---

① 曾枣庄、刘琳主编：《全宋文》，第 56 册第 76 页，上海辞书出版社，安徽教育出版社 2006 年版。

宋的学者更是不遗余力地抨击王安石，甚至是耻于谈论。朱熹也谈道：“如王介甫为相，亦是不世出之资，只缘学术不正当，遂误天下。”① 贬斥其既无治世之才，也无入流学术。

淳熙十五年（1188），陆九渊《荆国王文公祠堂记》一文高度赞扬了王安石的品格：“英特迈往，不屑于流俗，声色利达之习，介然无毫毛得以入于其心。洁白之操，寒于冰霜，公之质也。扫俗学之凡陋，振弊法之因循，道术必为孔孟，勋绩必为伊周，公之志也。不蕲人之知，而声光烨奕，一时钜公名贤为之左次，公之得此，岂偶然哉？”② 此中重要的是论及王安石对儒学的继承，以设问的语式来表达：“自夫子之皇皇，沮溺接舆之徒固已窃议其后。孟子言必称尧舜，听者为之藐然。不绝如线，未足以喻斯道之微也。陵夷数千百载，而卓然复见斯义，顾不伟哉？”③ 王安石无疑是上承韩孟、继承大统的有志之士。

三、王安石与后世科举文化的关系

唐代，以韩愈、柳宗元为首展开的古文运动影响深远，延续至宋代，“文以载道”的观念被欧阳修、王安石等人继承并发展。“唐代的古文运动，随着韩、柳的过世就烟消云散；而宋代古文运动并不以欧阳、王、曾和苏氏的过世而告终，并取得了最后胜利。这是为什么？其中有个重要原因，就是唐代古文运动的动员面太窄；而宋代诗文革新运动恰巧相反：可以说，其时几乎所有的读书人都卷了进去。”④ 欧阳修时为文坛领袖、古文运动的主将，在他主持礼部考试之时，苏轼、曾巩和苏辙同时登第，古文家队伍得以壮大，古文自先秦诸子百家后得到了前所未有的发展。后王安石接续欧阳修诗文革新运动的势头，其大刀阔斧的政令对科举文化产生了巨大的影响。

王安石“罢诗赋而取经义”的科举主张，切实推动了古文的繁盛。虽然

---

① （宋）黎靖德编，王星贤点校：《朱子语类》，第 3046 页，中华书局 1986 年版。

② （宋）陆九渊撰，钟哲点校：《陆九渊集》，第 232 页，中华书局 1980 年版。

③ （宋）陆九渊撰，钟哲点校：《陆九渊集》，第 231 页，中华书局 1980 年版。

④ 沈元林：《苏轼在宋代古文运动中的矛盾心态》，《社会科学研究》1998 年第 2 期。

有很多略过本经而直接研习《三经新义》等一类官方科举范文的考生，受功利目的驱使，但研学经典、经义为上的学习思潮无疑是推动古文发展的。宋神宗去世之后，反对变法的保守派主政，短期内将新法几乎尽废，但官员对其改革后的科举制度多持不同意见，科举的改革是新法中少有的保存下来的条例之一，司马光的《乞请科场札子》也认同并意欲继续实行："取士之道，当先德行，后文学；就文学言之，经术又当先于词采。神宗专用经义、论策取士，此乃复先王令典，百王不易之法。"① 以德行、经术、词采为序选拔人才，也是对神宗皇帝经义取士之法的尊崇、延续。

熙宁改革为元、明、清三代科举考试提供了基本范例，其倡导时文、创立制义之举，促进了八股文体制的形成。自南宋开始，便有人着手从古文大家作品的文章形式、技巧、行文章法、句法等角度评选出优秀的作品，并将之装订成册刊印。最早出现的是南宋吕祖谦的《古文关键》，该书选了唐宋古文家韩愈、柳宗元、欧阳修、曾巩、苏洵、苏轼、张耒之文共六十余篇。现存朱右的《白云稿》在《新编八先生文集序》中将韩、柳、欧阳、曾、王、三苏编为"八大家"，辑成文集。明代茅坤选编的《唐宋八大家文钞》，更是具有科举教材的性质，"唐宋八大家"也由此得来，进而家喻户晓。茅坤在《文诀五条训缙儿辈》中言："吾为举业，往往以古调行今文……个中风味，须于六经及先秦、两汉书疏与韩、苏诸大家之文涵濡磅礴于胸中，将吾所为文打得一片凑泊处，则格自高古典雅。"② 可见当时研读诸大家作品已然成为一种风尚，士人纷纷从中汲取营养，在模仿、学习中形成自己的风格。唐宋派即是唐宋八大家坚定的追随者，推崇唐宋古文。《明史·选举志》中说："（明科举）其文略仿宋经义。"③ 清人顾炎武在《日知录·经义论策》中也说："今之经义始于宋熙宁中王安石所立之法。"④ 明清八股体制虽然以写时文为标准，但仍然要求耳目一新，僵化的知识体系即使烂熟于心也难以打动主考官，

① （元）脱脱等撰：《宋史》，第 3620 页，中华书局 1977 年版。

② （明）茅坤撰，张梦新、张大芝点校：《茅坤集》，第 863 页，浙江古籍出版社 2012 年版。

③ （清）张廷玉等撰：《明史》，第 1693 页，中华书局 1974 年版。

④ （清）顾炎武著，黄汝成集释：《日知录集释》，第 938 页，上海古籍出版社 2006 年版。

这时往往需要借助古文法写作时文，八股的僵化体制虽被后世批评诟病，但当时的作文者也在不断探寻新颖的方式。明清著名的时文家唐顺之、归有光、艾南英、方苞等，均因古文写作方面造诣湛深及其时文成就，才远远超出他人而垂名后世的。

其实，明清时期对王安石的诋毁、排斥较南宋更甚，焦点仍然集中在变法事宜上，但学术界仍保持对其行文的学习热情，虽然往往是暗暗进行的，“心摹手追，口不敢道”。大环境下的统一倾向，无论如何也没有撼动王安石唐宋八大家之一的地位。“不期修古，不法常可，论世之事，因为之备。”（《韩非子·五蠹》）法家随时而变的唯物主义思想影响至柳宗元、王安石。继“韩柳”“欧苏”“欧曾”并称，清以后柳、王并举流行开来。除去仿习难易程度和地理位置等考虑，仅从行风之法而观原因，包括伤于羸弱的文作对奥峭文风的需求和相对任意自然于精琢冷静的偏好，八家之中，王文恰恰满足这两个条件。“一方面是政治与道德的负面评价维度，一方面是作为八大家中一员所具备的文章典范的评价维度，这两者始终在清人的王文评价中并存，这种状态比较明显地体现在张伯行的《王文引》中……张氏的叙述中，每两句都可以形成一个互相牵制的组合，这样反复致意的目的并不是体现其内心的矛盾，而恰恰是突出王安石身上所并存的两种评价维度。”① 这种判断相当有道理。

综上所述，王安石瞻仰、趋近韩愈等古文学家，其科举改革顺应了时代发展的纵向趋势，进而被列入“唐宋八大家”。唐宋八大家的形成、确定一直受到科举制度的影响，反之又影响着科举制度，很大程度上是它的风向标，影响着取士的形式、内容和考生的尊崇对象、方向等，至今仍可以看到，众多八大家的选本流行于市。置于宋代的横向时局，王安石承接了宋太祖以来对于科举制度的修订、完善之风向，结果未尽人意，的确十分遗憾。

① 周游：《晚清桐城派中的王安石文风——兼谈〈泰州海陵县主簿许君墓志铭〉的意义》，《文学遗产》2018年第6期。

结　语

汉代刘歆《移书让太常博士》云："及夫子殁而微言绝，七十子卒而大义乖。"① 虽意在悲慨先秦儒家的"微言大义"和"要言妙道"渐渐趋于"乖绝"的社会现象，但却潜在揭示出了中国传统文化的阐释学特性，即"大道至简"和"要言不烦"的批评原理。圣人表达古道如此，而识见高明的文人在以文章疏证和承传古道之时亦莫不如是。因此，本书基于语义学和语源学的科学研究方法，选取唐宋八大家的典型文章作为范本，并提炼出中华文化中"道""言""意""风""神""气""志""法""事""理"等核心概念，尽量深入浅出地做到"原始以表末，释名以彰义，选文以定篇，敷理以举统"，解释其深刻内涵，梳理其流变过程，论述其思想内容，概括其影响接受，以更好地完成中国古代优秀文化和文学作品的普及工作。

本书通过践行这项文化工作，深觉中国古人品格之高尚和唐宋文章文化之博大。

其一，唐宋八家散文所潜藏的哲理和古道源远流长，学贯古今而皆能追溯至诸子百家。究其原因，这与他们深厚的学识有着密切关系。如唐人韩愈就"口不绝吟于六艺之文，手不停披于百家之编"（《进学解》），虽然笃信儒道，但却亦能纵观百家。柳宗元也主张"为学恢博而贯统"，雅宜"悉取向之所以异者，通而同之，搜择融液，与道大适，咸伸其所长，而黜其奇邪"

① （清）严可均校辑：《全上古三代秦汉三国六朝文》，第348页，中华书局1958年版。

（《送元十八山人南游序》）。宋人欧阳修则“论大道似韩愈，论事似陆贽，记事似司马迁，诗赋似李白”（《宋史·欧阳修传》），诗赋文史各取其长。王安石精研法家，而文风犀利。曾巩信奉儒道，而平实典重。苏洵自言其文兼有“诗人之优柔，骚人之清深，孟、韩之温淳，迁、固之雄刚，孙、吴之简切”（《上田枢密书》）。苏轼深受庄子瑰丽的想象力和纵横家纵横捭阖的汪洋气势的影响，以至于形成了潇洒飘逸的文风。苏辙论及学术渊源时称：“其学出于孟子”，亦“遍观乎百家”，彼此相互融通，“和不乱也”（《上两制诸公书》）。因此，唐宋诸家之文风和义理必深得于先秦诸子，而妙出之于己心。

其二，唐宋八家由于深受先秦百家的思想和不同文学艺术的滋养，以至于为文各有千秋。与此同时，各自为人也是性格迥异。如韩愈耿直恳切，柳宗元正直情深，欧阳修温柔敦厚，王安石果敢有为，曾巩立身谨重，苏洵奋发向上，苏轼旷达豪放，苏辙沉稳淡泊。但是，纵观内容庞杂、纷繁多变的八家文章，也莫不见其存在相通相契之处，即尤为受到儒家忠君爱国、仁爱为民思想的影响，而皆以“格物、致知、正心、诚意、修身、齐家、治国、平天下”为己任，以“立德、立功、立言”为目标，以“为天地立心，为生民立命，为往圣继绝学，为万世开太平”为理想。这些思想的源泉及其生命内在的驱动力，成了他们洞明世理、挥洒文章的灵感来源和感发力量。

其三，唐宋八大家包括韩愈、柳宗元、欧阳修、王安石、曾巩、苏洵、苏轼、苏辙八人，大都彼此互为敬重。就其名称来说，最早源出于明初朱右的《八先生文集》，到明代中期唐顺之辑纂《文编》，亦取八家，至明代末年茅坤承袭二人说法，辑录《唐宋八大家文钞》，遂而流行。虽然看似迟至明代才声名鹊起，但实际八人之间互有惺惺相惜之情，这与魏曹丕《典论·论文》所说的“文人相轻，自古而然”完全不同。如苏轼《潮州韩文公庙碑》赞韩愈云：“自东汉以来，道丧文弊，异端并起，历唐贞观、开元之盛，辅以房、杜、姚、宋而不能救。独韩文公起布衣，谈笑而麾之，天下靡然从公，复归于正，盖三百年于此矣。文起八代之衰，而道济天下之溺。”欧阳修《与梅圣俞书》赏苏轼云：“读（苏）轼书，不觉汗出，快哉快哉！老夫当避路，放他出一头地也。”苏辙敬曾巩之“儒术远追齐稷下，文词近比汉京西”。曾巩则坦言其“友有王安石者，文甚古，行称其文”。由此足见，唐宋八大家之间，若身处异代则丝毫不掩倾慕，如同时不同辈亦不避钦佩。

总而言之，唐宋八大家为人的品格、为事的高尚、为文的神采，绝不只是藏诸庙堂之上的静穆伟大的历史，更应该成为人们心目当中真诚的、有爱的、鲜活的学习榜样。谨以此书致敬古人，也期望今人能有所收获。

参考文献

1. 高诱. 吕氏春秋 [M]. 毕沅，校，徐小蛮，标点. 上海：上海古籍出版社，2014.

2. 许慎. 说文解字注 [M]. 段玉裁，注. 上海：上海古籍出版社，1981.

3. 扬雄. 法言义疏 [M]. 汪荣宝，撰，陈仲夫，点校. 上海：中华书局，1937.

4. 何晏. 论语注疏 [M]. 邢昺，疏. 上海：上海古籍出版社，1990.

5. 詹锳. 文心雕龙义证 [M]. 上海：上海古籍出版社，1989.

6. 白居易. 白居易集 [M]. 顾学颉，校点. 北京：中华书局，1999.

7. 杜佑. 通典 [M]. 王文锦，等，点校. 北京：中华书局，1984.

8. 魏仲举. 五百家注韩昌黎集 [M]. 郝润华，王东峰，整理. 北京：中华书局，2019.

9. 瞿蜕园. 刘禹锡集笺证 [M]. 上海：上海古籍出版社，1989.

10. 浦起龙. 史通通释 [M]. 上海：上海古籍出版社，1978.

11. 尹占华，韩文奇. 柳宗元集校注 [M]. 北京：中华书局，2013.

12. 欧阳询. 艺文类聚 [M]. 汪绍楹，校. 上海：上海古籍出版社，1982.

13. 刘昫，等. 旧唐书 [M]. 北京：中华书局，1975.

14. 曾巩. 曾巩集 [M]. 陈杏珍，晁继周，点校. 北京：中华书局，1984.

15. 程颢，程颐. 二程集 [M]. 王孝鱼，点校. 北京：中华书局，1981.

16. 何薳. 春渚纪闻 [M]. 张明华，点校. 北京：中华书局，1983.

17. 洪迈. 容斋随笔［M］. 上海：上海古籍出版社，1978.

18. 黎靖德. 朱子语类［M］. 王星贤，点校. 北京：中华书局，1986.

19. 陆九渊. 陆九渊集［M］. 钟哲，点校. 北京：中华书局，1980.

20. 吕大防，等. 韩愈年谱［M］. 徐敏霞，校辑. 北京：中华书局，1991.

21. 吕祖谦. 增注东莱吕成公古文关键［M］. 蔡文子，注. 北京：北京图书馆出版社，2004.

22. 欧阳修，宋祁. 新唐书［M］. 北京：中华书局，1975.

23. 欧阳修. 欧阳修全集［M］. 李逸安，点校. 北京：中华书局，2001.

24. 司马光. 资治通鉴［M］. 胡三省，音注. 北京：中华书局，1956.

25. 司马光. 司马光文集［M］. 李文泽，霞绍晖，校点. 成都：四川大学出版社，2010.

26. 金成礼. 嘉祐集笺注［M］. 上海：上海古籍出版社，1993.

27. 苏辙. 栾城集［M］. 曾枣庄，马德富，校点. 上海：上海古籍出版社，2009.

28. 王溥. 唐会要［M］. 北京：中华书局，1985.

29. 杨仲良. 皇宋通鉴长编纪事本末［M］. 南京：江苏古籍出版社，1988.

30. 叶梦得. 石林诗话［M］. 北京：中华书局，1991.

31. 真德秀. 文章正宗［M］. 台北：台湾商务印书馆，1986.

32. 周敦颐. 周敦颐集［M］. 陈克明，点校. 北京：中华书局，1990.

33. 朱熹. 朱子语类［M］. 长沙：岳麓书社，1997.

34. 朱熹. 周易本义［M］. 上海：上海古籍出版社，1987.

35. 朱熹. 朱子全书［M］. 朱杰人，严佐之，刘永翔，主编. 上海：上海古籍出版社，合肥：安徽教育出版社，2002.

36. 祝穆. 方舆胜览［M］. 祝洙，增订，施和金，点校. 北京：中华书局，2003.

37. 胡传志，李定乾. 滹南遗老集校注［M］. 沈阳：辽海出版社，2006.

38. 马端临. 文献通考［M］. 北京：中华书局，1986.

39. 脱脱. 宋史［M］. 北京：中华书局，1997.

40. 陈邦瞻. 宋史纪事本末 [M]. 北京：中华书局，1977.

41. 茅坤. 茅坤集 [M]. 张梦新，张大芝，点校. 杭州：浙江古籍出版社，2012.

42. 唐顺之. 唐顺之集 [M]. 马美信，黄毅，点校. 杭州：浙江古籍出版社，2014.

43. 钱伯城. 袁宏道集笺校 [M]. 上海：上海古籍出版社，1979.

44. 毕沅. 续资治通鉴 [M]. 北京：中华书局，1957.

45. 方苞. 方苞集 [M]. 刘季高，校点. 上海：上海古籍出版社，1983.

46. 黄汝成. 日知录集释 [M]. 上海：上海古籍出版社，2006.

47. 何文焕. 历代诗话 [M]. 北京：中华书局，1981.

48. 李兆洛. 骈体文钞 [M]. 上海：上海古籍出版社，2001.

49. 刘大櫆. 论文偶记 [M]. 北京：人民文学出版社，1998.

50. 彭定求. 全唐诗 [M]. 北京：中华书局，1960.

51. 阮元. 十三经注疏 [M]. 北京：中华书局，1980.

52. 沈德潜. 增评唐宋八家文读本 [M]. 赖山阳，增评，闵泽平，点校. 武汉：崇文书局，2010.

53. 孙希旦. 礼记集解 [M]. 沈啸寰，王星贤，点校. 北京：中华书局，1989.

54. 孙星衍. 尚书今古文注疏 [M]. 陈抗，盛冬铃，点校. 北京：中华书局，1986.

55. 苏轼. 苏轼诗集 [M]. 王文诰，辑注，孔凡礼，点校. 北京：中华书局，1982.

56. 王先谦. 荀子集解 [M]. 沈啸寰，王星贤，点校. 北京：中华书局，1988.

57. 严可均. 全上古三代秦汉三国六朝文 [M]. 北京：中华书局，1958.

58. 永瑢. 钦定四库全书总目 [M]. 李学勤，等，整理. 北京：中华书局，1997.

59. 张伯行. 唐宋八大家文钞 [M] //丛书集成新编. 台北：新文丰出版

社，2001.

60. 张廷玉，等. 明史［M］. 北京：中华书局，1974.

61. 曾枣庄，刘琳. 全宋文［M］. 上海：上海辞书出版社，合肥：安徽教育出版社，2006.

62. 陈鼓应，赵建伟. 周易今注今译［M］. 北京：商务印书馆，2016.

63. 陈鼓应. 老子注译及评介［M］. 北京：中华书局，1984.

64. 陈宏天，高秀芳. 苏辙集［M］. 北京：中华书局，1990.

65. 陈尚君. 全唐文补编［M］. 北京：中华书局，2005.

66. 陈延杰. 诗品注［M］. 北京：人民文学出版社，1980.

67. 陈寅恪. 陈寅恪集［M］. 北京：三联书店，2001.

68. 迟文浚. 唐宋八大家散文广选新注集评［M］. 沈阳：辽宁人民出版社，1999.

69. 冯友兰. 中国哲学史［M］. 上海：华东师范大学出版社，2015.

70. 傅璇琮. 唐才子传校笺［M］. 北京：中华书局，1987.

71. 高步瀛. 唐宋文举要［M］. 上海：上海古籍出版社，1982.

72. 孔凡礼. 苏轼文集［M］. 北京：中华书局，1986.

73. 黎翔凤. 管子校注［M］. 梁运华，整理. 北京：中华书局，2004.

74. 刘金柱. 唐宋八大家与佛教［M］. 北京：人民出版社，2004.

75. 马宗霍. 中国经学史［M］. 上海：商务印书馆，1926.

76. 钱穆. 中国近三百年学术史［M］. 北京：中华书局，1981.

77. 钱锺书. 谈艺录［M］. 北京：三联书店，2001.

78. 孙昌武. 柳宗元评传［M］. 南京：南京大学出版社，1998.

79. 汤用彤. 魏晋玄学论稿［M］. 上海：上海古籍出版社，2005.

80. 王水照. 历代文话［G］. 上海：复旦大学出版社，2007.

81. 王水照. 王安石全集［M］. 上海：复旦大学出版社，2016.

82. 苏轼. 苏氏易传［M］//丛书集成新编. 台北：新文丰出版社，2001.

83. 吴孟复，蒋立甫. 古文辞类纂评注［M］. 合肥：安徽教育出版社，2004.

84. 吴文治. 柳宗元资料汇编 [M]. 北京：中华书局，1964.

85. 吴言生. 禅宗思想渊源 [M]. 北京：中华书局，2001.

86. 杨宝忠. 论衡校笺 [M]. 石家庄：河北教育出版社，1999.

87. 杨伯峻. 论语译注 [M]. 北京：中华书局，1980.

88. 杨伯峻. 孟子译注 [M]. 北京：中华书局，1960.

89. 于景祥. 唐宋骈文史 [M]. 沈阳：辽宁人民出版社，1991.

90. 詹福瑞. 中古文学理论范畴 [M]. 保定：河北大学出版社，1997.

91. 张清华. 韩学研究 [M]. 南京：江苏教育出版社，1998.

92. 张载. 张载集 [M]. 张锡琛，点校. 北京：中华书局，1978.

93. 张智. 吴下方言考 [M]. 南京：江苏古籍出版社，2003.

94. 周楚汉. 唐宋八大家文化文章学 [M]. 成都：巴蜀书社，2004.

95. 朱谦之. 老子校释 [M]. 北京：中华书局，2000.

96. 邹昌林. 中国礼文化 [M]. 北京：社会科学文献出版社，2000.

97. 贾志扬. 宋代科举 [M]. 台北：东大图书股份有限公司，1995.

98. 刘复生. 北宋中期儒学复兴运动 [J]. 文献，1991 (1).

99. 葛晓音. 新乐府的缘起和界定 [J]. 中国社会科学，1995 (3).

100. 孙昌武. 读陈寅恪《论韩愈》[J]. 古典文学知识，1997 (5).

101. 张其凡. 论宋太宗朝的科举取士 [J]. 中州学刊，1997 (2).

102. 沈元林. 苏轼在宋代古文运动中的矛盾心态 [J]. 社会科学研究，1998 (2).

103. 石文英. 论韩愈古文理论中的“道”及“胶”与“异”[J]. 厦门大学学报，1998 (4).

104. 杨再喜. 唐宋柳宗元文学接受史 [D]. 江苏：苏州大学，2007.

105. 毛胜德. 三苏古文立意简论 [J]. 华中学术，2017 (4).

106. 张培高，张华英. “性无善恶”与“穷理尽性”——苏轼的《中庸》诠释解析 [J]. 哲学动态，2017 (4).

107. 朱勇. 中国古代社会基于人文精神的道德法律共同治理 [J]. 中国社会科学，2017 (12).

108. 刘茜. 苏洵文论中的权变思想及苏辙《春秋集解》的历史变易观 [J]. 湖南社会科学，2018 (3).

109. 周游. 晚清桐城派中的王安石文风——兼谈《泰州海陵县主簿许君墓志铭》的意义 [J]. 文学遗产，2018 (6).

110. 何诗海. 清代非韩论及其对“文以载道”的冲击 [J]. 文学遗产，2019 (1).

111. 管成学，管恕，荀长春. 三苏论管仲之评析 [J]. 长春师范大学学报（人文社会科学版），2019 (3).

112. 王世红. 韩愈“文以明道”思想对古文模仿的超越 [J]. 安庆师范大学学报（社会科学版），2019 (3).

113. 洪本健. 欧阳修承前启后引领营建记演变的贡献 [J]. 福州大学学报（哲学社会科学版），2019 (6).

114. 刘宁. 韩愈狠重文风的形成与元和时期的文武关系 [J]. 文学遗产，2020 (1).

115. 东英寿. 虚词使用法观照下的曾巩古文特色——与欧阳修文风之比较 [J]. 华南师范大学学报（社会科学版），2020 (1).